鲸鱼女孩
池塘男孩

这一刻她的眼神,对我而言就是永恒。

蔡智恒 著

北方联合出版传媒(集团)股份有限公司
万卷出版公司

著作权合同登记号：06-2010年第101号

© 蔡智恒 2010

图书在版编目（ＣＩＰ）数据

鲸鱼女孩 池塘男孩/蔡智恒著：一沈阳：万卷
出版公司，2010.5
ISBN 978-7-5470-0859-1

Ⅰ.①鲸… Ⅱ.①蔡… Ⅲ.①长篇小说-中国-当代
Ⅳ.①I247.5

中国版本图书馆CIP数据核字（2010）第063615号

出版发行：北方联合出版传媒（集团）股份有限公司
　　　　　万卷出版公司
　　　　　（地址：沈阳市和平区十一纬路29号 邮编：110003）
印 刷 者：北京汇林印务有限公司
经 销 者：全国新华书店
幅面尺寸：167mm×234mm
字　　数：270千字
印　　张：16.25
出版时间：2010年5月第1版
印刷时间：2010年5月第1次印刷
选题策划：瞿洪斌
责任编辑：万　平
特约编辑：陈　蔡
ISBN 978-7-5470-0859-1
定　　价：29.00元

联系电话：024-23284090
邮购热线：024-23284050　024-23284627
传　　真：024-23284448
E-mail：vpc_tougao@163.com
网　　址：http://www.chinavpc.com

CONTENTS
目录

引子

蕾蜜台风正肆虐岛内西南部的下午四点半，我被风雨声惊醒。

可能是这午觉睡得太久了，我感觉脑袋有些昏沉，浑身无力。

卧房内有些阴暗，我强打起精神下床，将视线转向阳台。

挂在阳台上的衣物随风起舞，像是要挣脱衣架远扬而去。

打开落地窗，扑面袭来的狂风瞬间让我完全清醒。

几件湿透的衣物躺在地上，还不安分地晃着波浪。

记得刚吃完午饭时是一点左右，那时只有断断续续的风，风有点强却不会太强，而且还没下雨，没想到一觉起来风云变色。

算了，等风雨过后再来收拾残局吧。

关上落地窗，离开卧房。走进书房时，顺手点亮书房内的灯。

"啊！"

我惨叫一声冲到窗边，匆忙收拾被雨水溅湿的书本和杂物。

然后跑到厨房拿条抹布擦干靠窗的桌子上和地板上的几摊水，抹布浸满水后拧干、拧干后再擦，重复了十几次才勉强看不出痕迹。

但雨水还是沿着关紧的窗户缝隙中渗进，汇聚成流，溢出窗椽。

我又到浴室拿两条干毛巾和几件要洗的衣服，把干毛巾塞进窗缝，把衣服铺在书桌和地板上。

应该可以了吧，我想。

我呼出一口气，开始擦拭额头的汗。

客厅似乎传来手机的响声，夹杂在风雨声中便失去平时的洪亮。

我倾听了三秒，果然是手机响了。

心里刚闪过这种鬼天气谁会打给我的念头，我已来到客厅，拿起手机。

来电显示"赖德仁"，我的大学同学兼研究所同学。

"干吗？"我按了接听键。

"你现在没事吧？"

"我活得很好，多谢关心。"

"我才不是这个意思。我是说，你现在没事在忙吧？"

"你想干吗？"

"来找我吧。"

"现在是台风天啊，你有没有搞错？"

"来一下嘛。我有个程序一直跑不出来。"

"这是跟我屁股有关的事。"

"什么意思？"

"关我屁事！"

"喂，来就对了。"

"我不想去。"

"来帮我吧，我在研究室等你。晚饭也一起吃。"

"我不想。"

"骑车小心点。我等你。"

"我不……"

话没说完，他就挂了电话。

暗骂了几声后，我还是乖乖穿上雨衣、戴上安全帽，下楼骑车。

街上到处是被风吹落的枝叶，我常得碾过一片绿。

有个路口的红绿灯坏了，一味地闪着绿灯，我刻意放慢速度通过。

这种天气骑车要小心，不然被撞倒躺在路边时，一定会很怀念太阳。

虽然全副武装，但雨水依旧渗进裤管，眼镜也总是模糊一片。

沿路风大雨大，我完全听不见摩托车的引擎声，只听见自己口中的咒骂声。

十五分钟后，终于安全抵达系馆。

一进系馆便脱下雨衣，然后搁在楼梯的扶手上。

摘下眼镜擦干，把裤管卷至膝盖，开始爬楼梯。

我爬上四楼，这里有四间研究室，每间可以坐十二个人。

我轻轻拉开第二间研究室的门，探头看了看，应该没别的人。

蹑手蹑脚走到最里面，突然大叫："喂！"

想给赖德仁一个震撼教育。

没想到却是一位陌生的研究生抬起头，慌张站起身。

"请问你找谁？"他说话的语气像是惊魂甫定。
"啊？"我也吓了一跳，"我找赖德仁。"
"赖学长在三楼的研究室。"
"谢谢。"我有些不好意思，"还有，真是抱歉。"
"没关系。"他笑了笑，"研究生被指导教授吓惯了，心脏很强的。"
我再说了声谢谢，然后离开这间研究室。

可能是被台风吹昏了头，竟然忘了赖德仁早就从硕士班毕业，
自然不会再待在那间研究室了。
赖德仁现在念博士班，应该是刚升上博五吧。
三楼有两间研究室，这次我学乖了，先敲第一间的门。
"快进来。"赖德仁的声音，"等你好久了。"
"你怎么知道是我？"我开门后说。

"这种天气还有哪个白痴会来。"
"喂，是你叫我来的。"
这间研究室的空间比四楼的研究室大一些，但只有九个座位。
进门左侧靠墙也有一排书架，高度到天花板。
赖德仁正坐在最里面靠落地窗的位置，双眼盯着屏幕。
"只有你一个在？"我问。
"是啊。"他说，"刚刚还有一个，他可能去实验室了吧。"

"程序有什么问题？"我走到他身边。
"不晓得。"他站起身，让位给我，"连compile都没办法过。"
"太逊了。"我直接坐下来，右手抓起鼠标。

赖德仁写的这个程序有些古怪，而且他又在我身后问东问西，一会儿问我为
什么会这样，一会儿又问我最近好吗？搞得我很难专心。
半个多小时后，总算搞定。
"解决了。"我说，"请吃晚饭吧。"
"没问题。"

他走到书架前，拿出两碗泡面，再走回位子旁，伸手递了一碗给我。

"吃泡面？"我皱起眉头。

"你知道吗，"他说，"台风天吃泡面最幸福了。"

"为什么？"

"因为晴天吃泡面最快乐，阴天吃泡面最浪漫，雨天吃泡面最有趣。"

"反正你只想请我吃泡面就对了。"

"没错。"他笑了。

我们各自端着面走到楼梯口的饮水机冲热水，再走回他的研究室。

等待面熟的三分钟里，我们简单聊了几句，话题是今天的台风。

"来点背景音乐吧。"掀开碗盖后，他说。

他站起身打开落地窗，室外狂风暴雨的怒吼声瞬间涌进来。

"这气氛不错吧。"他笑了笑，拿起筷子，"很久没一起吃饭了，想念我的吃相吗？"

我懒得理他，低头掀开碗盖，拿起筷子。

"最近有什么好看的电影？"我问。

"今天早上看了《放学后的保健室》，不错。"

"喂。"

"是步兵片呢。"

"真的吗？"我随即正色，"喂，说些适合你身份的话题吧。"

"跟你只能聊这类话题。"他说，"遇周公论礼乐，遇纣王谈酒色。"

我不想接他的话，双手端起碗，把剩下的汤喝光。

"出来吹吹风吧。"赖德仁走到落地窗外的阳台，身子靠着栏杆。

"那是台风啊。"

虽然嘴里这么说，但我还是起身走到阳台靠着栏杆。

风雨依然不断，天色却完全黑了。

阳台有些湿，不过比起我卧房外的阳台却是干爽多了。

我和他并肩站着，脸上偶尔被乘着风的雨扫过，凉凉的，很舒服。

"最近好吗？"他突然问。

"我改程序时你就问过了。"

"但你没回答。"

"我没回答吗？"

"嗯。"他转头看着我，"最近好吗？"

"这问题有这么重要吗？"我说，"需要问三次？"

"你到底要不要回答？"

"最近是指多近？"

"这三个半月内。"

"三个半月已经'不近'了。"

"好。"他说，"那我改问：这三个半月来你过得好吗？"

"三个半月的日子超过一百天，太长了，很难一言以蔽之。"

"反正你不想回答就对了。"

"没错。"我笑了。

我们同时沉默了下来，只听见呼呼作响的风声。

"给你看样东西。"他首先打破沉默。

"《放学后的教室》吗？"

"是保健室，不是教室。"

"有差别吗？"

"当然有。保健室有床，教室没有。"

"哦。"我说，"不过这种东西我喜欢一个人看。"

"我不是要让你看这个！"

他转身走进研究室，我很好奇，便转头看着他。

只见他在书架角落拖出一个纸箱，然后从纸箱中抱出一团红色。

"还记得这个东西吗？"他又走回阳台，将怀中那团红递到我面前。

这是用红色厚纸片做成的绣球，比篮球大一些。

我耳边的风雨声好像突然停了。

那倒不是用厚纸片围成一个圆球，它并没有圆球的表面。

它是借着纸片的裁剪镶嵌黏合，组成像是现代钢结构建筑物的模样。

如果用一点点想象力，便会觉得这些厚纸构成的是一个圆球。

"喂！"赖德仁大叫一声。

我只是抬头看了他一眼，没有回答，伸手接过这个红绣球。

绣球内部结了几个金属制的小铃铛，早已锈蚀斑斑。

但当我轻轻摇晃绣球，绣球依旧发出清脆的当当声，即使风雨声也掩盖不住
这种清脆。

我转了一下绣球的角度，果然绣球上系着的那张红色小卡片还在。
卡片上写着：6号美女翁蕙婷。

我当然记得，事实上我也从来不曾遗忘。

1

你双手抱着绣球，仔细打量，然后皱了一下眉头。

"为什么古代会选择抛绣球招亲？"你问。
"因为绣球花瓣如绣，团聚成球，又美又圆，象征幸福圆满。"
"所以呢？"
"所以将彩布结成绣球花的样子，借着抛绣球寻找好姻缘。"

"怪怪的。"你摇摇头。
"哦？"
"如果绣球象征幸福圆满，那么抛绣球不就是抛弃幸福圆满？"
"这……"

"或许该这么说。"你歪着头想了一会儿，接着说，"我把我的幸福圆满抛向空中，然后你接住了我的幸福圆满。"
"很好的说法。"
"所以你得为我的幸福圆满负责哦。"
"尽力而为了。"

你笑了起来，双手轻轻摇晃绣球，绣球里的铃铛清脆响着。

那是上个世纪末——1998年，我大三上学期时的事了。

故事的开端跟赖德仁有关，那时我还住宿舍，而他是我的室友。

大二时班上有四十几个同学住宿舍，升上大三后，只剩不到十个。

搬离宿舍的最主要原因是每个人的东西变多了，寝室空间不够，当然也有交到女朋友或是想拥有独立空间于是搬离宿舍的人。

我和赖德仁选择留在宿舍，一来我们两人的东西都不算多；二来多数人搬走后，每个人的空间便相对增加。

原本四人一间的寝室，只有我和赖德仁两个人住。

两组上下铺我和他各占一组。我睡上铺，下铺置物，他刚好相反。

虽然大一和大二时他不是我的室友，但我们是同班同学，早已熟识，因此相处甚至同居都不是问题。

其实我很纳闷，照理说他已有女朋友应该要搬出去住才对，这样两个人在一起的时间会多很多，而且也不会有人打扰。

我曾经问过他，为什么不搬离宿舍？

"一般人确实认为有女朋友的人应该会搬离宿舍。"他说，"就像一般人认为长得帅、功课好又有才气的人一定很狂妄。"

"这跟搬不搬有什么关系？"

"但我偏偏就是谦虚低调的人。"他回答，"所以不能用一般人的眼光看我。"

赖德仁的成绩确实很好，但长相平平。

至于才气这东西，很难用来形容工学院的学生。

你会称赞一个数学、力学、计算机很强的人有才气吗？

七步成诗的人，你会称赞他有才气；七分钟组成一台计算机的人，你只会叫他帮你组计算机而已。

在我眼里，赖德仁最大的特色是他的身材又高又壮，像篮球中锋。

如果没记错的话，那天应该是9月的最后一天，理论上是秋天。

但南部没有明显的春、秋两季，因此天气还很炎热，只不过不像暑假时的酷热而已。

那天下午四点半左右，我和赖德仁要走回宿舍时经过学生活动中心，看见中心前的广场很热闹，像是在办什么活动。

走近看个仔细，原来是学生会主办的"校园十大美女"票选活动。

学生会跟各个系学会合作，请各系推举两位系上公认的美女参选。

有些系的女孩很少，甚至可能只有一只手的手指数目（比方敝系），那就不必勉强推举出两位女孩，以免坏了一锅粥。

算了算共有三十几个女孩参选，分别来自二十个系。

每个参选女孩都有自己的票箱，票箱写上姓名和系级，还贴了张照片。

投票的人可以投十票，但同一个票箱只准投一票。

票选活动将持续五天，今天是第二天。

其实这种活动还蛮无聊的，而且通常选不出真正的美女。

不过重点不是选出来的美女长怎样，而是选出她们以后要做什么。

答案竟然是抛绣球。

当然现在这个时代的人不会笨到认为女孩一定得嫁给接到绣球的人，这只是学生会想出来的庆贺中秋节的活动点子。

接到绣球的男生除了有礼物外，还可以和抛绣球的美女共进晚餐。

抛绣球的时间是中秋节过后第三天的下午四点半，地点在操场。

我和赖德仁都觉得抛绣球这点子不错，而且也想看看所谓美女的照片，便挤进去凑热闹，各自领了十张票，准备投票。

原本想先投自己系上的女孩，却发现系上并没有女孩参选。

虽然这是意料中的事，但还是令人不胜唏嘘、悲从中来。

我细看每个票箱上的照片，可能是我的标准不高或是照相技术太好，我发现美女还真的不少，很难抉择。

在票箱之间来来回回走了三次，才把手中的票投完。

票选活动结束后，依得票数多寡取前十名，"校园十大美女"便产生了。

学生会把票选结果公布在海报栏，我还特地跑去比对。

十大美女中我只投了其中两位，看来我跟多数人的审美观不太一样。

不过所谓的美女本来就是主观的认定，没有对与错的区别，就像有人说林青霞漂亮，也有人说白冰冰漂亮。

只不过说林青霞漂亮的人可能比较多而已。

从投票后到抛绣球前的这些天，我每天拉着赖德仁去打篮球。

不是突然对篮球感兴趣，而是要练习在一堆肌肉中抢篮板。

我得试着加强身体的弹性，并拉长每一寸肌肉。

赖德仁常取笑我，但我还是忍辱练跳。

中间碰到中秋节三天连假，我回家烤肉时也抽空练习原地跳跃。

阿爸看不惯，便大喊："烤肉不好好烤，却在那边跳三小！"

这些人哪懂得一个念到大三还没交过女朋友的人心中的痛呢？

所以我还是含泪练跳。

抛绣球当天，我四点就到操场卡位。

关于这点，我跟多数人的想法就一样了，因为操场上早已聚满了人。

我心里凉了半截。

四点半到了，人更多了，如果加上看热闹的人，操场挤了上千人。

我心中那么一丝丝卑微薄弱的火光，仿佛快要熄灭。

"现在的大学生都没事做了吗？这种无聊的活动竟然有这么多人？"

"×，你不也是？"

"挤在这里抢绣球实在太无聊了，大家有点自尊好不好？"

"×，你不也是？"

"怎么会有那么多无聊的人跑来呢？"

"×，你不也是？"

"只有无聊的人才会在这里。"

"×！你不也是？"

在拥挤人群的鼓噪声中，活动开始了。

十大美女一字排开站在台上，每人左胸上别着号码牌，1到10号。

这是名次的顺序，但由10号美女最先抛绣球，1号美女压轴。

当10号美女抱起绣球时，台下先是掌声雷动，三秒后突然鸦雀无声。

我看了看左右，每个人的眼神都十分凌厉，脚下则踩成弓箭步。

绣球刚抛出时，由于现场实在太安静，我仿佛听到细碎的铃铛声；当绣球从抛物线顶点往下坠落的瞬间，一声轰然巨响，全场一阵混乱，最后绣球在两个男生手中拉扯。

如果两头凶猛的公老虎同时撕咬一只鸡会如何？

果不其然，两人手中各抓着半个绣球，并互相叫骂。

台上的主持人赶紧叮咛绣球是厚纸片做的，禁不起拉扯，请拿出绅士风度，这是君子之争要展现大学生的气质等等。
对一群饥饿的猛兽强调温良恭俭让的美德，无疑是愚蠢的。
大家的神情看来都颇不以为然。
"如果绣球再被扯破，活动便终止。"主持人最后说。

这句话击中要害，大家的神情立刻转为严肃与冷静，而且开始有人比较那两个半球的大小，判断方式还分成面积和体积。
终于决定出险胜的一方，他兴奋地大叫一声，穿过人群跑上台。
在众人嫉妒甚至是怨恨的目光中，领取礼物并且和10号美女握手。
落败的一方则神情呆滞，愣在当地，眼角泛着泪光。

9号、8号和7号美女抛绣球的过程都很顺利，绣球都没被扯破。
我心想所谓的美女是否都是从小家境不好，总是吃不饱于是力气小，以致抛出的绣球都不够远。
目前为止抛出的四个绣球中，离我最近的，也在我面前十米以上。
看来抢到绣球的概率几乎是零了。

右肩突然被拍一下，我回过头，赖德仁正笑吟吟地看着我。
"喂。"我瞪了他一眼，"你有女朋友了，别来凑热闹。"
"没规定有女朋友的人不能参加啊。"
"被你女朋友知道的话，你就惨了。"
"她应该不会知道吧。"
"她一定会知道的。"我说，"因为我要告诉她。"
"喂。"他有点慌了，"别乱说话，我只是来凑热闹而已，没有……"

我没听他把话说完，马上转回头，面对主席台。
因为台上正传来"轮到6号美女"的声音。
我全神贯注、调匀内息、马步站稳，双眼紧盯6号美女手中的绣球。
6号美女抛绣球前竟然还助跑几步，真是好女孩，太令人感动了。
绣球被高高抛出，落下过程中那团红色在眼里越来越大、越来越清楚，几乎可以看见内部的线条和构造。
我来不及细想，本能反应是先微蹲，再弹身向上，伸长双手。

眼前的红色突然消失，只见蓝天白云。

脚才刚着地，便看见高我半个头的赖德仁双手抱着绣球，得意地笑。

"你……"我指着他，说不出话。

像突然想到什么似的，他的笑容瞬间僵硬，口中也"啊"了一声。

他迅速冲进我怀里，我感觉双手被一种力道牵引，去抓住某样东西。

赖德仁退开后，我的双手已抱着绣球。

"快上台啊。"他推了推我。

"啊？"我有点恍惚。

"你接到绣球了，快上台领奖！"他又推了推我。

这次推的力道大了点，我重心不稳，退了两步。

"可是……"我皱了皱眉。

他干脆拉着我快速穿越人群。我双手紧抱绣球，脚步有些踉跄。

他拉我走到主席台边，在我还搞不懂发生了什么事的情况下，我已经被引导上了阶梯，双手抱着绣球站在台上。

主持人和6号美女走过来，他先恭喜了我几句，再问我的姓名和系级，然后把装在手提袋里的奖品颁给我，我腾出右手接过。

6号美女的脸上一直挂着微笑，但始终没开口。

"里面还有张餐厅的招待券，记得要准时跟6号美女用餐哦。"

主持人说完后拍了拍手，但台下没人跟着拍手。

"预祝你们约会顺利。"主持人最后说，"双方握个手吧。"

6号美女先伸出手，但我双手抱着绣球，右手手指勾着提袋，只好赶紧将提袋交给左手手指，用下巴与左手夹着绣球，再伸出右手。

可能是我的样子很狼狈，她笑出了声，这是我第一次听见她的声音。

当我握住她右手的瞬间，只感觉一阵柔软，与一丝晕眩。

印象中除了小时候拉过妈妈的手以外，好像从没牵过女孩子的手。

不过印象是不准的，也许我小时候去医院看病时，护士小姐看我可爱，便牵着我的小手，搞不好还亲过我呢。

无论如何，妈，我终于长大了，您可以放心了。

"你真的可以下台了。"主持人说。

我大梦初醒，满脸通红走下台，双手还是紧抱着绣球。

"太逊了，好像这辈子没见过女孩似的。"赖德仁在台下等我，我一下台他立刻走过来狠狠敲了一下我的头。

"我……"

"快闪吧。"他推了推我，"真丢脸。"

赖德仁拉着我离开操场，直接走回宿舍。

我双手一直抱着绣球，无法摆动双手走路，感觉脚步有些虚浮。

背后偶尔爆出巨响，抛绣球活动还在持续着。

脑子有些混乱，感觉身在一个怪异的梦境中，很不真实。

但一路上绣球始终发出细微却清脆的声音，那声音却很真实。

"可以把绣球放下来了吧。"赖德仁说。

我回过神，发现已经到了寝室，便把绣球搁在桌上，然后坐在下铺。

"那是我的。"赖德仁指着勾在我左手手指的手提袋。

"哦。"我将手提袋给他。

他从提袋拿出一件包装成长方体的礼物，大概有30厘米高。

"这东西蛮沉的。"他用右手掂了掂重。

"还有一张餐厅的招待券。"我说。

"是吗？"他探头朝袋里看了看，"没有啊。"

"怎么可能？"我大吃一惊，不禁站起身。

"在这里啦！"他左手拿着招待券朝我晃了晃，随即哈哈大笑，说，"吓到了吧。"

"无聊。"我松了一口气，抢下那张招待券。

"少尉牛排馆？"我看了那张招待券一眼，"你听过吗？"

"没听过。"他摇摇头，"可能是新开的吧。"

"下星期五晚上七点……"我喃喃自语。

"有问题吗？"

"当然没问题，死都要去。"我说，"只是想把时间记熟而已。"

"嘿嘿。"

"嘿什么？"

"你也该请我吃一顿大餐。"他说，"如果不是我矫健的身手再加上身材的优势，在那种兵荒马乱的情况下，你不可能抢到绣球。"

"你还敢说？"我瞄了他一眼，"我要跟你女朋友说你去抢绣球。"

"别开玩笑了。"他急了，"我真的只是去凑热闹而已，结果不小心看见绣球飞过来，本能反应当然是跳起来接住啊。"

"我还是要跟她说，让她判断这种本能反应值不值得原谅。"

"拜托啦，连说都不要说。"

"那你该请我吃一顿大餐。"

"啊？"

"下星期五过后再请我吧。这段时间我要斋戒，确保约会顺利。"

"算你狠，请就请。"他拿起绣球把玩一会儿，绣球发出当当声，"原来里面有几个小铃铛。咦？还系了一张小卡片。"

我凑近看个仔细，卡片上写着：6号美女翁蕙婷。

"我有投翁蕙婷一票。"他说，"她在我的十大名单中，排名第三。"

"可是我没投她。"

"如果你没投她一票，千万不要老实说。一定要说你投了她一票。"

"不说实话不好吧。"

"这种实话没一个女孩喜欢听，何况是美女。"

"可是……"

"还有绣球其实是我接住的，更是绝对不能说。"

"这样好像是一种欺骗。"

"这只是个有趣的活动而已。不要想得太严重。"

我不是白痴，当然知道这些实话最好别说。

我也不是那种具备超凡的道德感以致死都要说实话的人。

只是觉得不跟她说实话，对她很不公平。

尤其是这种如果是两百年前举行的话，她就得嫁给我的活动。

或许我可以把这个活动视为有趣，然而她会怎么想？

我有些良心不安，虽然我的心不算太良。

无论如何，能跟陌生女孩免费共进晚餐总是件值得期待的事。

何况这女孩还是被验证过的美女，我除了期待外，更多的是紧张。

虽然在台上时我和她离得近，但我既紧张又恍惚，没能看清楚。

只有她不经意发出的笑声还算清晰。

现在回想她的面貌还是觉得模糊，印象最深的，大概是她的眼睛。
她没戴眼镜，眼神很清澈，个性应该不错吧？

在等待跟6号美女共进晚餐的这段期间，我常会做梦。
包括夜晚躺在床上之后所做的梦，还有白天在课堂中出现的那种梦。
我通常是梦到被放鸽子，然后我一个人痴痴地等。
陪伴我的只有冷冷的风、昏暗的灯光以及被抛弃在路边的小狗。
我甚至还曾梦到跟我吃饭的女孩活像母夜叉，我吓得魂飞魄散。
"你……你不是抛绣球的女孩啊。"我的声音几近崩溃。
"你也不是接到绣球的男孩呀！"
然后我在只有恐怖片里才会出现的笑声中惊醒。

这期间我只做过一个跟6号美女完全无关的梦。
在那个梦境里，我一个人躺在安静的沙滩上，听着海浪的声音。
海风徐徐吹来，我仿佛可以闻到海风中特有的咸味，非常真实。
醒来后我觉得奇怪，于是问赖德仁的看法。
"昨晚要洗澡时发现没干净的内裤，所以我赶紧去洗内裤。"他说。
"喂，我问的是梦。"

"我总共洗了五件内裤，洗完后挂在五个衣架上。"
说完后他抬头看了寝室天花板上的电风扇一眼。
这是那种悬挂在天花板上可以360度旋转的古老电风扇。
"你到底要不要回答我的问题？"
"我回答了啊。"
"嗯？"

"我把这五个衣架钩住电风扇外圈，睡觉前打开电风扇让它旋转。"他说，
"电风扇吹了一夜，今天一早五件内裤就全干了。"
"你……"
"你一定还闻到海风的咸味吧。"他笑了笑。
"混蛋！"

"别气了。"他赶紧赔笑脸，"你没发现我刚刚那段话的玄机吗？"
"什么玄机？"
"我昨晚睡觉时没穿内裤。"他突然压低音量。

我不想再理他，收拾好书本，准备出门上课。

"喂。"他叫住我。

"干吗？"我回过头。

"这几天你总是心事重重、心不在焉的样子。"他拍拍我肩膀，"只不过是约个会、吃个饭而已，要放轻松，别想太多。"

"我尽量了。"我看他坐在床上，"你想逃课吗？怎么还不出门？"

"今天是星期四，我早上没课。"他笑了笑，"你也是。"

"啊？"

"你明天晚上要去约会，千万别忘了。"

竟然忘了今天是星期几，难怪赖德仁说我心事重重、心不在焉。

我试着放松心情，找了些漫画来看，但只要一想到明晚就是生死关头，漫画再怎么好笑，我也笑不出来。

晚上在宿舍餐厅吃饭时，电视新闻说强烈台风瑞伯已确定登陆，主播用播报残忍凶杀案的语气，提醒大家务必要做好防台风准备。

电视画面左边的跑马灯也同时打出已宣布明天停止上班上课的县市。

"台南市停止上班上课。"

餐厅里欢声雷动，对学生而言，赚到一天台风假无疑是意外的惊喜。

但我却一点也不想笑，甚至还想哭。

明天是我二十年生命历程中最重要的约会啊，为什么台风要来搅局呢？

垂头丧气走出餐厅，可能是心理作用，我觉得空气的味道变了。

回到寝室又试着看漫画，但心情始终无法平静。

凌晨12点，窗外传来雨声，细细的雨声钻进耳里，像针刺的感觉。

我合上漫画，深深叹了口气，爬上床铺躺下来，注视着天花板。

这天夜里我几乎没睡着，只在天微微亮时，迷迷糊糊睡了一阵子。

不睡还好，一入睡又做了个噩梦，仍然是被放鸽子的那种梦。

但这次陪伴我的是狂风暴雨，耳边只听见风声，视野净是白茫茫一片。

突然间洪水朝我袭来，又快又猛，我一面拔腿狂奔，一面大喊："我不要当尾生啊！救——命——啊！"

然后我醒了，擦了擦汗，戴上眼镜看了看表，快中午12点了。

窗外依然下着雨，风声也隐约传来。

赖德仁不在，也许是趁着这难得的台风假，带女朋友去看电影。

我简单洗漱后，独自到宿舍地下室的餐厅吃饭。

电视新闻全都是台风灾情，我不想再听了，饭只吃一半便起身走人。

电视的声音从背后传来："请民众没事不要出门，千万不要拿自己宝贵的生命开玩笑。"

"要你管！"

我回过头，手指着电视机大喊。

这次糗了。我又羞又气，赶紧离开餐厅。

整个下午我都窝在寝室里，被窗外的风雨声搞得心乱如麻。

四点半左右，突然狂风大作，窗户好像在发抖，不断发出颤抖声。

偶尔传来碰撞声，应该是自行车或是花盆之类的东西被吹倒的声音。

还有辆汽车的防盗警铃声响个不停，吵死人了。

六点到了，我的心跳瞬间加速，几乎可以听见自己的心跳声。

再待在寝室的话可能会因心脏爆裂而死，我决定马上出门。

仔细收好那张招待券，把雨衣穿上，说了声菩萨保佑后，我便离开寝室。

在走去车棚骑摩托车的路上，强风不断，吹得我摇摇晃晃。

我越想越气，越气越冲动，越冲动越气，我不禁仰头大喊："把我的青春还给我！"

少尉牛排馆离学校很近，我抵达时还不到6点20分。

我不想太早到，只好在附近多骑几圈。

骑到第四圈时，大约6点40分，差不多了。

我先把摩托车停在五十米外，脱下雨衣挂在摩托车上，再顺着骑楼慢慢走到少尉牛排馆。

看了看表，6点50分，这时间应该很完美。

但风雨中的等待，即使只有十分钟，也是非常漫长。

7点到了，6号美女没出现，我安慰自己女孩约会时本来就会迟到。

7点5分，我安慰自己也许这里不太好找，女孩来到这里需要时间。

7点10分，我安慰自己这种天气出门的话，任谁都会晚个几分钟。

7点15分，我安慰自己……

完了，我已经想不出理由，而且开始担心梦境会成真。

我只担心了两分钟，便看见有个女孩出现在骑楼尽头。

我看不清她的穿着，只见她收了伞，甩甩伞面上的水，理了理头发后，朝我这个方向快步走来。

在这样的风雨中，整列骑楼没人走动，所以应该就是她了。

我觉得有些喘不过气，身体因紧张而细微颤抖。

果然她走到店门口便停下脚步，先看了我一眼，再看了看招牌。

"请问……"我鼓起勇气向前，"你是6号美女吗？"

"嗯？"她的眼神有些迷惘，"6号美女？"

"抱歉。"我的心瞬间从高空跌落，"我认错人了。"

"你没认错人。"她笑了笑，"我只是一时会意不过来，6号美女到底是什么而已。"

"啊？"我听见自己低声惊呼。

"对不起，我迟到了。"她拨了拨额头上似乎被雨淋湿的刘海，"我走到一半时，伞被风吹坏了，只好折回去换另一把伞。"

"真是抱歉。"我很不好意思，"这种天气还让你出门。"

"你为什么要说抱歉呢？"她似乎有些疑惑，"日子不是你定的，台风也不是你叫来的呀。"

"可是……"我想不出说抱歉的理由，"总之我很抱歉。"

"你太客气了，迟到的人是我呢。"

她笑了起来，眼睛清澈明亮，轻微的笑声，我感觉似曾相识。

我不好意思直视她的眼睛，略低下头，看见她穿着蓝色牛仔长裙。

裙角滚了一些白色花边，还有些深蓝色不规则且凌乱的图案。

那是蓝色布料浸了水之后的深蓝色水渍啊。

我再微抬起头，发现她的发梢似乎也因浸了水于是黏贴在肩上。

她轻轻拨开贴在肩上的头发，白色衬衫便出现细碎的水渍。

我突然有些激动，不自觉地注视她的眼睛。

视线相对时，她只微微一笑。

"我还没先自我介绍呢。"她又笑了，"你好，我叫翁蕙婷。也是如你所说的，6号美女。"

天色早已全黑，雨势仍旧猛烈，狂风依然号啕。

街灯稀稀落落，路上几乎不见人影和车辆。

整个世界好像只剩下我和她。

餐厅内透射出微弱的鹅黄色光线，或许可以带来一些温暖，但真正让这个世界温暖而明亮的，是她的眼睛。

那是在台上初会时，我对她的第一印象；也是从开始到现在，最深的印象。

2

你说你今天生日，农历正月十五，元宵节。

"我妈是在看花灯时，突然想生我呢。"你说。
"你妈是因为花灯太难看而受了刺激吗？"我问。
"才不是呢。"你撇了撇嘴角，"我妈说那年的花灯好美，所以我迫不及待想探出头来看。"
你笑了起来，眼睛闪闪亮亮，好像花灯。

原来是你出生那年的花灯特别美，所以你的眼睛特别漂亮。

"你想去看花灯吗？"
"想呀。可是去哪看呢？"
"台北和高雄都有灯会啊。"
"算了。听说灯会的人潮很拥挤。"
你叹口气，闭上了眼睛。

这样也好，因为只有在你闭上眼睛时，台北和高雄的花灯才会显得灿烂。

花灯正在远方闪亮，灯会里万头攒动。
就让花灯继续闪亮吧，就让人潮不断涌进灯会吧。
他们永远不会知道……

你的眼睛，才是世界上最漂亮的花灯。

"轮到你了。"

"嗯?"

"自我介绍呀。"

"你好。"我定了定神,试着稳住声音,"我叫蔡旭平。"

"还有呢?"

"还有什么?"

"如果我是6号美女,那你应该说自己是接住6号美女绣球的帅哥。"

"我有廉耻心,不敢说自己是帅哥。"

她简单笑了笑,没说客套的场面话,应该是认同我的廉耻心。

"我说自己是6号美女,会不会没有廉耻心?"

"这根本不一样。"我猛摇手,"你确实是美女,而且被投票验证,是客观的事实,连你自己都不能否认。"

"你真这么想?"

"当然。"

"那为什么你没投我一票?"

"啊?"我大惊失色,"你怎么知道?"

"我偶尔会有莫名其妙的预感,而这种预感通常很准。"

"真的吗?"

"嗯。"她说,"我无法召唤这种能力,但它会莫名其妙出现。"

"莫名其妙出现?"

"莫名和其妙是一对孪生兄弟,当他们在一起时,你便会说莫名其妙出现了。"她说,"这就是莫名其妙出现。"

"这……"

"我的话很莫名其妙吧?"

我犹豫了一下,还是决定点点头。

"今天风真大。"她转头看着街边拼命摇晃的树。

"是啊。"我也转头看着街上激起的水花片片,"雨也很大。"

"嗯。"她简单应了一声。

"哦。"我也回了一声。

"我们是千辛万苦来到这里讨论风雨吗?"她笑了笑。

"不好意思。"我左手推开并扶住店门,再闪身让出通道,"请。"

她说了声谢谢,把雨伞放进门口的伞桶,走进店里。

我跟着走进,收回左手,把风雨关在门外。

店内满是浓浓的鹅黄色光线,与外面的昏暗相比,这里是另一个世界。

她手里也拿了张和我一样的招待券,我们同时把招待券给女服务生。

"欢迎。"女服务生露出很神秘的笑容,"我还以为你们不来了。"

她领着我们走到最里面角落靠窗的桌边,淡紫色桌布绣满白色碎花,桌上还摆了个插上一朵粉红玫瑰的深绿色花瓶。

"哇,这花是真的。"我坐下后用手摸了摸玫瑰花瓣。

她突然笑出了声,我自觉可能做了蠢事或说了蠢话,耳根有些热。

女服务生端着一个像圆球形小鱼缸的东西放在桌上,表面是五彩玻璃。

五彩缸里装了半满的水,水面漂着几片红色花瓣。

套上透明塑料外壳的蓝色小蜡烛浮在水上,在缸内缓缓航行。

微弱的黄色火光穿透彩色玻璃,映在她脸庞。

我看着她脸上像水波荡漾的光与影,突然觉得不可思议:我怎么会没投她一票?

"很抱歉。"我说,"我没投你一票,请别介意。"

"我不介意。"她说,"只是很失望而已。"

"真的很抱歉。是我有眼无珠。"

"开玩笑的,这种事请不要放在心上。"她笑了笑,"当初系会长要我参选,我推不掉,只好随便挑张照片参选,没想到竟然会入选。"

"这种话不适合你说。"

"呀?"她很惊讶,"为什么?"

"人家会觉得你一定自认为很美,不可能选不上十大美女,才会随便挑张照片去参选。"

"我没这样想呀。"

"但一般人认为美女是骄傲的,所以会在你一定是骄傲的前提下,去衡量你的言行。"

"如果我一向谦虚低调呢?"

"在认为美女一定是骄傲的前提下，谦虚低调会被解读成做作。"

"你的想法呢？"
"你骄傲吗？"
"不。"她说，"我只是在尘世间迷途的小小丫头而已。"
"那你只是因为无法拒绝系会长，才会随便拿张照片应付了事。"
"就是这样。"她笑了。

女服务生端了两杯橙色的餐前酒放在桌上，微笑后走开。
"想不到身为美女的我，处境这么悲惨。"她低头闻了闻餐前酒，"怎么办？我的人生还很长呢，难道要一直承受这样的误解？"
"你是开玩笑的吧。"
"是的。"她笑了笑，"美女可以开玩笑吗？"
"可以。"我也笑了。

"那我们应该为了什么而干杯呢？"她举起酒杯。
"世界和平。"我也举起酒杯，"世界小姐参赛者通常这么说。"
"那就世界和平吧。"
我们互碰杯子，铿锵一声后，我们都笑了。

女服务生又过来了，把浓汤和色拉轻轻放在桌上，很慎重的样子。
"你们看起来很相配。"临走时，女服务生回头说。
"谢谢。"6号美女说，"这是我的荣幸。"
"不。"我吓了一跳，用力拍了几下胸口，"是我的荣幸才对。"
"先说先赢。"6号美女笑了笑。
女服务生带着满意的笑容离开，我则偷偷抚摸被拍痛的胸口。

这顿饭其实不是餐厅招待，因为学生会已经事先订了位、付了钱。
十大美女按照名次高低，订的餐厅价位也不同。
"2号美女那一对，是在台南大饭店吃欧式自助餐呢。"她说。
"你后悔了吧。"
"后悔？"
"嗯。"我点点头，"你应该会后悔没认真挑一张照片。"
"那你也该后悔。"
"后悔什么？"

"你应该接住1号绣球，而不是6号。"

"不。"我说，"我很庆幸。"

"谢谢。"她笑得很开心。

"不知道1号美女吃什么？"我说，"不过这种天气吃再好也没用。"

"听说每一对吃饭的时间都不一样。"她说，"我认识2号美女，他们是前天吃饭。"

"前天是风和日丽，晴空万里啊。"

"是呀。"

"为什么我们却在狂风暴雨、乌云密布的日子吃饭呢？"

"你后悔了吧。"

"不。"我笑了笑，"我很庆幸。"

"谢谢。"她又笑了。

原以为所谓的美女或多或少会有公主病，但6号美女似乎完全没有。

她很随和，不骄傲，看人时不用眼角，头也不会没事抬得很高。

我突然发现我的紧张与不安，跟风雨一样，也被关在门外。

虽然这像是梦境般的场景，但我觉得眼前的一切都很真实地存在，包括她的声音、她的笑容、她的眼神，甚至是她洒在浓汤上的胡椒粉。

也许是因为她的存在很真实而立体，有质量且有生命力，于是我也觉得自己是真实存在于这个时刻的这个空间吧。

女服务生这次端上的是装在小竹篮里的面包，并收走汤碗与色拉盘。

"面包要趁热吃。"女服务生说，"吃完可以再续。"

"还可以再续面包？"我有点惊讶。

"当然。"女服务生微微一笑，"难道会是再续前缘吗？"

然后女服务生走了，6号美女笑了，我则呆住了。

"真的很好吃啊。"她咬了一口面包，啧啧赞叹。

面包确实好吃，外脆内软，蒜香浓郁，烤的火候刚好。

"你会觉得我贪吃吗？"她问。

"不会啊。"我说，"为什么这么问？"

"因为我想再续前缘。"她笑了笑。

我抬起头刚好接触女服务生的视线，我还没开口或做任何手势，她立刻转身进厨房，然后端出另一篮面包走过来。

"我就知道你们一定会再续。"女服务生很得意。

"难道她也有莫名其妙的预感吗？"女服务生走后，我问。

"那只是推理，不是预感。"6号美女说，"她对面包很有信心，所以认为我们吃完后会再续。至于我嘛，就真的是莫名其妙的预感了。"

"你现在有预感吗？"

"刚见到你时出现了一次，下次不晓得什么时候出现。"她摇摇头。

"真可惜。我还想再领教一次你的莫名其妙预感。"

"嗯……"她低头闭目一会儿，再睁眼抬头说，"主菜三分钟内会来。"

"那只是推理吧。"

"没错。"她笑了，而且笑得很灿烂。

果然三分钟后女服务生端来两个黑色铁盘，铁盘上还有盖子。

掀开盖子后，餐盘发出响亮的哗哗剥剥声，四周似乎热闹起来。

"这是本店特制的少尉牛排。"女服务生说，"请慢用。"

"为什么叫少尉牛排呢？"6号美女问。

"这有个故事。"女服务生说，"三个军官一起到餐厅吃饭，老板要他们根据自己的军阶点菜。第一个军官说：我点少尉牛排。第二个军官说：我点上校汉堡。第三个军官说：那我只能喝汤了。"

"啊？"我很好奇，"说完了？"

"嗯。"女服务生点点头，"因为第三个军官是中将。"

"中将汤？"我说。

"是的。"

女服务生收走两个小竹篮和盖子，微笑后走开。

"她回答了我的问题吗？"6号美女问。

"不。她只是说了个故事。"

"那是笑话吧。"

"是笑话吗？"我说，"可是很难笑啊。"

"长得很胖的狗也还是狗，总不能叫做猪吧。"

"你说的对，那是笑话。"

我笑了起来，觉得6号美女有种莫名的可爱。

我低头看了看眼前的牛排，好大一块，刚闪过她是否吃得完的疑问，便听见她说："放心，我吃得完。"

"哦？"我略微吃惊，"这样很好。"

"如果你吃不完，我还可以帮你呢。"

"这样就不好了。"

"那就开动吧。"她拿起刀叉。

"请。"我也拿起刀叉。

吃牛排跟吃面包或喝汤最大的不同点，就是得考虑吃相和避免伤人。

所以我们不约而同闭上嘴巴，甚至连手中的刀叉也变温柔了，不是利落地切下肉块，而是轻轻地锯开一小片。

我开始担心这块牛排得吃到什么时候。

可能是我们太安静了，隐约可以听见窗外的树正激烈晃动的声音。

这样的气氛有些怪，好像是热恋中的情侣刚好在冷战的气氛，也好像是准备要离婚的夫妻正在讨论赡养费的气氛。

"我常有正在追寻某样东西的感觉。"她突然打破沉默，"但不清楚到底是什么样的东西。"

我一时不知道该接什么话，停下刀叉，注视着她。

"我找话题而已。"她笑了笑，"你别紧张。"

"嗯。"我也笑了，"其实我也在追寻哦。"

"是吗？"她说，"你追寻什么？"

"今天出门前找另一只袜子时，我才领悟到人生一直在追寻。"

她笑了起来，似乎呛到了，便拿起水杯喝了一口水。

"你还好吗？"

"嗯。"她点点头，"你一向是这么说话的吗？"

"应该是吧。"

"如果是的话，那我就忘了一件重要的事了。"

"什么事？"

"很高兴认识你。"她举起水杯，"蔡同学。"

"彼此彼此。6号美女……"我也举起水杯，"不，翁同学。"

"6号美女这绰号很有意思，只是美女这称呼我高攀不上。"

"你当之无愧。"我说。

"我受之有愧。"

"你应该问心无愧。"

"不，我愧不敢当。"

"你不必愧。"

"嗯？"

"抱歉，我愧不出来了。"我搔了搔头，"总之我是实话实说。"

"那我只好偷偷接受了。"她低声说，"你也只能偷偷这么叫哦。"

"好。"我点点头，"我偷偷叫。"

话匣子一打开，切割牛排便顺手多了，一推一拉便是一小块。

眼前的牛排越来越小，关于6号美女的事我知道得越来越多。

6号美女是台北人，工设系大三，跟我同届。

这学期搬出宿舍和两个学妹合租一间公寓，骑自行车上下课。

她是视听社的社员，因为可以看很多电影，听很多音乐。

"平时除了看书、看电影、听音乐外，没什么特殊的嗜好。"她说。

"现在你多了美女这种身份，该怎么办？"

"什么怎么办？"她问。

"你不用开始养成弹弹古筝、唱唱声乐、跳跳芭蕾之类符合美女身份的嗜好？"

"不用。"她笑了，"你呢？"

"我目前也没什么特殊的嗜好，不过以后恐怕会养成一种。"

"哪一种？"

"在台风天出门吹吹风，再找家餐厅吃晚饭。"

"这嗜好不错。"她说，"记得约我一起出门哦。"

"那是一定。"

"对了。"她像突然想到什么似的，"你的礼物是什么？"

"礼物？"

"就是这次抛绣球活动的礼物。"

"他还没拆开，所以不知道。"

"他？"她很疑惑，"你习惯用第三人称代表自己吗？"

"只是还……还没拆而已。"我不小心说溜嘴，呼吸瞬间急促。

"这么多天了还没拆，你真忍得住。"她说，"我的礼物是保养品。"

"你并不需要。"我说，"这种东西对你而言只能锦上添花，搞不好还添不了花，因为你的锦已经很锦了。"

"谢谢。"她似乎有些羞涩，"你过奖了。"

其实我并不清楚赖德仁拆了没，反正我不知道那份礼物是什么。

我没有接到绣球这件事始终困扰着我，即使我现在坦白，时机也晚了。

依她的个性，或许知道事实后只会一笑置之，未必会介意。

但我根本不敢冒着万一她很介意的风险。

我为自己的怯懦感到羞愧，无法正视她，有意无意将头略微转向窗外，仿佛又听见窗外的树激烈晃动的声音。

"没关系。"女服务生端来附餐饮料和甜点，都放在桌上后说，"待到雨散看天青。"

"啊？"我不禁将头转回，"什么意思？"

"守得云开见月明。"女服务生又说。

"好厉害。"6号美女拍起手来。

"谢谢。"女服务生收拾好铁盘，微微一笑，转身离开。

我望着女服务生离去的背影，愣愣的说不出话。

"喂。"她轻轻叫了我一声，"你的热咖啡快凉了。"

"哦。"我回过神，"其实女服务生说的话都会让周遭变凉。"

"嗯。"她说，"还好我点的是冰咖啡。"

"你果然有先见之明。"

她用吸管啜饮着冰咖啡，嘴角拉出淡淡的微笑。

"没想到雨丝这么斜，几乎都快平了。"她转头看着窗外的风雨，"这场雨不知道什么时候可以像我的名字一样。"

"什么意思？"

"会停（蕙婷）。"

"啊？"

"捧个场吧，我等这种可以开自己名字玩笑的机会等很久了呢。"

"嗯。"我拍了几下手，"你比那个女服务生还厉害。"

"谢谢。"她深深点了个头，像舞台上谢幕的演员一样。

好像直到此刻，我才对6号美女不再陌生，甚至觉得已经有些熟识。

可惜时间已经是九点半了，这种天气不适合在外头待太晚。

虽然我很舍不得，但起码的良知还在，我得赶紧送她回家。

当我询问她是否该离开时，她只轻轻嗯了一声，随即站起身。

她转身直接走向店门，没回半次头。

我感到怅然若失，她似乎并不像我一样，在离开前夕有些依恋。

不过即使她回头，也不代表是依恋。

就像一般人上完大号后，通常会看一眼再冲水。

难道这也是一种依恋？

"喂。"她在店门口的柜台边叫了我一声。

我收回思绪，发觉她在等我，于是匆忙站起身，不小心擦撞桌沿。

桌上的花瓶开始摇晃，我赶紧将它扶正。

我突然有种冲动，抽出花瓶中的玫瑰，走到柜台问女服务生，"可以给我吗？"

"花可以。"女服务生说，"人不可以。"

"谢谢。"我不想理第二句。

"送给你。"我立刻转身将那朵粉红玫瑰递给6号美女。

"谢谢。"她笑得很开心，右手接下玫瑰，低头闻花香。

"你会送银楼老板金子吗？"女服务生突然说。

"什么意思？"我问。

"你会送房地产大亨房子吗？"

"你到底想说什么？"

"银楼老板有的是金子，房地产大亨有的是房子。"女服务生说，"而这女孩就是最漂亮的花呀，你为什么还送她花呢？"

"此地不宜久留。"我别过头，低声告诉6号美女，"快闪。"

"没错。"6号美女也低声回答，并露出神秘的微笑。

"谢谢招待。"我和6号美女异口同声。

"你们一定要幸福哦。"女服务生说。

"现在就很幸福了。"我说。

6号美女只是轻声笑着，没说什么。

我拉开店门，突然袭来的风雨怒吼声让耳膜不太适应。

"风雨还是这么大呀。"她拿出伞桶中的伞。

"如果你不介意的话，我送你回去。"

"还得走一段路，不好意思麻烦你。"

"没关系。"我说，"这是应该的。"

"那就麻烦你了。"她说，"你的雨伞呢？"

"我穿雨衣来的。"我边跑边说，"请你等等，我马上回来。"

我跑到停放的摩托车旁，迅速穿上雨衣，再跑回她身边。

"辛苦你了。"她说。

"哪里。"我还有些喘，"走吧。"

她拿着未开的深红色雨伞，我穿着黄色雨衣，并肩在骑楼走着。

我们都没说话，或许彼此都不知道该说什么来搭配嘈杂的风雨声。

骑楼尽头到了，她停下脚步，我也跟着停下脚步。

她举起伞，我便稍微站开点，唰的一声，她撑开了伞。

我跟她保持的距离刚好是伞的半径，然后一起跨进风雨。

"风真的好大。"她双手紧抓着伞柄，手指间又夹着那朵粉红玫瑰，虽然有些狼狈，她却笑得很开心。

"还是穿雨衣好。"我说，"要交换吗？"

"你说什么我没听清楚！"

风雨声太大，正常说话的音量无法清晰传至耳里，我只好提高音量："我先帮你拿着花！你小心撑伞！"

"嗯！"她点点头，将花递给我。

我解开雨衣上面的扣子，将花插进上衣口袋，再把扣子扣好。

"我曾在这条路上看见有人开车穿雨衣呢！"我说。

"真的吗？"

"嗯！那时我很好奇便仔细一看，原来那辆车前面的挡风玻璃没了，一男一女只好穿着雨衣开车！"

"这笑话不错！"她笑了。

"不！"我也笑了，"这是故事！"

一直提高音量而且用惊叹号说话是件累人的事，我们只好选择沉默。

在风雨中她不时变换拿伞的角度，偶尔伞开了花，她便呵呵笑着，似乎觉得很有趣。

我也觉得有趣，因为打在身上的雨点，好像正帮我做免费的SPA。

虽然我应该要把握这最后相处的时间跟她多说点话，但我不想费心找话题跟她聊天，因为此时说什么或做什么，都比不上看着她开心地笑。

即使她的笑声常被风雨声淹没，但她的笑容依旧温暖而可爱。

我有点担心她的伞，更担心她被淋湿，便频频转头看着她。

视线穿过模糊的眼镜，我发现她身上仿佛罩着一层白色的光晕。

我突然有种她也许是天使的错觉。

"到了。"十分钟后，她在一栋公寓的遮雨棚下停住脚步，收了伞。

她呼出一口气，用手拨了拨覆在额头上的乱发，微微一笑。

这个遮雨棚不仅挡住雨点，也把雨声净化成低沉的滴滴答答。

遮雨棚下的空间虽然狭小，却已足够保护住她的声音，以至于她那句"到了"我听得很清楚。

"谢谢你送我回家。"她说。

"请别客气。"我说。

"今天很开心，也很高兴认识你。"她说。

"你抢了我的台词。"

"谢谢你带给我这么一段难忘的经历。"

"不。"我说，"该说谢谢的人是我。"

"哦？"

"因为你在我苍白的青春中，留下最缤纷的色彩。"

"你太客气了。"

"不，我真的很感谢你。"我说，"谢谢你给我这么美丽的回忆，即使十年后，或是更久之后，每当遇到台风天，我一定会想起今晚。"

她没回话，略抬起头看了我一眼。

依然是清澈明亮的眼神，昏暗的光线和震天价响的风雨声也掩盖不住。

将来我老了，回顾这一生时应该会在脑海里迅速掠过很多影像。

但一定会在这里定格，也许只有两秒钟，但一定是定格画面。

所有东西在发生的当下，就立刻永恒了。

因为无法永恒这件事，也是一种永恒。

这一刻她的眼神，对我而言就是永恒。

我很高兴也很自豪能认识6号美女，也许刚开始时是出自虚荣心，毕竟认识美女对平凡男孩而言是件值得炫耀的事。

但我此刻只觉得感恩，感激老天让我认识她，而且在今晚靠得这么近。

我心里正天人交战，我很想问她以后是否可以碰面？

是否可以留下一些联络方式？是否可以让我更靠近她？

但我始终没开口。

不是因为没有勇气，而是这会让我觉得太贪得无厌。

老天已经够眷顾我了，我不该再额外要求些什么。

就像中了发票的特奖已经够幸运，如果还要求奖金得用全新的新钞，那就太过分了。

我知道人们通常不是后悔做过的事，而是后悔那些没做的事。

或许将来我会后悔现在的不开口，但我还是下定决心，选择知足。

我再度解开雨衣上面的扣子，右手从上衣口袋拿出那朵粉红玫瑰。

"谢谢你。"我将花递给她，"祝你长命百岁。"

"这祝贺词有点怪。"她接下粉红玫瑰，"但这朵花开得真漂亮。"

"是啊。"我说，"女服务生忘了另一层道理。最了解金子价值的人就是银楼老板，最了解房子价值的人就是房地产大亨。最懂得欣赏花朵美丽的人，当然就是美得像花的女孩。"

她愣了愣，神情有些腼腆，过了一会儿才说："你过奖了。"

"那么……"我挣扎了几秒，终于转身迈出一步，"晚安了。"

"呀？"她突然低呼一声。

"什么事？"我停下脚步，转身面对她。

"我莫名其妙的预感又来了。"

"真的吗？"我吃了一惊。

她右手拿着花，低下头用花瓣点了眉心三下，再抬起头伸长右手，花瓣刚好碰触我的鼻尖。

"我们会再见面的。"她说。

那股淡淡的玫瑰香气，对我而言也是永恒。

3

你在梦里醒来，纯白的羽翼闪烁着光亮。

"为什么你总说我有白色的翅膀呢？"你问。
"因为你是天使啊。"我说。
你笑了起来，摇了摇手。
我的眼里净是白色的烟雾。

"那为什么你的翅膀是黑色的呢？"
"你非得逼我承认我是撒旦吗？"
我摸了摸头，试着隐藏微突的山羊角。你又笑了起来。
我黑色的翅膀，仿佛也染上了纯白的色彩。

"你听，好像打雷了呢。"你试着捂起耳朵，躲着惊慌。
"住在天上的天使怎么会怕天上的雷呢？"
"在公路上行驶的车子当然会怕公路上的车祸呀。"
"大姐教训的是。"我拱起双拳，由衷佩服。

"我又困了。"你收起羽翼，趴在桌上，右脸枕着右臂。
"那就睡吧。"
"你呢？"
"我的翅膀变得有些白，我该去买瓶铁乐士黑色喷漆。"

你看了我一眼，摇了摇头，再闭上双眼。
过了一会儿，你翻了个身，不小心掉落出一根白色的羽毛。
然后缓缓睡去。

而窗外的雷声正轰隆作响着。

　　我不知道在风雨中骑了多久的车才回到宿舍，因为那时的我似乎正处于时间停滞的状态，对时间的流逝没有感觉。

　　我只知道一进到寝室脱掉雨衣后，才发觉上衣都湿透了。

　　但严格来说，不算是我发现的。

　　"你怎么湿成这样？"赖德仁很惊讶。

　　"我怎么淋湿了？"我也很惊讶。

　　"搞屁啊，自己淋湿了都不知道。"

　　"啊！"我恍然大悟，"原来我忘了扣上雨衣的扣子。"

　　他瞄了我一眼，不再多说什么。

　　我赶紧去浴室洗个热水澡，换了件衣服，再回到寝室。

　　"约会还顺利吗？"赖德仁坐在书桌前写东西，头也不回。

　　"很顺利。"我说。

　　"真的很顺利吗？"他突然停下笔，回过头看着我。

　　"是啊。"我笑了笑。

　　"真的吗？"他站起身离开书桌，"你不是在强颜欢笑吧？"

　　"你好像并不相信这次的约会很顺利。"

　　"不是不相信。"他说，"只是很难想象。"

　　我坐了下来，不想理他。

　　"打铁要趁热。"他说，"如果明天风雨变小，你可以约她看电影。"

　　"怎么约？"

　　"打电话约啊！"

　　"我没有她的电话号码。"

　　"她住宿舍吗？"

　　"她在外面租房子。"

　　"她住的地方没装电话吗？"

　　"应该有吧。"

　　"啊？"

　　"啊什么，我怎么知道她住的地方有没有装电话。"

　　"啊？"

"啊什么。"我说，"反正我没问她的电话。"

"你不知道她的电话，以后怎么约她出来？"
"我没想这么多。"
"啊？"
"不要再啊了。"
"你以后还想见她吗？"
"当然想。不过只能随缘了。"
"你以后随缘遇见她的概率，恐怕比随缘出车祸还低。"
"胡说八道什么。"

"你没有问到她的电话，这样的约会怎么能叫顺利？"
"过程确实很顺利啊。我只是很知足，不敢再妄想而已。"
"你耍什么帅、摆什么酷、装什么潇洒！"
"嗯？"
"这不叫知足，这样的做法好像胸部小却用力挤出乳沟的女人。"
"什么意思？"
"逞强。"

"我……"我张大嘴巴，不知道接下来该说什么。
"只是问个电话而已，就算不知足吗？"
窗外隐约传来一声闷雷，我突然觉得那个闷雷已经打在我的头上。
"算了。"他转身走回书桌前，坐了下来，"你以后一定会后悔的。"
"不用以后。"我苦着脸，"我现在就后悔了。"
"请节哀。"他转头看了我一眼。

果然人生最悔恨的不是做过的事，而是没做的事。
我在心里大骂自己笨蛋，明明知道将来可能会后悔的，为什么刚刚不鼓起勇气问她的电话呢？
更没想到将来可能会后悔的这个"将来"，只撑了一个小时。
赖德仁说的没错，我在耍什么帅，摆什么酷，装什么潇洒？
问个电话而已，会死吗？
我双手紧抓着头发，几乎快把头发扯下。

"同学，我可以问你的电话号码吗？"

"嗯？"我松开双手，看着他。

"同学，可以给我你的电话号码吗？"

"你到底想说什么？"

"这么简单的话，你刚刚却不想讲。"

"你管我。"

"同学，如果你不介意，我可以打电话给你吗？"

"够了哦。"

我越想越气，冲到窗边打开窗户，大喊："把我的青春还给我！"

"同学，为了我的青春，我可以打电话给你吗？"

"不要再说了！"

"我的青春小鸟一去不回来……"

"唱的也不行！"

我赌气跳上床，翻来覆去始终调整不出一个可以让心情平静的姿势。

想再见6号美女一面的心非常炽热，伴随而来的悔恨力道也同样猛烈。

虽然知道6号美女的系级和姓名，但如果跑到她上课的教室外等她，她可能会觉得被骚扰，而且我也会看不起自己。

稍有差池的话，更会把这段美丽的回忆破坏殆尽。

写信呢？

我睁开双眼，仿佛看见曙光。

可是写信不是我的强项。

那么我的强项在哪？

我叹口气，还是闭上眼睛试着入睡比较实际。

一觉醒来时大约中午，才刚下床赖德仁便想拉我去吃午饭。

他说下午一点成功厅有播放电影，赶紧吃完饭后去看电影。

"片名呢？"我问。

"据说很有名。"他说。

"片名是什么？"

"据说还得了很多奖呢。"

"片名到底是什么？"

"如果我知道的话，在第一个问号时我就会回答你了。"

我不再理他，带着盥洗用具走到浴室。

盥洗完走回寝室，赖德仁一直催促我赶紧吃饭。

我有些意兴阑珊，但还是被他推着走。

我们在宿舍地下室的餐厅吃饭，吃完饭直接走到成功厅。

门口排了一堆学生，队伍还蛮长的。

"都怪你，拖拖拉拉的。"赖德仁抱怨着。

"免费的电影就别计较太多了。"我打了个哈欠。

凭学生证入场，不用对号入座，是在这里看电影的原则。

我们排队走进成功厅，一进场只觉得闹哄哄的，大家都在找座位。

"只能坐地上了。"我说。

赖德仁不死心，又放眼看了看四处，才不情愿地坐在阶梯走道上。

"片名到底是什么？"我也在阶梯走道坐下，在他前面。

"永别了，青春。"

"喂。"

灯灭了，鼎沸的人声瞬间安静，电影开始了。

电影一开头竟然是黑白画面，我很纳闷。

原以为只是影片质量不好，没想到过了五分钟后还是黑白画面，

我才惊觉这是一部黑白电影。

非常古老的影片加上业余的电影院，银幕不仅朦胧而且还偶尔下雪。

我只撑了二十分钟，便决定放弃了解这部电影在演什么的念头。

虽然如此，我还是没离开这里，一来连走道都坐满了人，要走很难；二来如果一走，岂不是告诉所有人我根本看不懂这部得奖电影？

身为一个大学生，基本的装腔作势的虚荣心我还是有的。

还有一个多小时动弹不得的时间，我便开始在脑海里倒带昨晚的情景。

6号美女温暖的笑容和清澈的眼神都很清晰，我不自觉地嘴角上扬。

可是一想到我为了莫名其妙的知足感恩心情，以致没开口问她电话，嘴角像吊着千斤石头，瞬间下坠。

虽然她有莫名其妙的预感，我们会再见面，但要我相信这个，很难吧？

而且她也没说是多久以后见面，万一是几十年之后呢？

那时我可能在老人赡养院与她重逢。

"你不是6号美女吗？"我叫住一个擦身而过拄着拐杖的老妇人。

"曾经有个男孩这么叫我。"她很惊讶，"呀！你就是那个男孩。"

"嗯。"我微微调整口鼻上的氧气罩，"没想到已经过了六十年。"

"是呀。"她叹口气，"我现在是6号老婆婆了。"

"你在我心中永远像初见面时那么美。"

"谢谢。"她又叹口气，"如果当初你肯问我的电话就好了。"

"这六十年来我没有一天不后悔。"轮到我叹口气，"还好我快死了。"

"那你就安心地去吧。"

"我打算将我的骨灰埋在少尉牛排馆前面。"

"现在采取的是灰飞烟灭火葬法，火葬后什么都不剩，不会有骨灰。"

"唉，时代真的变了。现在这个时代连猪都会开口说话了。"

"唉，是呀。而且还说英文呢。"

"唉，我们那个时代大家拼命学英文，没想到现在只有猪才学英文。"

"唉，这就是人生呀，总是变幻无常。"

"唉。"

"唉。"

灯光突然亮了，我的思绪终于回到20岁的现在。

全场延续播放电影时的静默气氛五秒钟后，突然有个男生用力拍手。

然后陆陆续续有人跟着拍手，最后几乎是掌声雷动还夹杂着欢呼声。

如果这部电影的导演看到这景象（但我猜他应该早已作古），一定会感动得痛哭流涕。

"这部电影真的这么好看吗？"我转头问赖德仁。

"才怪。"赖德仁也在拍手，"我看到一半就想死了。"

"那为什么大家都在拍手。"

"这么超级难看的电影，走又走不掉，现在终于演完了，难道不值得高兴吗？"

"没错。"我恍然大悟，也跟着拍手，"终于演完了。"

揉了揉发麻的双脚，我站起身。

散场的气氛很欢乐，大家似乎对这种默契感到有趣。

我和赖德仁走出成功厅，他边走边抱怨电影真的难看到爆。

我很庆幸刚刚没认真看电影，不然我应该也会很想死。

走到成功厅外面的小广场时，感觉左肩被轻拍一下。

我回过头，身子瞬间挺直。

"我不是说过我莫名其妙的预感通常很准吗？"6号美女笑得很开心，"我们果然又再见面了。"

我张大嘴巴无法合拢，也说不出话。

"这么快就忘了我吗？"她依然保持开心的笑容。

"不。"我赶紧合拢嘴巴后再开口，"你是6号……"

只见她很慌张地用手指贴住双唇比出嘘的手势，我便立刻住口。

"你忘了只能偷偷叫吗？"她的音量压得很低。

"抱歉。"

我看见她身后有两个女孩，而我身后也还有赖德仁。

"你刚刚有拍手吗？"她问。

"嗯。"我点点头。

"我也是。"她说，"我还差点睡着呢。"

"其实你应该睡的。"

"没错。"她笑了笑，"我后悔了。"

一听见"后悔"这个关键词，我立刻惊醒，想赶紧开口问她的电话。

"我可以……"

没想到开口问她电话，比想象中难多了，我竟然词穷。

"我有投你一票哦。"赖德仁突然插进话。

"哦？"她先是一愣，随即微笑说，"感恩。"

"你本人比照片好看。"

"谢谢。"她笑了笑，"不过我以后恐怕得戴太阳眼镜出门了。"

6号美女身后的两个女孩低声说了几句话，似乎正催促她。

"不好意思，我先走了。"她朝我和赖德仁点了点头，"Bye—bye。"

我见她转身离开，口中却吐不出半句话，双脚也钉在地上。

"你的青春走远了。"赖德仁说。

我鼓起勇气朝她的背影奔跑，只跑了几步，便看见她竟然转身跑向我。

我们在两步距离处同时停下脚步，然后也同时微微喘气。

"忘了跟你说。"她调匀呼吸后，接着说，"我昨晚在BBS（论坛）注册了一个新账号。"

"账号是？"

"你猜。"

"我猜不到。"我说，"因为我现在无法思考。"

"很好猜的。"

"请马上告诉我。"我说，"麻烦你了，6号美女。"

"你猜中了。"

"嗯？"

"就是6号美女呀。"她说，"ID是sixbeauty。"

"Sixbeauty？"

"嗯。"她点点头，"是资研的BBS，不是计中的哦。"

"我记下了。"

"你也去注册一个账号吧。"

"好。"我说，"可是要取什么ID呢？"

"showball。"

"showball？"

"绣球。"她笑了笑，"不错吧。"

"我得走了。"她转身看了一眼十米外等着她的两个女孩，"Bye—bye。蔡同学。"

"Bye—bye。6号美女。"

"要记得只能偷偷叫哦。"她边跑边回头挥手。

"嗯。"我朝她的背影喊，"我会记得！"

"问到电话号码了吧？"赖德仁走近我。

"没有。"

"啊？"

"啊什么，反正我还是没问。"

"啊？"

"不要再啊了，先回宿舍再说。"

我拉着赖德仁快步走回寝室。

那个年代BBS在大学校园内很兴盛，多数学生会上BBS。

我没有个人计算机，偶尔会在计算机中心或系上的计算机教室上BBS，回寝室的话就用赖德仁的计算机上BBS。

我注册过几个ID，但老是因为忘了密码而不再用。

后来干脆只用guest看文章，反正我在BBS上也很少PO文。

不过现在不同，我得赶紧在资研站注册showball。

我一回寝室便立刻打开赖德仁的计算机，联进资研的BBS。

"你真自动。"他说。

"借一下不会死。"我说。

"但是会受重伤。"

我不再理他，顺利注册了showball，昵称取为绣球，密码就用跟6号美女第一次见面吃饭的日期。

这密码我应该不会忘；万一忘了，那这个ID也没有存在的必要了。

注册完后，我第一个动作便是查询6号美女的签名档。

"我不只性感，而且感性。

美貌与才艺兼备，天使与魔鬼并存。

如果你见了我只想到性，那就太可惜。

如果你见了我没想到性，那还是可惜。

ps. 找我聊天前，请先掂掂自己的斤两，不要自取其辱。"

我整个呆住，像一只受惊的鹌鹑。

"你在找一夜情吗？"赖德仁双眼盯着计算机屏幕。

"不。这……"我惊魂未定，"这是翁蕙婷的签名档。"

"她竟然取性感美女这种昵称？"他很惊讶。

"性感美女？"我仔细看了看屏幕，"啊！我搞错了。"

原来我把sixbeauty打成sexbeauty，差一个字母是会死人的。

我重新查询sixbeauty的签名档，这次对了，昵称果然是6号美女。

"冬天到了，春天还会远吗？"

她的签名档只有这么一句，我很纳闷。

虽然中秋节过后天气确实变凉了，但应该还不到冬天。

"你在干吗？"我看见赖德仁手指飞快在键盘上打字。

"帮你发消息。"他说，"快好了。"

"喂！"我觉得不妙，赶紧拉开他，调出消息记录。

"性感美女叫sexybeauty，不是sexbeauty。你少了一个y。"

"多管闲事。无聊。"

"不过还好你的签名档有一个y。"

"签名档有y？有吗？"

"有。你的签名档很GY。"

"你死定了！"

赖德仁竟然用我的ID跟sexbeauty发消息，我回头想找他算账时，他已经溜出寝室。

还好不是发sixbeauty消息，不然他也死定了。

我不理会sexbeauty持续丢来的"你混哪里""马上回答我""是男人就要带种"之类的消息，专心思考我的签名档要写什么？

"冬天到了，春天还会远吗？

春天近了，夏天就不远；

夏天如果不远，秋天也就快到了；

秋天既然快到，冬天的脚步便近了。

现在是怎样？

要一直冬天到死吗？"

一时之间不知道该写什么，只好随便写下这些文字当做名片文件。

然后寄信给sixbeauty。

"6号美女你好：

请问我可以加你为好友吗？

绣球"

"你的签名档真无聊。不知所云。"

sexbeauty还在发我消息。

"如果你的父亲和男朋友同时出车祸送到同一家医院，同一间病房。请问你进病房后，会先抓住谁的手痛哭？"

"什么意思？"

"只是要你思考这个深奥的问题才不会来吵我。Bye—bye。"

我立刻下线，然后关掉计算机。

那个手机在学生族群还很罕见的时代，BBS是很方便的联络方式。

我又有了知足感恩的心情，感谢老天眷顾，我更靠近6号美女。

不过这种心情知道就好，不要太当真，我可不想再尝到悔恨的味道。

　　原本吃过晚饭就想上线，但赖德仁似乎对逗弄性感美女很感兴趣，当他看见性感美女也在线，便一直发她消息。

　　我催了他几次，他嘴里只说快好了，手指却从未停歇。

　　"你真的很无聊。"我说。

　　"没错。"他说，"所以才要跟她发消息啊。"

　　我再次上线时，已是深夜。

　　信箱里果然有新信，6号美女是好人，这点我有信心。

　　她有莫名其妙的预感，我也有莫名其妙的信心。

　　"当然可以呀，这是我的荣幸。

　　不过你的签名档似乎在取笑我呢。

　　其实我往往会忘了秋天的存在，以为夏天过后便是冬天。

　　每年这个季节，我会觉得只是夏天的尾巴，只是天气凉了点而已。

　　但如果人家问我：现在是什么季节呢？

　　我还是会回答：秋天。

　　因为秋天是真实存在着，即使在南部。

　　可惜我心里并不存在秋天，或者说，无法感受。

　　我这种感受跟我的预感一样，都算莫名其妙吧。：）

6号美女"

　　无法感受秋天？

　　这种感受虽然莫名其妙，但也没什么大不了，反正秋天在南部很短。

　　秋天在南部通常意味着早晚温差大，于是容易感冒，而当你终于不再感冒时才会突然惊觉冬天到了，秋天过了。

　　易逝的秋天好像只能留下打喷嚏流鼻水的记忆，所以不能感受也好。

　　我想回点什么东西给她，但左思右想也挤不出适合的文字。

　　如果我回：希望下次能跟你一起感受秋天。这样好像有些做作。

　　如果我回：秋天是我们初见的季节，你以后一定会感受到。

　　这样又有点轻佻，而且太自以为是。

　　无论如何，这是她寄给我的第一封信，我一定得回。

　　所以最后我写下：

　　"我也和你一样，无法感受秋天。

虽然我是在秋天出生。

绣球"

"我会先抓着我爸爸的手痛哭。"

才刚寄完信，屏幕突然跳出这条消息，又是sexbeauty。

"哦。"我觉得烦，随便敷衍一句。

"因为我男朋友很多，如果先握住男友的手，万一他脸上缠着绷带，我可能会叫错人。"

"哦。"你有完没完？

"你到底是混哪里？"

"当你咬了一口面包后，有什么比发现里面有一只蟑螂更可怕？"

"什么？"

"晚安。"说完后我立刻下线。

我起身离开计算机，打算洗个澡然后睡觉。

洗澡时脑海里陆续出现一些严肃的问题。

如果她已经有男朋友呢？

依她的个性和外表，这时候有男友的可能性很大。

如果我够幸运，她目前没有男朋友，那么我又该采取什么行动？

原先以为自己很容易知足感恩，没想到我的修为还是不够。

隐隐觉得自己若这么一头栽进去，可能会受伤，也可能对她造成困扰。

还是先做好心理建设吧。

为了不想后悔，我该把握住可以靠近她的任何机会；为了防范受伤太重，我得提醒自己不能强求、不能期望太高。

我得小心翼翼掌握这两者的平衡点，但搞不好这两者根本是冲突的，毫无平衡点可言。

如果只有知足感恩，我便能拥有一段美丽的回忆；一旦有了欲望，伴随而来的便是无穷无尽的烦恼了。

我的心原本像是平静的池塘，水波不兴。

当6号美女这块石头扑通一声掉进池塘，我才发现青蛙远比想象中多。

青蛙跳出池塘后总是呱呱叫个不停，我的心便不再平静。

这时反而有些庆幸没有她的电话，不然光打不打电话给她就得挣扎半天；如果鼓起勇气打电话，在电话中要说些什么也得挣扎；如果决定在电话中约她，怎么开口还是要挣扎；万一她在电话那端说No，跳出池塘的青蛙们大概全部会翻白肚。

那么我得挣扎着安抚青蛙的灵魂，然后挣扎着继续平心静气念书。

还好我跟6号美女联系的渠道是BBS，不用见到面、听到声音的交流方式对心脏的负荷比较小。

我可以通过mail或消息跟她说说话，言不及义也无所谓。

这样我跟她，就不是曾经短暂交会然后只留下美好记忆的两个人，而是现在还在进行中的两个彼此认识的人。

接下来的十天，我只在BBS上跟她说话。

虽然见面时才会有真实的触感，在网络上只能感受到一些余温，但我没在BBS上约她出来见面，一来怕唐突，二来勇气也不够。

直到今年最后一个登陆的台风——芭比丝的台风警报发布为止。

在少尉牛排馆那晚，我曾说我可能会养成在台风天出门吹吹风，再找家餐厅吃晚饭的嗜好。

她回答我说，要记得约她一起出门。

虽然我和她心里都明白是玩笑话，但这应该是个好的借口。

赖德仁也说这借口不错，但说无妨，试试看不会死。

"但是可能会受重伤。"我说。

"受重伤也比后悔好。"他说。

在餐厅吃中饭时从电视上得知芭比丝的陆上台风警报已在早上发布，吃完饭后我立刻写mail给她。

"台风又来了，今晚可能风雨交加。

不知道你是否愿意冒着生命危险跟我一起吃晚饭？

生命很重要，吃晚饭也很重要，冒着生命危险吃晚饭更重要。

所以……如果可以……如果不介意……如果你没事要处理……

今晚出门吹吹风，然后吃饭好吗？

绣球"

"两只蟑螂、三只蟑螂、很多只蟑螂。这是你上次问题的答案。"

已经好多天没在线遇见sexbeauty，没想到又收到她的消息。

"我问了什么问题？"

"咬了一口面包后，有什么比发现里面有一只蟑螂更可怕？"

"答案是半只蟑螂。"

"为什么？"

"这表示有半只蟑螂在你嘴里。Bye—bye。"

然后我下线走人。

下午的课要上到五点，而且她也未必会在晚饭时间前上线。

如果她收到mail时已经吃完晚饭，那么会不会对她造成困扰？

赖德仁说我想太多了，好像还没女友的人在烦恼小孩以后该做什么。

我想想也对，好不容易有了借口，冒点唐突佳人的风险应该可以接受。

五点下课钟响后，过了二十分钟老师才良心发现说了声下课。

我立刻冲出教室，直接跑到系上的计算机教室上线。

信箱有新信，我很紧张。

"这约定我还记得，谢谢你提醒我。

可是我今晚已经跟两个学妹约好六点半要去普罗旺斯吃饭。

如果你不介意跟三个女生吃饭，欢迎你一起来。

ps. 不是法国的普罗旺斯哦，它在崇学路188巷里。

6号美女"

看了看表，已经五点半了，没时间犹豫该不该介意了。

我立刻下线，骑车回宿舍，跑进寝室。

但当我把课本放下后，突然有些犹豫。

"喂。"我叫了正在打计算机的赖德仁一声，"计算机借我。"

"请。"他站起身让出座位，"这是我的荣幸。"

我瞄了他一眼，没时间理会他为什么这么干脆，坐下后直接上线。

然后我又细看一遍她的信。

6号美女是个客气的人，如果她的邀请只是客套呢？

就像如果客人到家里时，主人总会请他多留一会儿顺便一起吃饭。

但客人会回答："下次吧。我该告辞了。"

然后主人挽留，客人婉谢，最终客人一定不会留下来吃饭。

如果客人说："那我就留下来跟你们一起吃饭喽。"

我想主人应该会尴尬得不知所措吧。

如果我就这么跑到普罗旺斯，会不会成为不识相的客人？

"6点5分了，你该准备出门了。"赖德仁的声音在背后响起。

"喂。"我转头说，"不要偷看别人的信。"

"而且还有学妹啊。"他没理我，手指着计算机屏幕。

"可是……"我说，"我怕她只是客套。"

"她会客套吗？"

"应该会吧。"我说，"她本来人就很客气。"

"那你打算怎么办？"

"我想回信告诉她，说临时有事之类的理由。"

"如果她不是客套呢？"

"会吗？"

"如果她在风雨中眺望，痴痴等待着你的出现呢？"

"别傻了。"

"如果她等不到你，于是哭倒在露湿台阶上呢？"

"喂。"

"如果她是诚恳邀请你，你难道要用装死来回报她？"

"这……"

"如果她要客套，她会说：'抱歉这次不行，希望下次再一起吃饭。'"

"对啊！"我拍了一下额头。

"那还不快去？"

"没错。"

我立刻站起身，拿了安全帽便想往外冲。

"喂。"赖德仁说，"有台风警报啊。"

我只迟疑两秒，便拿出雨衣，说："亲爱的，晚上不用等我吃饭。"

"白痴。"他坐回计算机前。

我迅速穿上雨衣，打开寝室的门。

"不要送我啊。"关门前，我说。

赖德仁完全不想理我，头没转、话也没说。

跨上摩托车时我看了看表，6点20分，也许会迟到。

不管了，到了再说。

虽说是台风天，但外头没什么风，不过倒是有一点雨。

可能是受台风外围环流影响，所以才会飘了点雨。

崇学路离学校有段距离，而且我对那一带也不是很熟，花了些时间才找到188巷。

巷子弯弯曲曲、巷中有巷，而且天色已暗、天空又飘雨，我在巷弄间绕来绕去，始终找不到普罗旺斯。

我越骑越心急、心跳越快，握住车把的双手也微微发颤。

我只好在三条小巷交会处的墙边停下车，试着冷静，也让自己喘口气。

当我抬头朝天空准备大喊"把我的青春还给我"时，看见墙上画了一片蓝天下的熏衣草田，"普罗旺斯"就写在蓝天上。

我大喜过望，赶紧把车停好，脱下雨衣，随手搁在摩托车上。

其实这里非常靠近崇学路，只要一转进巷子就看得到。

刚刚太心急了，而且店门口的树长得很茂密，遮住了那四个字，因此才会找不到普罗旺斯。

看了看四周，这里刚好在三岔口，房子外侧便呈圆弧形。

我走到店门口，小小的木门带点童话风情，上面还写了Provence。

Provence?

不就是普罗旺斯吗？

我哑然失笑，刚刚我的眼睛只搜寻普罗旺斯这四个中文字。

还好那面好心的墙上写了中文字，不然我大概死也找不到。

店名用英文确实会比较有气质，即使把店名取为"Good morning"、"Come again"，你也会觉得新奇有趣。

如果用中文，便是"大家早"和"请再来"，那么你还会想进去吗？

不能再胡思乱想，我已经迟到十五分钟了。

伸手想推开木门时，手只伸到一半便收回，我竟然又犹豫了。

如果只有6号美女那还好，问题是还有两个我不认识的学妹。

况且现在她们应该正开心地吃饭聊天，我突然出现会不会煞风景？

虽然明白多犹豫一秒便是迟到更久，但还是不得不犹豫。

"你果然来了。"

木门被拉开，6号美女正探出身子。

"你……"我吓了一跳，说不出话。

"这里不好找，我怕你找不到，便出来等你。"6号美女走出门，"没想到一开门就见到你。"

"我……"我还是说不出话。

"你找了很久吗？"她问。

"还好。"我终于回过神，"其实我到的时候也已经迟到了，抱歉。"

"该说抱歉的是我。"她笑了笑，"邀约很仓促，请别见怪。"

"不不不。"我很不好意思，"你太客气了。"

"没淋到雨吧？"

"没有。"我说，"我穿了雨衣。"

"那就好。"

然后我们都不说话，也都忘了要走进店里，反而同时朝反方向走去。

经过店门前花草茂盛的三角形小花圃，又来到画了熏衣草的那面墙。

也许是那幅画带来的错觉，我仿佛闻到她身上散发出淡淡的香气。

像是可以安定人心、放松心情的熏衣草香味。

"我想请教你一件事。"我先打破沉默。

"请说。"

"你知道我会来？"

"嗯。"她点了点头。

"这又是你的莫名其妙预感？"

"可以算是预感。"她说，"但不算是莫名其妙。"

"怎么说？"

"因为我相信你会来呀。"

她笑了起来，笑容很灿烂。

虽然都是台风天，但这次只有微微的风、细细的雨；这里没有骑楼，只有花圃里盛开的花草；餐厅也不是同一家，而且这次吃饭应该要付钱；迟到的人换成是我，不再是她。

或许什么东西都会改变，也将改变。

但不变的依旧是她的眼神与笑容。

"绣球。"

"是。"我回答，"6号美女。"

"我们是千辛万苦来到这里欣赏墙上的画吗？"

"不。我们是来这里吃饭的。"

"那我们进去吧。"

"嗯。"

我们往回走，走到店门口，我推开木门让她先走进。

她经过我身旁时，对我笑了笑，是很开心的笑容，不是客套的微笑。

那一瞬间，我觉得心头有一阵微风吹过，带走犹豫和不安。

我也莫名其妙因为这阵微风而联想到秋天。

我确实是在秋天出生的没错，因为6号美女让我感受到全新的生命。

4

没来由的，我轻轻皱了皱眉头。

"可以吗？"你伸长右手，右手食指距离我鼻尖只有十厘米。
"你要干吗？"我很疑惑，"点穴吗？"
"我要开锁。"你说。
"开锁？"
"嗯。"你点点头，"可以吗？"
"当然可以。"我说，"可是锁在哪？"
"你的两眉之间。"
"那地方有另一种说法，叫眉心。"
"好。"你笑了，"请把眉心借我。"
"我的荣幸。"我说，"请随意。"
你又伸长右手，右手食指在我眉心写了几笔。

"你写什么？"
"一组数字。"
"这跟开锁有关吗？"
"因为这是密码锁呀。"
"那么你写了哪些数字？"

"1016。"你说，"我们第一次见面吃饭的日子。"
我愣愣地看着你，说不出话，心里有些感动。
"你以后一定要记得哦，当你不开心时，眉心就有道密码锁，但只要输入
1016便可打开。"
说完后你笑了起来，眼神很温柔。

我仿佛听见眉心传来细微的咔嚓声，锁果然开了。

普罗旺斯有两层，正厅挑高，天花板上悬挂水晶灯。

室内的空间不算大，水晶灯散发出的黄色光线刚好完全笼罩。

漆成白色的墙、柱、梁，窗台和摆设的家具都是原木的，给我的第一印象是温馨而清爽。

6号美女引领我爬上木制阶梯到二楼，楼梯间有一扇彩绘的窗。

"她们是跟我住一起的学妹。"6号美女先指着穿运动外套的女孩，"她叫李雯芝，绰号是蚊子。"

我发觉6号美女也穿了同样的外套，我想应该是她们的系服。

这种外套的样式是很典型的大学系服，薄薄的，很适合现在的季节。

"她叫林慧孝，没特殊的绰号。"6号美女又指着另一个女孩，"大家都叫她慧孝，但我习惯只叫她孝。"

这个叫孝的女孩大概是身体虚或是正感冒，竟然穿了黑色高领毛衣。

"他叫蔡旭平，但你们得叫他学长。"6号美女对两个学妹说。

"学长好。"两个学妹异口同声，并朝我点了点头，举止大方。

"你们好。"相较起来，我显得不太自然。

"其实你们已经见过面了。"6号美女对我说，"还记得吗？"

"已经见过面了？"我很惊讶。

"学姐。"蚊子笑了笑，"那时学长眼中只有你，哪会记得我们。"

"不要胡说。"6号美女轻声斥责，蚊子反而笑得更开心。

我正极力回想在何时何地曾见过这两个学妹，有些心不在焉。

"在看完那场很难看的电影之后。"6号美女在我耳旁轻声说。

"原来如此。"我恍然大悟。

"你请坐吧，别客气。"

"谢谢。"

我坐在6号美女旁边，对面是会笑的蚊子。

不，是慧孝和蚊子。

桌子贴着一面墙，墙上像是画了幅有院子的住家，涂满了整面墙。

这幅画很立体，好像可以穿过橘色外墙走进白色院子打开蓝色的门。

6号美女说这里的小火锅不错，于是她们点了三种不同的小火锅。

我则点了第四种小火锅。

既表示从善如流，又不至于完全没主见。

我很清楚自己的角色，因此在一开始的聊天中通常扮演聆听者。

除非有人对我说话时语尾加了问号，我才会开口回答。

当然为了避免让学妹认为我自闭，我总是尽可能保持淡淡的微笑。

幸好我的存在似乎不会干扰她们之间的聊天，她们一直聊得很愉快。

这并非是指她们当我是空气，而是她们都很大方，不会因为我的存在而觉得拘束。

"孝今天穿这样，你会不会很好奇？"6号美女转头轻声问我。

"嗯……"我犹豫一下，低声回答，"坦白说，会。"

"我也很好奇。"6号美女的音量依旧压低，"你问问看。"

"你可以自己问啊。"

"我和蚊子都问过了，但她给的答案并不一样。"

6号美女掩着口，声音更低了，"我想知道她会如何回答你。"

"遵命。"

"不好意思，学妹。"我转头将视线朝向穿黑色高领毛衣的慧孝，"我想请问你今天为什么穿高领毛衣？"

"这样穿有问题吗？"慧孝回答。

"高领毛衣对现在的气候而言，应该是太厚了。"

"因为我在戴孝。"

"抱歉。"我有些尴尬。

"没关系。"她说，"我刚失恋，想为逝去的恋情戴孝。"

"学长别听慧孝胡说。"蚊子插进话，"她正在热恋中呢。"

蚊子笑了起来，慧孝也朝我露出淡淡的微笑。

"果然。"6号美女又低声跟我说话。

"嗯？"

"孝给的答案又不一样了。"

"她穿什么很重要吗？"

"只是很纳闷而已。她昨天还穿短袖呢。"

"我也很纳闷。我刚刚的重点是高领，并不是黑色。"

"那你猜是为什么？"

"嗯……"我想了一下，"她昨天有跟男朋友约会吗？"

"有。而且很晚才回家呢。"

"果然。"

"嗯？"

"我想她穿高领衣服的目的，只是为了遮住脖子上的吻痕而已。"
我掩着口，尽可能把说话声音降到最低。

"呀？"6号美女不自觉抬高音量，随即又压低声音，"真的吗？"

"你可以试着观察一下。"

"观察什么？"

"如果她下次约会更晚回家，你可以观察隔天她是否戴面具出门。"
6号美女突然笑出声音，惊动了蚊子和穿黑色高领毛衣的慧孝。

"学姐。"蚊子说，"什么事这么好笑？"

"你耳朵借我。"6号美女站起来上身前倾，在蚊子耳旁边说边笑。
蚊子也是边听边笑，最后干脆放声大笑。

"原来如此呀，慧孝。"蚊子注视着慧孝的黑色高领。

"什么叫原来如此？"慧孝似乎是一头雾水。

"没事。"蚊子伸手碰触慧孝的衣领，"室内热，把领子翻下来吧。"

"不用了。"慧孝急忙将身子后仰，避开蚊子的手。

"果然。"6号美女对我说，不再压低声音。

"果然什么？"慧孝问。

"这里的小火锅果然很好吃。"6号美女说。

"学姐！"慧孝叫了一声。

"学姐说的没错呀，这里的小火锅果然很好吃。"蚊子说。
然后蚊子和6号美女又笑了起来。
基于民主政治的多数法则，我只好也跟着笑。
我发现慧孝的视线转向我，便说："我也觉得这里的小火锅好吃。"

"好吧。"蚊子终于忍不住，"慧孝，你的脖子是不是被我咬了，结果留下
痕迹，所以你才穿高领衣服遮住？"

"被你咬？"

"我是蚊子呀。"

"我不是被蚊子咬。"慧孝摇摇头。

"哦……"蚊子的尾音拖得很长，脸上也露出暧昧的笑。

"哦什么。"慧孝白了蚊子一眼。

"你只否认蚊子，没否认痕迹，也没否认遮住。"蚊子笑了笑，"结论是：你脖子上有痕迹，但不是蚊子造成的，而且你想遮住它。"

"蚊子，你好厉害。"6号美女说，"学姐以你为荣。"

"不敢当。"蚊子说，"学姐也该以慧孝为荣。"

"为什么？"

"慧孝忍着热，只为了遮住激情的痕迹，以免刺激至今仍小姑独处且没人追的我，这情操实在太伟大了。"

"没错。"6号美女说，"孝，学姐也以你为荣。"

然后6号美女和蚊子笑得很开心，慧孝则神态扭捏，说不出话。

我发觉她们虽然以学姐学妹相称，但更像多年的好朋友。

我不再像刚进来时那么拘谨，偶尔也会主动说些话。

蚊子是个健谈开朗的女孩，说话之间虽然带着些微稚气，却很可爱。

慧孝显得文静，而且有双水汪汪的大眼睛，是很多男生喜欢的类型。

不过由于她们跟6号美女在一起，对照组太强，因此在我眼里她们只是普通的女大学生而已。

我跟蚊子和慧孝之间的称呼很简单，就只是学长学妹；倒是我跟6号美女之间的称呼有些麻烦。

6号美女可以很大方叫我绣球，但我只能偷偷叫她6号美女。

一旦不能"偷偷"，我就不知道该叫什么。

因为我常叫她6号美女，久而久之便成了一种习惯。

反而听见"翁蕙婷"时，我还未必能立即把这名字跟她连在一起。

我想应该只有我这么叫她，她似乎也只在我面前自称6号美女。

我很珍惜这项特权，甚至觉得自豪。

因此当我要和6号美女说话时，就得转头面对着她，用第二人称的"你"开头。

还好6号美女就坐我身旁，我对着她讲话而且只用"你"来称呼她，并不会太奇怪。

这顿饭在我提醒今天是台风天的情况下结束，大约是9点。

但我们走出普罗旺斯时却发现雨停了，风也不强。

蚊子说慧孝加入一个band，下星期二晚上有场演奏会，要我去捧场。

"请问你弹奏什么乐器？"我问慧孝。

"我是keyboard，键盘手。"慧孝回答。

"好厉害。"我转头问蚊子，"你呢？"

"慧孝是keyboard，我当然是mouse。"蚊子说。

"那……"因为慧孝和蚊子挡在我面前，6号美女在她们身后，我只好绕过她们，走到6号美女面前，以便用第二人称，"你呢？"

"我只能是monitor了。"6号美女笑说。

在我也想开玩笑说些什么时，我发现慧孝和蚊子同时转过身看着我，似乎觉得我刚绕过她们只为了在6号美女面前说话的行为很怪异。

"所以你和蚊子都不是那个band的成员？"我只好转移话题。

"没错。"蚊子回答，"因为我们走的是气质美女的路线。"

"我也很有气质。"慧孝抗议。

"不。"蚊子说，"你是田野美女。"

"田野美女？"

"因为你很会种草莓。"蚊子说完后便大笑，6号美女也跟着笑。

"喂！"慧孝大叫一声。

"蚊子，你别再捉弄孝了。"6号美女说，"我们该回去了。"

她们分乘两辆摩托车，停放的位置跟我摩托车的位置在相反方向。

我们简短互相说声Bye—bye，就算告别。

"绣球。"我刚走到我的摩托车旁，便听见6号美女低声叫我。

"嗯？"我回过头，6号美女正向我跑来。

"待会儿你没事要忙吧？"

"没有。"

"那么你有空吗？"

"有空。"

"你还记得我住的地方吗？"

"当然记得。"

"请等我和学妹走后十分钟，你再离开。"6号美女笑了笑，"在我住处的楼下碰头。"

我还没来得及反应，6号美女已迅速转身离去。

我脑袋空白了几秒，才知道发生了什么事，赶紧看了看表。

十分钟虽然算短，但我在这十分钟内起码绕着摩托车走了一百步，而且看了七次表。

十分钟终于到了，我立刻发动摩托车走人。

6号美女的住处虽然只去过一次，但我印象很深，而且这段时间内我常在脑海里浮现在那里跟她聊天的景象。

甚至可以听见当时滴滴答答的雨声。

所以我并不需要东张西望找路，就很精准地抵达6号美女住处的楼下。

我在附近停好摩托车，再走回6号美女的住处楼下。

她还没出现，我只好抬头看着遮雨棚，这让我缓和了一些紧张的情绪。

铿锵一声铁门开启，6号美女刚探出身便看见我。

"你怎么这么快？"她似乎很疑惑，"你有等十分钟吗？"

"有啊。"我有些激动，"误差绝不会超过十秒。"

"你别紧张，我相信你。"她笑了笑，"不过这表示你骑车很快，你应该骑慢点。"

"不好意思。我以后会注意的。"

6号美女嗯了一声后便往前走，她走了五步后我才快步跟上。

我在她左后方一步，走了一会儿才发觉这应该是跟长辈走路时的礼仪。

刚好6号美女转头朝我笑了笑，我便再踏前一步，跟她并肩走着。

走了三分钟她还是没开口，我越来越纳闷，不断思考她正在做什么。

或是即将要做什么？

"喂！"6号美女拉住我衣角，"现在是红灯。"

我吓了一跳，急忙缩回脚步，退回她身旁。

"你干吗闯红灯呀？"

"我生肖属牛，所以看到红色会想要冲过去。"

"胡说。"6号美女笑了，"你生肖又不属牛。"

"我刚刚在想事情，所以没注意。抱歉。"

"你想什么事呢？"

"嗯……"我犹豫一下，"我们是千辛万苦来到这里过马路吗？"

"当然不是呀。"

"那……"

"虽然现在没有雨，也没什么风，而且顺序也反了。"6号美女说，"但该做的还是要做。"

"顺序反了？"我很疑惑，"该做的？"

"你忘了那个约定吗？"

"约定？"

"在台风天出门吹吹风，再找家餐厅吃晚饭。"

"啊？"

"我们已经吃过饭了，但还没吹吹风呢。"

绿灯亮了，6号美女跨步往前，但我还愣在原地。

"快过来呀。"6号美女停在斑马线中央朝我招手。

"虽然是绿灯，但你站在马路中间很危险。"我快跑到她身旁说。

"虽然是绿灯，但你用跑的过马路也很危险。"

"这……"

"快走吧。"6号美女拉住我衣袖往前走，我顺势跟着她走到对面，"这样就安全了。"

能跟6号美女这样并肩走着当然值得兴奋，但更多的是感动。

没想到她如此重视那个根本只能算是开玩笑的约定。

我打从心底觉得6号美女非常真诚，甚至让我联想到"正直"这种字眼。

我一面走，一面想着：她是如此美好，我该如何成为一个更好的人？

"在想什么？"6号美女停下脚步。

我回过神，发现不知不觉间已走进校园。

"没什么。"我说。

"这时我不用莫名其妙的预感也知道你有心事哦。"

"不是心事，只是……"我顿了顿，"只是很感谢你。"

"你怎么老是说谢谢呢？"6号美女说，"我担待不起的。"

"如果不能感谢你，那我只能感谢天了。"

6号美女笑了笑，没说什么。

"你对蚊子和孝有何看法？"过了一会儿，6号美女突然说。

"看法？"

"我找话题而已，你别紧张。"

"哦。"我笑了笑，"她们两个人都很好。"

"是呀。"6号美女也笑了笑，"还有呢？"

"嗯……"我思考了一下，"蚊子倒是让我想到两件事。"

"说来听听。"6号美女眼睛一亮。

"我班上有个绰号叫苍蝇的同学，可以介绍给她认识。"

"为什么他的绰号叫苍蝇？"

"因为他总说他是苍鹰，我们不以为然，便叫他苍蝇。"

"原来如此。"6号美女说，"那第二件事呢？"

"第二件事跟一个古老的故事有关。"

"哦？"

"学长骑摩托车载着学妹，骑进加油站。学长说：'学妹，我要上厕所，你帮我加油。'说完后学长便跑向洗手间。学妹朝学长的背影高喊：'学长！加油！学长！加油！'"我笑了笑，说，"蚊子让我莫名其妙想起这个故事中的学妹。"

"这是笑话吧。"6号美女说。

"不。"我说，"这是有点冷的故事。"

果然是有点冷，6号美女没什么反应。

但过了一会儿，她突然笑了起来。

"这故事有点莫名其妙的好笑。"6号美女笑说。

"哦。"我说，"谢谢。"

"你又说谢谢了。"

我简单笑了笑，她不知道能够看见她开心的笑容是件值得感恩的事。

"你知道我第一次听见雯芝这名字时联想到什么吗？"

"色变吧。"我说。

"对。就是闻之色变。"6号美女很疑惑，"你怎么知道？"

"随便猜的。"我说，"因为我也有想过。"

"我一直不敢跟蚊子说这个，怕她说我太无聊。"

6号美女又笑得很开心，"想不到你跟我会有同样的想法。"

"这是我的荣幸。"我说，"还有，谢谢。"

"你谢上瘾了。"

"是的。"

"那么孝呢？"

"我只想到如果有天她哭了你会怎么说？"

"哭了？"6号美女问，"什么怎么说？"

"你会说：孝，你怎么哭了？"我说，"听起来有又哭又笑的味道。"

"你这话才叫人哭笑不得。"

"如果她有哥哥叫孝一，那就更酷了。"

"孝一？"

"如果希望孝一笑，就得说：孝一笑一笑。"

"你好像在绕口令。"

"是啊。"我不叫孝一，但还是笑一笑。

"很抱歉，今天风势不强，这样好像不能叫吹吹风。"

"新闻说可能要等到凌晨风势才会变强。"

"这样呀。"她皱了皱眉头，"可是我明天早上有课。"

"6号美女。"我停下脚步。

"嗯？"她也停下脚步。

"谢谢你今晚邀我一起吃饭，我很荣幸，也很开心。"

"请别客气。"

"你把那个约定当真，于是跟我出来吹吹风，我很意外，也很感激。"

"你实在太客气了。"

"原本我以为我只能保有瑞伯台风时的美好回忆，没想到现在又多了芭比丝台风的美好回忆。"我说，"谢谢你，让我的青春像彩虹。"

"你……"6号美女欲言又止，似乎不知道该说什么。

"往回走吧。"我说，"毕竟是台风天，不能让你在外面待太晚。"

"嗯。"6号美女点了点头，重新跨出脚步。

"如果你不介意，请允许我再说声谢谢。"我也迈开脚步。

"好吧，但这是今天的最后一次哦。"

"谢谢。"

"不客气。"

"你一定会长命百岁。"

"你又来了。"6号美女笑了。

"虽然现在没什么风，但天气已经很凉了，看来冬天快到了。"

"冬天到了，春天还会远吗？春天近了，夏天就不远；夏天如果不远，秋天也就快到了；秋天既然快到了，冬天的脚步便近了。"

6号美女扑哧一声笑出来，"现在是怎样？要一直冬天到死吗？"

"不好意思。"我搔了搔头，"我会找时间改掉我的签名档。"

"那我也要找时间改掉我的签名档。"

"你不必改。"

"不。"她摇摇头，"我一定要改。"

"嗯？"

"我现在突然可以感受到秋天了。"

"这又是你的莫名其妙预感？"

"这确实是莫名其妙。"6号美女说，"但不是预感。"

"哦？"

"你试着闭上眼睛，感受现在的风。"

我闭上眼睛，专心感受吹过脸庞的风。

"感受到秋天了吗？"

"我只觉得凉而已。"

"那你听见秋天的声音了吗？"

"秋天的声音？"

"你没听见吗？"

"没有啊。"我问，"秋天的声音是什么？"

"秋秋秋秋秋秋秋秋秋。"她说，"一共九个秋。"

"这……"

"这就是秋天的声音。"

6号美女又笑了起来，而且越笑越开心。

我不由自主地跟着她笑，也很开心。

"原来这就是秋天的声音。"我点了点头，"我懂了。"

"很好。"她说，"那你知道秋天的风跟冬天的风有何不同？"

"不知道。"我说，"请指教。"

"还是得请你闭上眼睛。"

"遵命。"我又闭上眼睛。

我感受到一阵细微的风吹过脸庞,但跟刚刚的风不太一样。

现在的风好像有股热气,是温暖的。

我睁开双眼,看见她的双唇像吹笛子时的嘴形,正往我脸上吹气。

"感受到了吗?"6号美女笑了笑,"这就是秋天的风。"

"原来如此。"我说,"那么冬天的风呢?"

"冬天的风嘛……"

6号美女鼓满双颊,脸蛋变圆,像饱满的气球。

气球突然被解开,强烈的气流伴随细细的尖锐声刮过我脸上。

"辛苦你了。"我说,"我终于能分辨秋天的风跟冬天的风。"

"很好。"

"原来冬天的风是湿的,而且还有火锅的味道。"我擦了擦脸,"我太感动了。"

"抱歉。"她急忙翻了翻外套口袋找面纸,我跟她摇摇手说没事。

"普罗旺斯的小火锅果然很好吃。"我笑了笑。

6号美女虽然又说了抱歉,但脸上的表情却跟台词不符。

"不好意思,我还想再感受一下冬天的风。"

"可是我嘴巴已经酸了。"

"那么下次吧。"

"嗯。"6号美女点点头,并露出淡淡的微笑。

"你又把这当约定了吗?"

"是呀。"6号美女说,"不过要等到冬天哦。"

"我已经开始期待冬天了。"

"即使是一直冬天到死也无所谓?"

"嗯。"我点了点头。

我们几乎不再交谈,静静走着,似乎同时在用心感受秋天的风。

走出校园、等红灯、穿过街道、在骑楼漫步,秋风似乎无处不在。

到了她住处楼下的遮雨棚,秋风才略事休息,不再拂过脸庞。

"轮到我有莫名其妙的预感了。"我停下脚步。

"真的吗?"

"我们下星期二会再见面的。"

"那是推理。"6号美女笑了笑，"记得带你朋友来捧孝的场吧。"

我点了点头，跟6号美女说了声晚安后，便转身离开。

跨上摩托车后，秋风又出现了，随着车子前进而迅速掠过脸庞。

我不由得想起刚刚她往我脸上轻轻吹气的唇形。

我特地在附近多绕一圈才骑回宿舍，走进寝室时已快11点。

"还在等我吃晚饭吗？"我一进寝室便看见赖德仁坐在计算机前，"你真是重情重义啊。"

"白痴。"赖德仁转头说，"问到电话号码了吧？"

"没有。"

"啊？"

"啊什么，反正还会再见面。"

"啊？"

"不要再啊了。"我走到他身旁，"你该念书了，计算机借我。"

"是的。"他立刻站起身。

我坐了下来，联进BBS，赖德仁拉了张椅子在我背后坐下。

"喂。"我回头说，"别想偷看。"

赖德仁耸了耸肩，到他的床铺躺下。

我不再理他，专心想着签名档该改成什么。

"你说秋天的声音是秋秋秋秋秋秋秋秋秋。一共九个秋。

我明白了。

秋天在你脸上、秋天在你的眼神、秋天在你的笑声。

秋天在你飞扬的发梢、秋天在你轻轻吹气时的嘴角。

秋天在你推开门的一刹那、秋天在你经过我身旁时的淡淡香气。

秋天在你莫名其妙的预感里……

秋天在你我不经意的约定中。

嗯，果然是九个秋。"

"好感人。"赖德仁假哭了几声，"我鼻酸了。"

"喂。"我回头发现他已偷偷坐在我背后，"早叫你别偷看了。"

"我情不自禁啊。"他说完后便又躺回他的床铺。

我正准备下线关机时，又收到sexbeauty发来的消息。

"你为什么喜欢问一些奇怪的问题？"

原本不想理她，不过心情实在太好了，跟她发几条消息也无妨。

"这次我问一个很简单的问题。"

"什么问题？"

"你坐火车要到A站，请问当火车到B站时，你会在B站下车吗？"

"我为什么要下车？"

"答案错了。"

"错了？"

"答案是：不会下车。不是：我为什么要下车。"

"什么？"

"晚安。"我下线关机走人。

我到浴室洗个澡，洗完澡回到寝室已经过12点了。

窗外的风势似乎转强，我开窗感受一下，确实有些台风味。

我到床上躺下，赖德仁开始问我今天约会的细节。

"你跟她散步时，没有牵着她的小手吗？"

"没有。"

"哦。"

"哦什么。"

"你应该牵她的手。而且在牵手的瞬间称赞她的小腿很漂亮。"

"为什么？"

"这样她会下意识看着自己的小腿，忘了你正牵她的手。"

"所以呢？"

"所以你就赚到了啊。笨。"

"她还是可以立刻甩开我的手。"

"那你就说：'抱歉，我只想看看你的手是否跟小腿一样漂亮。'"

"她今天穿长裤。"

"你可以改称赞她的头发很漂亮，她总不会戴帽子或剃光头吧。"

"我要睡觉了。"我闭上双眼，不想理他。

"你还可以在手里藏一小片碎叶，然后用手轻轻抚摸她的头发。"

"干吗？"我又睁开眼睛。

"干吗是她的台词。"

"喂。"

"然后你回答因为她头发上有片叶子，所以你伸手帮她拿下。"

"鬼才相信。"

"鬼才相信还是她的台词。"

"你有完没完？"

"还没完。你可以向她摊开手掌，证明确实有片叶子。"

"所以呢？"

"你不仅免费摸到头发，而且还会赚到她的一句谢谢。"

"无聊。"

"还有很多招。你想不想听？"

"你说给自己听吧。"我翻了个身，"我要睡了。"

"好，那我就说给自己听了。"

于是赖德仁开始自言自语，偶尔还吃吃笑了起来，很吵。

我猜他小时候父母一定经常不在家，而且别的小孩也不跟他说话，所以他练就一身对着空气连续讲几个小时的话都不会累的本事。

这晚我就在他的聒噪声和窗外呼呼的风声中迷迷糊糊入睡。

在等待孝的演奏会的这段日子里，我在线遇见6号美女几次。

我们通常只是礼貌性互丢了几条消息，没多作交谈。

6号美女说我的签名档很有味道，把她随口说的话拗得很好。

不过她还没改掉签名档，她说她得再想想。

"签名档这东西不用太认真，完全空白也可以。"

"不行。我要在秋天结束前想出来。"

时序刚进入11月，秋天或许快结束了。

今年南部10月中旬才感到一丝秋意，到11月底时可能已入冬。

秋天的寿命只有一个月左右，果然很短。

难怪以前的人老喜欢感伤秋天，搞不好只是因为秋天太短。

"这次你一个问题也不许问。"

又是sexbeauty。

很好，反正我也觉得问她无聊的问题是件无聊的事。

"很多男生总喜欢搞怪来吸引我的注意，你应该也是吧。"

"哦。"

"所以你故意问一些奇怪的问题，好让我留下深刻印象。"

"哦。"

"这也难怪，毕竟我可是个会让男人流鼻血的女人呢。"

"你是拳击高手吗？"

"什么？"

"晚安。"我下线关机走人。

慧孝的演奏会在材料系馆前，时间是晚上八点。

这晚我和赖德仁还有他女友一起吃饭，吃完饭后也一起到材料系馆。

他的女友也是大三，虽然不跟我们同校，但学校也在台南。

大二上她们班和我们班一起骑摩托车郊游，回来后他们便开始交往。

虽然她名字里没有倩，但我都叫她小倩，赖德仁也跟着叫。

之所以会叫她小倩，是因为《倩女幽魂》这部电影。

小倩的头发又长又直，走路轻飘飘的，又喜欢穿白色连身长裙。

她的眼睛很大，通常眼睛很大的女孩眼睛都会说话。

只不过别的大眼睛女孩眼睛说的是：我好美啊；但我看到小倩的眼睛时，总会莫名其妙听到：我好惨啊。

所以我叫她小倩。

她曾经问我为什么要叫她小倩？

"因为你像王祖贤一样美啊。"赖德仁抢着回答。

小倩确实算漂亮，白天看见她时很赏心悦目，但如果是半夜12点在公园里遇见她，我一定会转头加速狂奔。

材料系馆前的这个演奏会场地很简单，摆了四十张椅子，但没有舞台。

除了孝弹keyboard外，还有两个弹吉他，一个打鼓，另一个主唱。

打鼓的是男生，其余都是女生。

观众站着或坐着，也有人靠在墙上或坐在花圃边上，席地而坐的也有。

演奏的是流行歌曲和英文歌，轻快的旋律居多。

第一首曲子演奏到一半时我便发现6号美女和蚊子，曲子结束后我主动朝她们走去。

"嗨，绣球。"6号美女先打招呼。

"你好。"

不能叫6号美女，我还是只能用第二人称。

"我有投你一票哦。"赖德仁说。

我回过头，他拉着小倩的手站在我背后。

"你是要说几次？"我说。

6号美女微微一笑表示响应，赖德仁点个头后便又拉着小倩走开。

"学长你好。"蚊子说。

"蚊子学妹你好。"

"刚刚那个人是？"蚊子问。

"他是我室友。"我说，"旁边的女孩是他的女朋友。"

"他女朋友长得很漂亮。"6号美女说。

"你也不必自谦。"我说。

"谢谢。"6号美女笑了。

"学长。"蚊子轻咳一声，"我呢？"

"你是骰子。"

"嗯？"

"很正。"

"谢谢。"蚊子笑了。

赖德仁和小倩坐在椅子上，6号美女和蚊子在花圃边上的矮墙坐着。

两组人马相隔十米。

就像《左右为难》里唱的：一边是友情，一边是爱情。

但这实在太好选择了，我当然坐在6号美女和蚊子这边。

而且蚊子还很识相地让6号美女和我比邻而坐。

虽然演奏会里没太多交谈的时间，但能跟6号美女注视同样的方向、倾听同样的旋律、偶尔转头互相交换笑容，就是一件幸福的事。

当最后一首曲子——《Before The Next Teardrop Falls》演奏完后，6号美女似乎突然发现熟人，便起身前去打招呼。

那是个身材细瘦高挑的女孩，侧面看起来很有明星味。

赖德仁已带着小倩离开，我便想等6号美女和那位女孩谈话结束后，跟6号美女说声Bye—bye后再走。

"打鼓的就是慧孝的男朋友。"蚊子说。

"哦？"我微微一愣，意识到是蚊子主动跟我交谈，"嗯。"

"我原以为他是吹萨克斯管，而不是打鼓。"

"为什么？"

"因为他嘴巴一定很有力。"蚊子笑了笑，"上次慧孝的高领毛衣，足足穿了三天。"

我忍不住笑了起来。

"学长。"蚊子问，"你很喜欢学姐吧？"

我煞住笑声，有些尴尬。

"是不是？"

"这……"

"是就是，不是就不是。男生应该要坦率。"

"是。"我只好回答。

"那学长想追学姐吗？"

"这……"

"想就想，不想就不想。男生应该要坦率。"

"坦白说，我还没认真想过这个问题。"

"哦？"

"你学姐在各方面都很好。"我望着6号美女的背影，"但也因为很好，会让我自觉渺小。"

"学长不用想太多。"蚊子笑了笑，"喜欢一个人的勇气，就会让自己变得巨大。"

我吃了一惊，不禁注视着蚊子，没想到她会说出这番话。

"我的话有道理吧？"蚊子问。

"好像……"

"有就有，没有就没有。男生应该要坦率。"

"有。"我笑了。

"学姐目前没有男朋友，不过有几个男生在追她。"

"嗯。"我点点头，"你学姐人漂亮个性又好，当然会有人追。"

"所以学长要加油。"

"我跟那些想追你学姐的男生比起来，会占优势吗？"

"这……"

"会就会，不会就不会。女生应该要坦率。"

"不会。"

"看来我不该问这问题。"

"我也不该老实回答你。"

我和蚊子相视而笑，笑声惊动6号美女，她回头朝我们看了一眼。

6号美女终于结束和那位女孩的交谈，转身走回来。

"学姐，我还有事。"蚊子说，"让学长送你回去吧。"

"这样好吗？"6号美女看了看我。

"这是我的荣幸。"我说。

"那我们先走了。"6号美女说，"蚊子你别在外面待太晚。"

"我知道。"蚊子笑了笑。

我和6号美女转身走了几步，便听见蚊子在背后说："学长，加油。"

我回头看了看蚊子，彼此交换一个很有默契的笑容。

6号美女没多说什么，但走了几步后，突然笑了起来。

"怎么了？"我问。

"蚊子果然是那个加油站故事里的学妹。"6号美女说。

时间才十点左右，街道一定还热闹得很，但在校园里却很寂静。

"她是2号美女。"

"嗯？"

"刚刚跟我说话的女孩。"

"哦。"

"只有哦？"6号美女说，"你不觉得她很漂亮吗？"

"或许吧。"

"我又有了莫名其妙的预感。"6号美女停下脚步，转头看着我说，"你一定
有投她一票。"

"你是用猜的吧。"

"算是吧。"

"哦。"

"又是哦。"6号美女说，"那你说，我猜对了吗？"

"你猜对了。"我说，"以前不懂事，抱歉。"

"不懂事？"

"我以前不知道真正的美女才会随便选张照片参赛。"

6号美女的神情有些腼腆，然后有意无意的，抬起头看着夜空。

"今晚月亮又大又圆。"6号美女仰头说，"应该是满月吧。"

"哦。"

"你怎么老是哦？"她说，"你不抬头看看月亮吗？"

"我前两天被狼狗咬到，最近不敢看月亮。尤其是满月。"

"胡说。你又不是狼人。"6号美女笑了。

"其实是早上睡落枕，现在脖子还有些硬，抬头时会痛。"

"原来如此。"

"对了，你说你在秋天出生。"又往前走了三步后，6号美女说，"你的生日过了吗？"

"还没。"

"嗯？"

"有问题吗？"

"通常人家在回答还没时，都会顺便说生日是几号。"

"不是什么好日子，不说也罢。"

"你又胡说了。"

"是真的。"我说，"我的生日是下星期五。"

"下星期五？"6号美女很疑惑，"那是某个灾难纪念日吗？"

"不。"我说，"只是刚好是13号而已。"

6号美女愣了一下，随即笑了起来。

"抱歉。"她吐了吐舌头，"我不该笑的。"

"没关系。"我说。

"到时我一定会跟你说声生日快乐。"

"千万不要。"

"为什么？"

"据说在黑色星期五这天向人说生日快乐会倒霉一星期。"

"有这种说法吗？"6号美女很纳闷，"谁倒霉？"

"说的人倒霉。"

"那过生日的人呢？"

"过生日的人只会不幸而已，不会倒霉。"

"那我只好提前跟你说生日快乐了。"

"谢谢。"我说，"生日那天，我会万事小心的。"

"嗯。"她点点头，笑了笑，"请多保重。"

校园越来越安静，原来我们不是朝校门口走，而是走进校园深处。

"啊？"我突然醒悟，"我是要送你回家啊！"

"你现在才发现吗？"6号美女笑了。

"抱歉。"我说。

"可是带路的人应该是我。"

"这……"

"反正今晚的天气很好，在校园里走走很舒服。"6号美女又笑了，"就当做是在校园里迷路吧。"

"时间有点晚了。"我说，"我还是送你回去吧。"

"嗯。"6号美女说，"那我们要装作突然找到路的样子哦。"

"得救了。"我指着远方一栋白色的四层建筑物，"那是数学系馆，那里附近有侧门，可以离开校园。"

"太好了。"

"出去以后我们一定要好好做人。"我说。

6号美女忍不住笑了起来。

"我上学期曾经来这里旁听一门课。"经过数学系馆时我说，"那位老师竟然用数学函数来解释命理呢。"

"是吗？"6号美女睁大眼睛。

"假设每个人的一生都是一条规律的曲线，也许是正弦波或余弦波，在坐标平面上有无限多种可能的轨迹。但对任一条曲线而言，只要抓住或固定住一点，那这条线在平面上的轨迹便可以完全知道。"

"哪一点？"

"那点便是每个人的出生年月日时。所以紫微斗数利用那一点来描述与预测每个人的一生，是很数学的。"

"这种说法很有趣，好像也很有道理。"6号美女说。

"不过这要在人的一生都是条规律曲线的假设之下。"我说，"事实上人的一生应该不是那么规律，不过应该有某些规律可言。"

"我这条线的轨迹和你那条线的轨迹，前些日子已经交会于一点。"6号美女笑了笑，"如果抓住这一点，可以预测我们之间吗？"

"嗯……"我迟疑一下，"或许吧。"

"那会是如何呢？"6号美女仰起头看着夜空。

"今晚真难得。"6号美女说，"虽然是满月，但还可以看到星星。"

"只有几颗而已。"我不自觉地被她的神色所吸引，也仰起头。

"只有几颗也还是星星，难不成要改叫猴子吗？"

"你说的对，那是星星。"

"你脖子好了吗？"

"脖子？"我转头想问她，突然感到一阵刺痛，"啊，好痛。"

6号美女忍不住笑了起来。

"看来数学系不是我想象中的枯燥。"

"嗯。"我左手按着脖子，"数学系学生还会用指数函数来比喻坚定不移的爱情。"

"指数函数？"

"就是e的x次方。"我说，"不管对它微分多少次，即使微分到死，结果都是e的x次方，永远不变。"

"所以是坚定不移的爱情？"

"没错。"

"秋天的星空下，谁应该与我相遇？"6号美女又仰起头。

"嗯？"这次我紧抓住脖子，不再抬头。

"只是突然想到这句话而已。"

"或许已经相遇了。"

"是呀。"6号美女说，"你还没告诉我，如果抓住我们交会的那点，我们之间会是如何？"

"目前还看不太出来。"我说，"也许过没多久，请、谢谢、抱歉、不好意思、这是我的荣幸之类的客气话会变少。"

"我也这么觉得。"

"谢谢。"

"为什么说谢谢？"

"我从没想过我这条线可以和你的线交会。"

"这由不得我呀。"

"说的也是。抱歉。"

"你又说了谢谢和抱歉，难道还停留在交会那点的时刻吗？"

我不禁停下脚步，看了她一眼。

"走吧。"6号美女说。

"嗯。"我点点头，往前稍微加快脚步。

"绣球。"

"是。"我停下脚步回头，"6号美女。"

"侧门在这里。"她指着右手边方向，笑了起来。

我转头看着6号美女，她脸上挂着微笑，眼神闪亮如同星星。

往后的时间，我和她这两条线的轨迹将会是如何呢？

5

我们踩着一地落叶，来到池塘边。

"其实我像是池塘呢。"
你俯下身子拨弄水花，背部的羽翼在阳光下闪亮，
像极了池塘的波光粼粼。

"那我呢？"我问。
"像鲸鱼吧。"你说，"因为有时我觉得你很巨大。"
"不。"我摇摇头，"我是池塘，你才是鲸鱼。"

"听过鲸鱼和池塘的故事吗？"我问。
"我知道。"你说，"鲸鱼因为水量不足而死，池塘则因为被消耗太多而干
枯。"
"所以我应该让自己变成大海。"
"你喜欢变成大海吗？"
"如果你是鲸鱼，我一定得是大海。"我说。

"如果我是鲸鱼，我会待在池塘，而不是游向大海。"你说。
"为什么？"
"游向大海会得到自由，离开池塘却会寂寞。"你笑了笑，"对我而言，自
由虽好，但寂寞更糟。"

我们安静了下来，像鲸鱼和池塘。
鲸鱼很努力地待在池塘里而不游动；池塘则用所有生命的能量供养鲸鱼。

或许此刻我和你的心里都想着，该如何让自己变成大海吧。

两天后，我发现6号美女的签名档改成："秋天的星空下，谁应该与我相遇？"

我对这句话没做过度的延伸解读，也相信这句话没太多弦外之音。
我只是对她抬头仰望星空时的神情印象深刻。
那是一种虔诚的神情，语句虽是询问，口吻却是祈祷。

"嗯。"赖德仁说，"或许她想谈场恋爱、交个男朋友。"
"喂。"我回头说，"你怎么老是喜欢躲在我背后偷看？"
"这应该是好消息。"他没理我，接着说，"也许因为你们聊天的气氛不错，或者因为你这个人，让她有了想谈场恋爱的念头。"
"会这样吗？"
"但也可能没那么好。"
"嗯？"

"就像看到别人衣服脏了，自己就会有了想洗衣服的念头。"他说，"你只扮演脏衣服的角色。"
"不要乱比喻。"
"不然就像看到平常很健康的人突然生病，想到天有不测风云，于是有了去医院做健康检查的念头。这时你扮演的是突然生病的人。"
"那她的签名档应该是：秋天的星空下，我应该去哪家医院？"
"你说的对。"
"对个屁！"我推开他，"别来吵我。"

赖德仁回到他的床铺后，我又对着6号美女的签名档发呆。
想回点什么，又怕不适当的回答亵渎她的虔诚。
最后我决定装死。
"这次轮到我问你问题。"
Sexbeauty，你烦不烦？
"哦。"

"狮子的哥哥叫什么？"

"还是叫狮子。"

"你怎么会知道？"

"因为我不是白痴。Bye—bye。"

我依然很讲义气地下线关机。

期中考周到了，为了专心念书我几乎不上线。

星期五是考试的最后一天，也刚好是我的生日。

早上刚下床时感觉像踩到柠檬，因为脚很酸。

急着出门考试时，左脚小拇指扫到桌脚，眼泪瞬间飙出来。

骑摩托车到系馆时，找了半天附近竟然都没停车位。

这也难怪，期中考和期末考这种日子，就像除夕夜一样，所有你平时以为已消失在校园的人都会出现在教室里团圆。

勉强挪了个位置把摩托车停好，跑进教室时钟声刚好响起。

今天只考一科，而且是open book，但这科最硬，老师也最啰唆。

考到一半时，我的计算器竟然没电，只好跟隔壁的赖德仁借计算器。

但他的计算器我用不惯，很多功能也不会用，搞得我越算越火大。

"你听过上战场的士兵没带枪吗？"老师经过我身旁时冷笑着。

我是炮兵不行吗？

虽然是open book，但这种考试方式通常会让你领悟到：世界上最遥远的距离，就是课本在你面前，你却不知道答案在哪里。

中午考完试，感觉整个人都快虚脱了。

午饭不想吃，直接到床上报到，这星期睡得少，不补眠不行。

没想到一觉醒来已经七点半，肚子饿得慌，但学校餐厅已经关门了。

赖德仁不知道跑到哪里鬼混，我只好骑车去7-11买碗泡面充饥。

我掏出口袋仅有的百元钞票给店员，他看了看钞票后，说："先生，这是假钞吗？"

那只是我洗衣服的时候不小心洗到而已啊。

店员是工读生，我不想让他为难，何况旁人也投射过来异样的眼光。

走出7-11，打算去提款机领点钱，才想起提款卡放在寝室的抽屉里。

掏出钥匙准备骑车时，那串钥匙仿佛化身成鳗鱼，从手中滑落，不偏不倚从水沟盖的铁栅栏缝隙中，扑通一声掉进水沟。

考前猜题，怎么猜怎么不准；钥匙掉进水沟，却很神准。

我急忙从路旁的树上折下两根小树枝，听见身旁的女孩说："真没公德心。"

我不好意思看她，蹲下身、低下头，把两根小树枝当筷子，从铁栅栏缝隙中伸进水沟里，试着夹起那串钥匙。

钥匙有点重量，栅栏缝隙又不大，有两次夹起后又滑落。

折腾了十几分钟，终于把那串钥匙夹出来。

钥匙变黑了而且沾了几根毛发，只好用指尖掐住钥匙插入钥匙孔。

先骑车回寝室拿提款卡，把钥匙洗干净后再骑车去领钱。

领了钱就直接在附近包碗汤面，本想加个卤蛋，但卤蛋卖完了。

再回到寝室后才发觉汤已洒了大半，汤面都快变成干面了。

袋子可能被尖锐的东西刺破，再加上骑车时的碰撞才会如此。

算了，有的吃就好。

吃完面肚子还是没有饱足感，还想再吃点咸咸热热的食物，比方说烤肉之类的东西。

虽然可以到夜市买来吃，但我可不敢再冒险离开寝室。

万一坐电梯下楼时电梯坏了，骑摩托车时被别的车撞了，逛夜市时皮夹被扒了，逛完夜市后发现车子被偷了……

还是在寝室待到12点过后比较保险。

打开计算机上线，才刚进站便被sexbeauty发了条消息："今天心情真好。"

真是哪壶不开提哪壶，我连"哦"也懒得回。

"今天我到男朋友家去玩，当然这男友只是我众多男友其中之一。"

"不过他是最棒的，又高又帅家里又有钱。"

"他的家人，包括爸爸、妈妈、奶奶、阿姨、姐姐，都很喜欢我。"

"他说甚至连他养的狗也很喜欢我呢。"

"他的狗一定是公的。"

我终于忍不住回了一条消息。

"是呀。你怎么知道？"

"因为他是拐弯抹角骂你。"

"骂我？为什么？"

"他养的狗很喜欢你，那是公狗，所以你是bitch。"
"什么？"

我正准备下线时，发现信箱有新信，刚刚竟然没看见这讯息。
我赶紧进入信箱，果然是6号美女寄来的信。
"生日快乐。
虽然你说在这天向人说生日快乐会倒霉一星期，但是……
我还是要冒着生命危险跟你说声生日快乐。
呀？已经不小心说了两次？
那么说第三次生日快乐也无妨。：）
                              正唱着生日快乐歌的6号美女"

我对着屏幕吃吃笑了起来。
6号美女是个很可爱的女孩，虽然我早已发觉，但她真的很可爱。
说第三次可爱也无妨。

我是个很容易受到暗示的人，当知道今天是黑色星期五又是生日时，就觉得
今天一定诸事不顺，甚至会很倒霉。
即使只是再平常不过的琐事，也会隐隐觉得有冲着我来的不幸。
但6号美女的祝福却是更大的暗示，她让我觉得今天是美好的。
是的，一定会很美好。

"喂！给我说清楚！"
Sexbeauty还在发我消息。
"真是漂亮的女子啊。"
"你在说我吗？"
"漂亮就是美，女子就是好，所以是美好。"
"你到底在说什么？"
"真是美好啊。Bye—bye。"
然后我下线关机。

刚离开计算机不到五分钟，赖德仁便回来了。
"给你吃。"他递给我一包东西，"夜市买的。"
我打开看了一眼，发现是烤肉，不禁仰天长笑。
"有那么夸张吗？"他很疑惑。

"干吗那么好心买烤肉给我吃？"

"听说今天是你生日。"

"哦？"轮到我很疑惑，"你竟然记得？"

"逛夜市时小倩说今天是黑色星期五，是不祥的日子。"他说，"我竟然莫名其妙想到你。"

"为什么？"

"因为不祥这种字眼跟你很搭配。"

"喂。"

"总之我突然想起今天是你生日。"他耸耸肩。

"既然知道今天是我生日，那你是否该说四个字？"

"别傻了。在今天向人说那四个字会倒霉一星期。"

"你也听过这种说法？"

"废话。这说法还是我告诉你的。"

"哦。"

"你赶快跟翁蕙婷说今天是你生日，她应该没听过这种说法。起码你可以听到自己喜欢的人跟你说那四个字。"

"她听过了。"

"啊？"

"因为我告诉过她。"

"白痴。"

"不过她有写信跟我说生日快乐。"

"真的吗？"他很兴奋，"那么接下来的七天，你要每天都约她。她一定会跟你出去的。"

"为什么？"

"因为她会倒霉七天啊。"

"喂！"

赖德仁笑了笑，转身在计算机前坐下，打开计算机。

我专心吃我的烤肉，不再理他。

吃完烤肉去洗个澡，洗完澡后便在床上躺下。

脑海里净是6号美女信中的文字，还有她的笑容。

"喂。"我在床上说，"计算机借我一下。"

"等一下。"

我跳下床，走到赖德仁背后，蹲好马步，大喝一声，将他连人带椅使劲往左移动一米。

再拉张椅子在计算机前坐下，重新开个窗口，上线。

我只想再看一遍6号美女的信。

没想到信箱里竟然又有新信。

"对了，我上封信忘了说。

明天成功厅的电影是《爱在心里口难开》（As Good as It Gets）。

我想去看这部电影。

如果你安然度过今天，明天跟我报个平安吧。

顺便一起看电影，一点那场。：）"

"刚好小倩也想看《爱在心里口难开》。"赖德仁在我背后开口。

"可是小倩不是我们学校的学生，不能进场。"

"笨。我去借一张学生证就行。"

"你们不要看一点那场。"

"我偏要看一点那场。"

"喂。"

"你放心，我不会打扰你。"

"那就好。"我下了线，然后站起身，"计算机还你。"

我静静爬上床，轻轻躺下。

"你想笑就笑出来吧，不用憋着。"赖德仁说。

"哈哈哈哈哈哈哈……"

"白痴。"

"哇哈哈嘻嘻嘿、嘿呵呵呼呼哦、哦呜呜呜嗯嗯哇。"

"干吗？"

"这是白痴的笑声。"

"懒得理你。"

我也懒得理他，我要专心享受这种雀跃的心情。

但再这么笑下去可能会内伤，只好双手紧抓棉被，咬着牙忍住不笑。

"你在打摆子吗？"赖德仁问。

"受不了了！"我大叫一声，"哈哈哈哈哈哈哈……"

"我也受不了了。"他突然爬到我床边，拉棉被盖住我的头，"给我安静睡觉！"

这晚很难入睡，因为精神一直处于亢奋状态。

最后可能是笑到累了才睡着，但做梦时仿佛听到自己的笑声。

醒来时觉得肚皮有些痛，也许是昨晚睡觉时一直在笑的缘故。

但也可能是被赖德仁暗算。

吃过午饭后，我便直接走到成功厅外面的小广场，才12点40分。

时间有点早，我便用步长估算这个小广场的长与宽。

总之就是找点事做，不然呆站着等人有些怪。

"嗨，绣球。"6号美女在五步外跟我打招呼。

"嗨，6号美女。"我迎向前。

"我刚刚看到你走来走去。"6号美女问，"请问你在做什么？"

"估算这个小广场的面积。"我说。

"走来走去就可以吗？"

"这里长32步，宽24步。我的步长约75厘米，所以长24米、宽18米，面积是……"我心算了一下，"432平方米。"

"好厉害。"

"哪里。"我笑了笑，"误差应该有百分之十吧。"

"绣球。"

"是。6号美女。"

"我们是千辛万苦来到这里计算广场的面积吗？"她笑了笑。

"抱歉。"我拍了一下头，手臂朝着成功厅的方向，"请。"

期中考刚结束，这部电影又很有名，起码我听过，因此人非常多。

还好我跟她到的时间比较早，如果像上次我和赖德仁到的时间，恐怕连阶梯走道也没得坐。

我和6号美女刚坐下时，我看了看表，还有六分钟电影才开始。

可能是有些紧张，我不知道该说什么，结果却更紧张了。

这情景让我想起大二时的往事。

大二时学长介绍一个女孩跟我认识，隔天我们约在成功厅看电影。

那时我在成功厅门口等了约十分钟才看见她朝我走来。

"我们进去吧。"她说完后直接往里面走。

我只好跟在她身后，直到她找好位置坐下，我才坐她旁边。

"电影快开始了，我们不要说话。"她说。

电影放映的过程中，她始终注视着银幕，头也没转，更别提开口了。

"电影结束了，我们走吧。"她站起身。

我还是跟在她身后离开成功厅。

"Bye—bye。"她在成功厅门口说。

从开始到结束，她只讲了四句话，而我竟然连一句话也没来得及说。

"昨天一切还好吧。"6号美女突然转头问我。

"嗯？"我回过神，"托你的福，很好。"

"你又客气了。"

"不。"我很认真地摇了摇头，"我是说真的。"

"是吗？"她看了我一眼，笑了笑，"那就好。"

"谢谢。"我赶紧接着说，"这不是客气，是真心话。"

我说完话后灯光瞬间全暗，只看见她的眼睛在黑暗中闪啊闪的。

也仿佛听见她轻轻"嗯"了一声。

"好棒哦。"6号美女露出笑容，"电影开始了。"

"是啊。"我突然不再紧张，也笑了笑，"好棒。"

这部电影说的是患有强迫症的男主角和餐厅女侍者的故事。

虽然我和她的专注力都在银幕上，但碰到有趣的情节或对白，总会很有默契地同时转头，彼此交换笑容。

我发觉我们可能有很大程度的相似，因为只要我转头她也必定转头。

换句话说，整部电影中几乎没有只有她想笑或只有我想笑的地方。

我也发觉在漆黑的环境中，6号美女的眼睛特别亮，笑容也更迷人。

灯光亮了，电影结束了，这次不再有人起立鼓掌或欢呼。

"我们走吧。"6号美女站起身。

"嗯。"我点点头，也站起身。

但人太多了，走道也坐满了人，人潮移动的速度很缓慢。

"这部电影好看吗？"6号美女问。

"好看。"我说。

"然后呢？"她又问，"你有什么看法？"

"就……"

我突然想起她是视听社的社员，顿时觉得有压力。

"绣球。"

"是。6号美女。"

"只是闲聊而已，又不是考试。"她笑了笑。

"那么我倒是想起一件事。"

"请说。"

"父母怕小孩去摸滚烫的锅子而被烫伤，便在锅里盛些热水，再牵着小孩的手轻轻触摸锅子后马上缩回，然后说：'以后不可以摸摸哦，会烫烫哦。'于是小孩便学会了以后不可以乱摸锅子。"

"我也听过这种做法。"

"但有的小孩却从此害怕锅子，甚至是像锅子形状的东西，认为锅子就是烫伤人的东西，是非常危险的。"我说，"我就是那种小孩。"

"你的意思是你现在还会怕锅子？"

"不，这只是比喻而已。"我说，"我的意思是我应该有点怪。"

"是吗？"

"就像患有强迫症的男主角觉得自己有很多行为是没必要的，甚至很痛苦，却无法摆脱。"我顿了顿，接着说，"我一定也有很多言行可能是奇怪的、不恰当的，差别是我可能不自觉。"

"所以呢？"

"所以请你要多包涵，不要见怪。"

"我一直在包涵呀。"6号美女笑了，"也会持续包涵。"

"感恩。"我也笑了。

终于走出成功厅，视野变开阔，空气也变清新。

这时候的阳光明晃晃的，非常耀眼，却不晒人。

我不禁停下脚步，仰起头闭上眼张开双臂，让阳光照耀全身。

"啊？"我突然想到6号美女就在身旁，"抱歉。"

"不用说抱歉。"她笑了笑，"我说过了，我会包涵呀。"

阳光洒在6号美女的脸庞，她的笑容更显得灿烂。

"嗨。"赖德仁突然出现，"没想到你们也来看电影，真巧。"

"喂。"我瞪了他一眼，"别装了。"

"我有投你一票哦。"他对6号美女说。

"够了哦。"我再瞪了他一眼。

"绣球。"6号美女说，"你应该帮我介绍你朋友。"

"他的网络昵称是虎落平阳变北七。"我说，"你可以叫他北七。"

"喂。"他先瞪了我一眼，再转头说，"你好，我叫赖德仁。"

"幸会。"6号美女微微一笑。

"这是我当家，她叫小倩。"赖德仁说。

"你好。"6号美女说，"我叫翁蕙婷。"

"你好，我叫佳绮。"小倩点个头，"但他们都叫我小倩。"

"为什么？"6号美女很疑惑。

"因为她像王祖贤一样美。"赖德仁说。

"我才不像王祖贤那么漂亮呢。"小倩说。

"你很漂亮呀。"6号美女说。

"哪里。"小倩笑说，"你才漂亮呢。"

"可惜我们之间没办法有她们这种对话。"赖德仁拍拍我肩膀，"你称赞我帅是理所当然，但我无法昧着良心说你才帅呢这种话。"

"你高兴就好。"我说，"你们还不赶快去约会？"

"既然这么巧我们都看了同一场电影，有巧合一定是好事，我们四个一起去喝咖啡吧。"

"巧合不一定都会是好事。"我说，"就像老婆和情妇的生日如果是同一天的话，就是不好的巧合。"

"你举这个例子有点糟。"6号美女笑了笑，"我只好包涵了。"

"感恩。"我说。

"去喝咖啡吧。"赖德仁又说，"难得今天天气这么好。"

"天气这么好应该要去跑操场，不是喝咖啡。"我说。

"你真是白痴。"他骂了我一句，再朝6号美女说，"一起去吧。"

"这……"6号美女似乎有点为难。

"如果没事就一起去嘛。"小倩也说。

"会打扰吗？"6号美女转头轻声问我。

"我们应该会被打扰。"我也轻声回答。

"笨。"6号美女拍了一下我的肩膀，再把手指向赖德仁和小倩。

"哦。"我明白了，"我常跟他们一起，不会打扰。"

"别说悄悄话了。"赖德仁笑了笑，"走吧。"

6号美女看了看我，我点点头，她才缓缓点了头，说了声"嗯"。

原本我想载6号美女，但我只有一顶安全帽，只好作罢。

"路程只有一点点而已，不会那么巧刚好被警察抓到。"赖德仁说。

"这就是不好的巧合。"6号美女说。

"如果我刚刚举这个例子，你就不必包涵了。"我说。

"没错。"6号美女笑了。

结果是赖德仁骑摩托车载小倩，我自己骑摩托车，6号美女骑自行车，我们约好在学校后门附近东丰路上的柏拉图咖啡。

我最早到达这栋外观漆成白色的两层建筑物，感觉很纯净。

一分钟后，赖德仁和小倩也到了；再三分钟，6号美女也到了。

"这里很不错哦。"小倩对6号美女说。

店里面可以上漆的地方几乎都漆成白色，桌椅也是很淡的木头原色。

我们找了靠窗的四人方桌坐下，6号美女坐我旁边。

我想到在普罗旺斯的场景，但这时6号美女扮演我当时的角色。

也就是说，对她而言，除了较熟的我之外，还有两个还算陌生的人。

我开始担心她是否会觉得不自在？

过了一会儿我便发现我的担心是多余，因为6号美女跟小倩很有得聊。

甚至6号美女和赖德仁也聊开了。

四个人当中我的话最少，我好像是跟三个早已互相熟识的人喝咖啡。

我并非抱怨或不自在，只是有点讶异6号美女的好相处。

虽然只要有第三者在场时，我只能用"你"来称呼6号美女，但我似乎已经习惯了，不再需要小心翼翼提醒自己别说溜了嘴。

我放宽了心，静静享受跟6号美女一起喝咖啡的秋天下午。

我想赖德仁是刻意找我和6号美女喝咖啡，目的是帮我制造机会。

我那时不明白，还说天气好应该要跑操场，看来他骂我白痴是对的。

如果不是他，我和6号美女看完电影后，大概只能挥挥手说再见。

因为我完全没计划，我一心只觉得能跟6号美女看电影是幸福的事，根本没想过电影看完后接下来该做什么。

真是多亏了他，以后我跟他借计算机时一定要多加个"请"字。

我们在五点左右走出柏拉图，再一个小时太阳便会下山。

"蕙婷。"小倩说，"晚上也一起吃饭吧。"

"今晚没办法。"6号美女说，"我另外有约了。"

"那么下次要一起吃饭哦。"小倩又说。

"好。"6号美女点点头，笑了笑。

人行道旁种满了树，虽然是秋末，树叶还很茂盛。

小倩想和赖德仁沿着人行道走走，问我和6号美女要不要也走走？

我说不用了，走路这事我常做，请他们自便。

小倩和赖德仁说了声Bye—bye，转身离去。

我注视着他们手牵手的背影，非常羡慕。

但只羡慕了几秒，便开始思考该如何潇洒地跟6号美女道别。

"他们一定会天长地久。"6号美女突然说。

"这又是你的莫名其妙预感？"我很疑惑。

"不。"6号美女摇摇头，"这不是预感，这是有根据的。"

"什么根据？"

"两人手牵着手，从背后看，两只手臂形成V字，也像打了个勾。"6号美女遥指小倩和赖德仁的背影，"所以是对的，会天长地久。"

"那什么是错的？"我问。

"如果两人互搂着对方的腰，那么从背后看，两只手臂便形成X字，也像打了个叉。"6号美女说，"那就是错的，早晚会分手。"

"这……"我张大嘴巴，不知道该说什么。

"坦白告诉你，我小时候也是会莫名其妙害怕锅子的那种小孩。"6号美女笑了笑，"所以也请你多包涵。"

就像6号美女会说些莫名其妙的话一样，我也常觉得6号美女有种莫名其妙的可爱。

喜欢一个人的理由通常是莫名其妙的，就像我现在莫名其妙有个念头，很想牵着6号美女的手，走到莫名其妙的地方，过着莫名其妙的生活。

"对了，你为什么要帮佳绮取了个小倩的外号？"6号美女说，"小倩虽然漂亮，但完全不像王祖贤呀。"

"可能是我八字不够硬，晚上看见小倩时会莫名其妙觉得冷。"

"冷？"6号美女有些纳闷，"小倩不冷呀，她很活泼开朗。"

"这么说好了，我在晚上看见小倩时，会觉得她不属于这个空间。"

"这个空间？"

"就是阳间。"

6号美女愣了愣，过了一会儿才笑起来。

"这么漂亮的女孩，你怎么会觉得像鬼呢？"她摇摇头。

"女鬼通常很漂亮。"

"但她完全不像呀。你这种想法太莫名其妙了。"

"所以我说我是那种会怕锅子的小孩。"

"不。"6号美女又摇摇头，"你只是眼睛有问题而已。"

"嗯，有道理。"我说，"所以我当初没有投你一票。"

"现在呢？"

"我会把十张票都投给你。"

"那是犯规的。"

"即使犯规，我也要把全部的票都投给你。"

"谢谢。"

"不客气。"

我想6号美女似乎并不急着离开，便指着人行道的长椅说："要不要坐下？"

"嗯。"她点个头。

我们在长椅上坐下，太阳快下山了，阳光的颜色非常浓黄。

"绣球。"

"是。6号美女。"

"如果我不是6号美女，你会帮我取什么外号？"

"嗯……"我想了一下，"燕鸠吧。"

"燕鸠？"6号美女很疑惑，"那是鸟类吗？"

"不是鸟类，但同样有翅膀。"

"那么是什么？"

"angel。"我说，"所以你也不属于这个空间，因为你是天使。"

6号美女并未回话，只是转头注视着我。过了一会儿，才问："你真这么觉得？"

"嗯。"我说，"有时我仿佛可以在你背后看到白色翅膀。"

"你的眼睛果然有问题。"她笑了笑。

"或许吧。"

"谢谢。"她说，"虽然我不敢当。"

我们不再交谈，静静看着阳光的颜色由浓变淡，最后染上灰。

不知道如果从背后看着我们，会形成什么字？或是有什么形状？

"太阳下山了，很快就要天黑。"我站起身说，"走吧。"

"嗯。"6号美女也站起身。

我陪她走到她的自行车停放处，说了一声骑车小心。

"Bye—bye。"我挥挥手，"燕小姐。"

6号美女笑了，我觉得四周仿佛又变亮了。

"Bye—bye。"6号美女也挥挥手。

我骑摩托车回学校，先到学校餐厅吃晚饭，饭后再走回寝室。

虽然很想知道6号美女今晚有约是指什么约？

但目前的我并没有立场多问，所以不知道比较好。

这晚很平静，上BBS没被sexbeauty打扰、赖德仁在我睡觉后才回来。

我有一整晚的时间，去回味今天跟6号美女在一起时的点滴。

隔天起床后，我发觉天气好像变冷了。

自从我可以感受到秋天后，就对天气的改变很敏感。

秋天快结束了，搞不好在某些人的认定里秋天已结束。

我莫名其妙觉得感伤与担忧，感伤的是秋天的易逝，担忧的是我和6号美女的交集能否持续到冬天？

感恩节那天，小倩通过我约了6号美女出来吃饭，她答应了。

6号美女还带了蚊子来，所以是我、6号美女、蚊子、小倩、赖德仁，总共五个人一起到南门路的木棉道民歌西餐厅吃晚饭。

巧合的是，慧孝刚好每周四晚上在木棉道打工驻唱。

我们五人各在纸条上点了一首歌，慧孝都一一在台上唱出来。

我比较俗套，点的是欧阳菲菲的《感恩的心》，算是应景；6号美女则点了罗大佑的《野百合也有春天》。

"这首歌不适合你点。"我转头轻声对6号美女说，"你是娇艳的水仙，蚊子才应该点野百合也有春天，她也够野。"

6号美女笑了，然后看了蚊子一眼。

"学长。"蚊子说，"你是不是在说我？"

"啊？"我有点吓到。

"是就是，不是就不是。男生应该要坦率。"

"是。"

"你一定是说今晚你要请我吃饭。"

"这……"

"要就要，不要就不要。男生应该要坦率。"

"要。"我叹口气。

"感恩。"蚊子笑了。

"我也要感恩。"赖德仁说。

"我才不要请你。"这次我非常坦率。

"期中考时你向我借计算器，该不该报答我呢？"

"该。"我叹口气。

"感恩。"赖德仁笑了。

"既然这样，那我也要感恩。"小倩说，"如果没有我的提议，今晚你就不能看到蕙婷。"

"没错。"我又叹口气。

"感恩。"小倩也笑了。

我觉得自己像是感恩节的火鸡。

慧孝在九点演唱结束后，也过来一起聊天。

我们都称赞慧孝歌唱得很好，让我们在感恩节里很感恩。

慧孝的男友十点来接走她，我们五人则在十点半离开餐厅。

在餐厅门口，我们五人简单互道再见，赖德仁和小倩先离开。

他们走后，蚊子便说："学姐，我还有事，要先到别的地方。"

"那我怎么回去？"6号美女问。

"当然是学长载你回去呀。"蚊子说，"不然学长干吗请我吃饭？"

"别胡说。"6号美女拍了一下蚊子的肩膀。

"学长。"蚊子说，"你说说看，你想不想载学姐回去？"

"这……"

"想就想，不想就不想。男生应该要坦率。"

"想。"

"这不就得了。"蚊子笑了。

蚊子拿了顶安全帽给6号美女，然后发动摩托车走人。

我和6号美女愣愣地注视蚊子骑车的背影，直到看不见为止。

"不好意思。"我说，"我载你回去吧。"

"说不好意思的人应该是我吧。"6号美女笑了。

我们默默走到我的摩托车停放处，我发动摩托车，引擎发出低沉的怒吼。

"请上车。"我说。

"谢谢。"

这是我第一次载6号美女，我非常紧张。

即使现在的温度很凉甚至有点冷，我依然感觉手心在出汗。

我骑得很慢，印象中考上驾照后就没骑过这种速度。

从地上的影子判断，6号美女虽然上身前倾，但双手是抓着车后。

我想她应该也觉得不太自在，所以沿途我们都没交谈。

终于到了她的住处楼下，我停下车，熄了火，松了一口气。

"谢谢。"6号美女下了车。

"感恩节快乐。"我说。

"感恩节快乐。"6号美女也说。

"天气有点冷，你上去吧。"

"嗯。"

"感恩节快乐。"

"你说过了。"

"如果非常感恩的话，要说两次。"

"绣球。"

"是。6号美女。"

"感恩节快乐。"

"你也说过了。"

"因为我也是非常感恩呀。"

6号美女笑了笑，掏出钥匙转身开门，再回头跟我说了声Bye—bye。
铁门再度关上，发出细微的铿锵声。然后我发动摩托车走人。

我在秋天刚开始时认识6号美女，现在时序快进入或是刚进入冬天。
已经跨越了一个季节，没想到我还是可以成为她生活中的一部分。
真是感恩。
感恩。

三天后，第一道寒流笼罩南部。
这波寒流来势汹汹，听说会持续好几天。
我换上厚外套，把秋天穿的薄外套收进衣柜。
可能是天气变冷懒得出门，我和6号美女上线的时间都变长。
偶尔在线遇到时，互发消息的次数也变多。

"今晚要麻烦你一件事。"6号美女的消息。

"请说。"

"11点55分，可以麻烦你到我住处楼下吗？"

"没问题。如果误差超过一分钟，你可将我倒过来念，叫我球绣。"

"谢谢。"

"请别客气。"

"你不问我为什么吗？"

"我到了之后就知道了啊。"

虽然我好奇她为什么要我11点55分到她住处楼下？
但可以在这么晚的时间见6号美女一面的兴奋感，远大于我的好奇心。
即使她是叫我去沿着巷子捡垃圾，我也甘之如饴。

我很准时抵达她的住处楼下，才刚停好车，铁门正好开启。

"绣球。"

"是。6号美女。"

"你好准时。"6号美女看了看表。

"因为我不想让你以后叫我球绣。"

6号美女笑了笑，又看了看表。

"天气真的变冷了。"她说。

"是啊。"

"听说这波寒流很强呢。"

"嗯。"

"应该还会冷几天。"

"嗯。"

"你不发表对这波寒流的看法？"

"嗯……"我迟疑一下，"我们是千辛万苦来到这里讨论天气吗？"

"你可以算是千辛万苦，但我只是走下楼而已。"

6号美女又笑了，第三次看了看表。

"你的表怎么了？"我终于忍不住发问。

"我的表没事。"她说完后，看了第四次表。

"你……"

"请等一下。"她第五次看表时非常专注，"快了。"

我很纳闷，但只能静静等待。

"10、9、8、7、6、5、4、3、2、1……"她抬起头，笑得很开心，"新月快乐！"

"啊？"

"11月走了，12月到了。现在已经是12月1号了，你不快乐吗？"

"快乐？"我一脸茫然，"请问你在做什么？"

"跨月呀。"

"跨月？"

"每365天才跨一个12月，跟每365天跨一次年的概率是一样的。"她笑着说，"所以每一个新的月份到来时，也应该跨一跨才对。"

"这……"

"新月快乐。"她说，"你不跟我说声新月快乐吗？"

"新月快乐。"我只好说。

"你仍然很疑惑吗？"

"不，我更加确定了。"

"你确定什么？"

"你小时候果然是会莫名其妙害怕锅子的那种小孩。"

6号美女笑了，很俏皮的笑容，我也跟着笑。

"其实12月1号是很特别的。"她停止笑容后，说。

"怎么个特别法？"

"它是冬天的第一天呀。"

"嗯。"我点点头，"可以这么说。"

"绣球。"

"是。6号美女。"

"你知道我为什么要请你来陪我跨12月吗？"

"不知道。"我摇摇头。

"因为我想在冬天来临的瞬间看到你。"

6号美女的眼睛闪闪亮亮，我突然联想到花灯。

那一瞬间，我觉得冬天根本还没来，因为我全身上下都很暖和。

"你是我今年冬天看到的第一个人哦。"

"你也是我今年冬天看到的第一个人。"

"这是我的荣幸。"

"你又抢了我的台词。"

6号美女的脸上又露出俏皮的笑容，并往我靠近半步。

"还有一个约定呢。"6号美女说，"请你闭上眼睛。"

"遵命。"

我知道她要做什么，因为我也记得这个开玩笑式的约定。

果然一阵带有热气的强风刮过我的脸庞，我觉得更温暖了。

"这可是地地道道的，冬天的风呢。"6号美女笑着说，"这次是干的，而且没有火锅的味道了吧。"

"嗯。"我笑了笑，"所以我更感动了。"

"6号美女。"

"是。绣球。"
"你一定会长命百岁。"
"那你也要哦。"

秋天过了，冬天来了。
而6号美女的眼神和笑容，依然是温暖的。

6

我们在校园里漫步，经过材料系馆。

"还记得那晚唱的《Before The Next Teardrop Falls》？" 我问。
"But if he ever breaks your heart, If the teardrops ever start, I'll be there before the next teardrop falls…"
你轻轻哼着歌，歌声很美。

"如果你开始掉泪，我会在你身边，在下一滴眼泪滑落之前。"
"嗯。" 你似乎眨了眨眼睛，"谢谢。"
"所以你第二滴眼泪得赶紧跟着掉下。"

"我只会掉一滴眼泪。" 你说。
"为什么？"
"因为那滴眼泪就是你。"

你又眨了眨眼睛。
我看清楚了，你的眼眶有些湿润，有些液体正在打转。

但始终没滑落。

冬天到了，这是适合睡觉的季节。

冬天的早晨要离开被窝，就像要告别故乡的父母那样的困难与痛苦。

若是以前的我，早上第一节课偶尔会因为离不开父母而逃课，但今年冬天我却没跷半堂课。

我猜应该是因为6号美女，她让我有股莫名其妙的力量踢开棉被。

没认识6号美女前，冬天时我通常会懒懒的，不想出门。

休闲活动大概都以静态为主，当然最大的静态活动便是睡觉。

但这个冬天可不能太懒，不然跟6号美女的交集就撑不到明年春天。

搞不好春天就从此不再来了。

所以我鼓起勇气，试着在BBS上约她出来逛夜市。

我共约了6号美女三次去逛夜市，很幸运的，三次她都答应。

我会很准时在约定的时间——九点，骑车到6号美女住处楼下，她也会准时下楼，不过她应该比较准，因为我其实算提早。

不再像第一次载她时那么紧张，我骑车时偶尔会跟她交谈。

冬天逛夜市的人潮似乎比夏天更汹涌，因此可能是户外最温暖的地方。

台南有很多夜市，每个夜市通常一星期摆摊两天，不过时间并不一样，我们也因此去了三个不同的夜市。

但不管在哪个夜市，我发现6号美女都会吃一种叫麻辣鸭血的东西。

我对麻辣的东西不感兴趣，准确地说，应该是有点害怕。

所以吃的人是6号美女，冒汗的人却是我。

但又不能光看她吃得眉开眼笑，所以我通常会随便点样东西。

"你是不是不敢吃麻辣？"第三次逛夜市时，她终于开口询问。

"嗯。"我点点头。

"你让我很有成就感。"她笑了笑，舀起一块鸭血。

我感觉身上好像起了鸡皮疙瘩。

"我很喜欢逛夜市。"6号美女说，"但不喜欢人太多的场合。"

"可是夜市里通常都很拥挤。"

"所以喽。"

"所以什么喽？"

"所以我很少在这种时间逛夜市，我喜欢在深夜逛夜市。"

"啊？"我恍然大悟，"抱歉，我不知道。"

"这是我的问题，你不必抱歉呀。"6号美女笑了笑。

"以前住宿舍时，因为有门禁，只好在门禁前一个小时出来逛。"6号美女说，"现在住外面就方便多了，多晚出来都无所谓。"

"一个人逛吗？"

"通常孝和蚊子会陪我，不过我也曾一个人在深夜出来逛夜市。"

"这样不好吧。"我皱了皱眉头，"你毕竟是一个女孩子……"

"你会担心我？"她打断我。

"当然啊。"

"谢谢。"她说，"我以后会尽量不要这样。"

"所以你是为了可以很晚逛夜市才搬出宿舍？"

"好像可以这么说。"

"你好伟大。"

"又胡说。"6号美女笑了。

"如果……"我轻咳两声，"我是说如果，如果你很晚想出门逛夜市，但慧孝和蚊子不能陪你，那么你可以考虑我，如果你不介意的话。"

"我介意。"

"啊？"

"你刚刚那段话用了四个如果。"

"是吗？"

"你肯陪我，我会很高兴。"她说，"一个如果都不必用。"

"我……"不晓得是因为惊讶或是兴奋，我说不出话来。

"绣球。"

"是。6号美女。"

"我想问你一件事。"

"请说。"

"不管我多晚想逛夜市，你都会陪我？"

"嗯。"

"你人真好。"

　　"这跟我好不好无关，我只是想陪你而已。"我说，"如果是蚊子或慧孝想在冬天的深夜到街头裸奔，我只会说'小心别着凉'。"

　　"你举的例子还是很糟。"6号美女笑了起来。

　　"绣球。"停止笑声后，6号美女说。

　　"是。6号美女。"

　　"我还想问你一件事。"

　　"请说。"

　　"如果我想在喜马拉雅山上吃雪糕呢？"

　　"我陪你冷到不行。"

　　"如果我想在撒哈拉沙漠里烤香肠呢？"

　　"我陪你热到发昏。"

　　"如果我想在夜市吃超级辣的麻辣鸭血呢？"

　　"好。"我立刻站起身。

　　"你要干吗？"她很疑惑。

　　"去点两碗超级辣的麻辣鸭血。"我说。

　　"不用了。"她拉住我衣袖。

　　"不行。"我摇摇头，"不能吃麻辣，以后怎能顶天立地？"

　　"哦。"她放开手。

　　"你不再阻止了吗？"

　　"因为你说的有道理呀。"

　　我硬着头皮，转身往前迈开脚步。

　　"绣球。"

　　"是。6号美女。"

　　"回来吧。"她说，"不要逞强。"

　　"感恩。"我立刻回到座位。

　　"这样就很好了。"

　　"这样？"

　　"我吃着喜欢的食物，而且确定你不会跟我抢，这样不是很好？"

　　"你说得对。"我笑了。

　　逛完夜市后，我骑车载她回去。

我发觉每次载她回去后，她的笑容都会带着满足感。

"今晚吃太多了。"她笑了笑，"在附近走个几分钟好吗？"

"当然好。"

我们便沿着她住的这条巷子来回走了一趟，花了十分钟。

"今晚又没星星。"回到她住处楼下，她仰起头说。

"是啊。"我也仰起头。

"我很喜欢看星星哦。"

"只要是人，应该都喜欢看星星。"我说，"猴子我就不知道了。"

6号美女笑了起来，在巷子微弱的灯光下，眼睛更显得闪亮。

"可惜在城市里通常看不到几颗星星。"6号美女又仰着头，"像今晚，一颗星星也看不到。"

"没关系。"

"为什么说没关系？"她转头看着我。

"当星星沉默的时候，你便闪烁。"我说。

"绣球。"

"是。6号美女。"

"谢谢你的赞美。"她笑了起来，眼睛一闪一闪的，像闪烁的星星。

我静静看着6号美女闪烁发亮的眼神，没有回话。

6号美女的眼睛是她身上最美的部分，从认识以来我始终这么觉得。

从没改变过。

美女通常是由外而内再由内而外。

因为外表美丽，内在的一切便容易被美化；如果内在也美丽时，外表就会显得更美。

所以在我眼里和心里，6号美女只会越来越美丽。

"你怎么不说话？"

"因为当你闪烁的时候，我便沉默。"

"那我不要闪烁了。"

"这没办法。"我说，"因为你的眼睛像星星，注定要闪烁。"

"那你不就得一直沉默？"

"好像是这样。"

"好。"6号美女闭上双眼，"这样你就可以说话了。"

6号美女闭着眼睛，从外套口袋掏出钥匙，然后用手摸索着，试着找出大门上的钥匙孔。

"你还是睁开眼睛吧。"我说。

"不行。"她转头笑了笑，"我还想听你说话。"

"可是我在你右手边。"

她再将头转向右边，然后笑了起来，但眼睛还是紧闭。

即使没有眼睛的加持，她的笑容依旧温暖而可爱。

"我帮你吧。"我轻抓着她手中的钥匙尖端，插入钥匙孔。

"谢谢。"6号美女转动钥匙，铁门便应声开启。

"你闭着眼睛怎么上楼？"

"这个嘛……"

"睁开吧。"我说，"不要逞强。"

6号美女缓缓睁开双眼，四周也仿佛渐渐变亮。

"老天终于开眼了。"我说。

她笑了起来，笑声在寂静的巷子里隐约传来回音。

6号美女的眼睛是美丽的，笑容也是美丽的。

当她睁开眼睛露出笑容，那就是美丽的平方，而不只是两倍美丽。

"晚安。"她笑了笑，挥挥手，"骑车小心。"

"嗯。"我点点头，"晚安。"

她关上铁门，我听见细碎的脚步声越来越远。

直到听不见脚步声，我才转身离去。

虽然男生宿舍没有门禁，我多晚出门或回来都没关系，但我以后不能再主动邀6号美女逛夜市，毕竟太晚约她出门不太妥当。

大概只能被动等她在深夜里想逛夜市而且慧孝和蚊子不能陪她时，我才有上场的机会。

如果逛夜市的人少一点该有多好，那么如何让逛夜市的人变少呢？

我知道这是个无聊且复杂的问题，但我却认真思考了几天。

直到一个更重要的问题出现。

圣诞时节到了，圣诞夜该如何度过是个伟大的问题。

情侣通常会去吃圣诞大餐，可惜我和6号美女的关系还谈不上是情侣。

如果把我当成她的追求者这种角色，那么圣诞夜邀她便很合逻辑。

但扮演这种角色的人应该会有好几个吧？

如果她没答应我的邀约，那岂不是表示……

一想到这，我不禁遍体生寒。

"你和翁蕙婷要去哪家餐厅吃圣诞大餐？"赖德仁问。

"我没约她吃圣诞大餐。"

"啊？"

"啊什么。"

"难道你们有什么特殊的庆祝方式？"

"没有。"

"啊？"

"不要再啊了，我根本没约她。"

"啊？"

"喂。"

"明晚就是圣诞夜了，你在搞什么鬼？"

"我还不知道该干吗！"

"就去吃圣诞大餐啊！"

"难道不能做些有意义的事？"

"什么叫有意义的事？"

"比方说捐血或是去公园捡狗大便之类的。"

"你疯了吗？"

"快了。"

"别想太多，约就对了。"

"可是……"

"你还想后悔吗？"

这句话有如暮鼓晨钟，让我下定决心约6号美女。

我立刻上线，挂了在线等6号美女。

等了一个多小时，6号美女终于出现，我有些紧张。

"6号美女你好。我可以请教你一件事吗？"我主动先发消息。

"请说。"
"你圣诞夜打算如何度过？"
"社团有活动。我是干部，得参加。"
"太好了。"

这么晚才打算约6号美女吃圣诞大餐，我自觉可能性并不高。
虽说不抱太大希望，但如果被她婉拒，那打击就太大了。
我会胡思乱想她到底跟哪个英俊潇洒的男生在哪间罗曼蒂克的餐厅吃着温馨浪漫的圣诞大餐，而且还深情款款互相凝视。
没想到她竟然有社团活动要参与，这表示她不会跟别人出去过圣诞。
原来我并不怎么在意是否能跟她一起吃圣诞大餐，我最在意的是在这神圣的日子她是否有别的约会。

"太好了？"6号美女发来的消息透着疑惑。
"不，我的意思是好可惜。"我这种心思可不能跟她说，"原本我想约你吃圣诞大餐。"
"这确实是好可惜呢。"
"那我先跟你说声圣诞快乐了。"
"你可以明天再跟我说。"
"明天？"

"因为我又有了莫名其妙的预感。"
"什么预感？"
"我们明天会见面。"
"真的假的？可是明天我们应该不太可能会碰面啊。"
"你似乎不信？"
"这……"
"不然我们来打个赌，如果我们明天碰面了，你要怎么办？"
"我就叫你6号美女姐姐。"
"好。：）"

24号这天，天才刚黑不久，整层宿舍几乎不见人影。
我下楼到餐厅吃晚饭，餐厅里也是很冷清。
有女朋友或者是有喜欢的女孩的男生，这时大概都在外面的餐厅。
赖德仁就是如此，他带着小倩去一家新开的餐厅吃圣诞大餐。

至于其他人，大多数是一群朋友相约去狂欢。

在这种时间还选择留在寝室的人，大概是将来会发明艾滋病毒的疫苗或是控制核融合理论的伟大人物。

在寝室可以隐约听到校园内传来的歌声和笑声，我渐渐待不住了。

下楼到校园内闲晃，到处是挂着闪亮灯饰的树，有种宁静祥和的美。

我不禁想着，如果能和6号美女就这样走着，那该有多幸福。

然后我被一阵笑闹声所吸引，循着声音传来的方向，走到体育馆。

这里有宗教哲学研究社和信望爱社合办的圣诞晚会。

一走进体育馆，发现里面热闹得很，应该有两三百个人吧。

天花板拉满长长的线，线上系着一闪一闪的五颜六色小灯泡。

舞台边还有一棵四米高的圣诞树，树上也缠绕着闪亮的灯。

舞台上有表演，唱歌或演短剧之类的，观众可以坐着，也可以随兴走动或聊天，整体的气氛很欢乐却不杂乱。

我舀了杯鸡尾酒，拿了些点心和一根棒棒糖，然后靠在墙上看表演。

偶尔有人经过我面前便跟我说声圣诞快乐，我也会回句圣诞快乐。

鸡尾酒还不错，很香甜又带着淡淡的酒味，值得再来一杯。

当我又拿着长长的勺子舀起橙色的鸡尾酒时，听见背后有人说："别光喝鸡尾酒，应该喝点冰红茶或冰咖啡。"

我回过头，竟然看见露出微笑的6号美女正站在我身后。

我吓了一大跳，手中的勺子滑落，溅起一片酒花。

"你还会怀疑我的莫名其妙预感吗？"6号美女笑得很开心。

"你怎么会在这里？"

"这就是我的社团活动呀。"

"这不是宗教哲学研究社和信望爱社合办的活动吗？"

"是呀。视听社是协办社团之一，主要支持一些器材。"

"原来如此。"我说，"那你怎么知道我会来？"

"我不知道呀。"她说，"我说过了，这只是莫名其妙的预感。"

"你实在太厉害了。"

"还有呢？"

"你的莫名其妙预感真是神奇。"

"还有呢？"

"你好伟大。"我毕恭毕敬，"6号美女姐姐。"

"乖。"她笑了起来。

"哇，轮到我们视听社演短剧了。"她看了台上一眼，"我该准备上台了。绣球，你别急着离开哦。"

"你演什么？"

"天使。"

6号美女说完后，便朝舞台跑去。

我往舞台走近，找了个位置坐下。两分钟后，她们的短剧登场。

6号美女换了一身白色的服装，背后还装了一对白色翅膀。

这出短剧在演什么我不清楚，演了多久我也没概念，因为我的视线只专注于6号美女的每一个表情和每一句对白。

当她的白色翅膀正对着我时，那对白色在我眼里逐渐晕开，最后扩散至整个瞳孔。

"我是天使。"台上的6号美女这么说。

短剧演完了，下台后的6号美女已脱下戏服和翅膀。

我朝她招招手，她发现了，便快步朝我走来。

"我演得如何？"

"你本来就是天使，根本不需要演。"

6号美女笑了笑，然后从外套口袋拿出一样东西。

"这是你的圣诞礼物。"她伸手递给我，"圣诞快乐。"

我接下后只觉得很轻，低头看了看，这东西被彩色包装纸包着。

"你可以拆开。"

"是。"我拆开后发现是一双深绿色的手套。

"冬天骑摩托车时，戴着手套会比较温暖。"

"谢……"我几乎说不出话，"谢谢。"

"喜欢吗？"

"嗯。"我用力点头，"很喜欢，也很实用。"

"那就好。"

我突然想到也该回送她圣诞礼物，但身上只有刚刚拿的一根棒棒糖。

"我只有这个。"我很不好意思，将棒棒糖递给她，"愿你所有的压力像棒棒糖一样，越舔越少。"

"谢谢。"6号美女笑了。

"6号美女姐姐。"

"是。"她笑了，"绣球。"

"不知道天上的天气情况如何？"

"你怎么会问我这种问题？"

"你是天使啊，这问题当然只能问你。"

"天上的天气很好，既不会下雨也不会下雪。"6号美女笑着说，"不过因为高，空气比较稀薄，有时呼吸会显得困难。"

"那我应该送你氧气筒才对。"

"嗯。"6号美女点点头，"那东西很实用。"

"6号美女姐姐。"

"又想胡说什么？"

"你一定会长命百岁。"

"我就知道。"6号美女笑了。

这场晚会在11点左右结束，我和6号美女一起走出体育馆。

体育馆外几棵缠绕着闪亮小灯泡的树，依旧一闪一闪发亮。

两小时前我还在幻想着和6号美女并肩走着，两小时后美梦就成真。

虽然走到她停放自行车的地方只有五十米，但这已经够幸福了。

"小心骑车。"我说，"晚安。"

"嗯。"6号美女点个头，"晚安。"

6号美女往前骑了二十米后，突然回转，又骑回来。

"你还没跟我说圣诞快乐呢。"她说。

"真的吗？"我很不好意思，"抱歉。"

"还是没说。"

"喔？"我赶紧说，"圣诞快乐。"

6号美女笑了笑，挥挥手后又骑车走了。

6号美女的背影消失后，我静静看着校园内闪亮的树。

对我而言，今晚能看见她，勉强可以算是一种奇迹；但对她而言，应该只是莫名其妙的预感。

虽然心里还是存着怀疑，但也不得不对她的莫名其妙预感觉得神奇。

或许6号美女真的是天使，毕竟她刚刚在台上也说了，她是天使。

所以我在圣诞夜里遇见了天使，并清楚看见天使的白色翅膀。

圣诞节过后一个星期，便是另一个伟大的日子——元旦。

这几年"跨年"这件事好像越来越伟大，各地都有盛大的跨年晚会，而且涌入人数的最小单位通常是"万"。

不过我不必伤脑筋，因为6号美女不喜欢人太多的场合，所以跨年晚会她应该不会感兴趣。

也许跨年对她而言，只是跨过一个新的1月而已。

她跟我已跨过12月，要不要再跨1月应该不是那么重要。

至于我，也不想跟一大群人挤在一起倒数计时迎接新年。

因为每当看见人们对旧的一年没有丝毫眷恋，只期待新年到来的瞬间以便高喊新年快乐时，我就会觉得有些失落。

为什么没有人在跨年夜里高喊：新年不要来？

难道都没有人希望时光停留在现在、不要继续向前？

12月31号晚上，还不到十点，赖德仁已经整装待发。

"一起去市中心的跨年晚会吧。"他说，"太晚可能会挤不进去。"

"我不想去。"

"啊？"

"啊什么。"

"难道翁蕙婷想去别的地方跨年？"

"我怎么知道，我又没问她。"

"啊？"

"不要再啊了，我没约她一起跨年。"

"啊？"

"喂。"

赖德仁丢了句莫名其妙后，便离开寝室载着小倩去跨年。

对我而言，在户外低温寒风中跟几万人挤在一起高喊10、9、8……才是莫名其妙。

十点过后，整层宿舍又变得冷清，搞不好比圣诞夜还冷清。

在这种时间还选择留在寝室不出去找地方跨年的人，仍然是将来会发明艾滋病毒的疫苗或是控制核融合理论的伟大人物。

我想先去洗个澡，用干净的身体迎接新的一年。

走到浴室门口时，才想起这几天宿舍烧热水的锅炉出了点问题，热水只供应到九点半，但现在已经超过十点半了。

打开莲蓬头试了下水温，果然没热水，而且水几乎是冰的。

记得高中语文老师说过文天祥的《正气歌》有股伟大的力量，念完一遍后全身会充满浩然正气，半夜经过乱葬堆不会被鬼魂骚扰、冬天洗冷水时根本不会觉得冷。

《正气歌》我背得滚瓜烂熟，便决定试试。

我深吸一口气，咬着牙打开莲蓬头让冷水当头冲下。并高喊："天地有正气，杂然赋流形。下则为河岳，上则为日星……"

《正气歌》念到一半，我终于忍不住了，打开淋浴间的门大叫："救——命——啊！好——冷——啊！"

整层宿舍空空荡荡，只有我凄惨叫声传来的回音。

怎么办？洗头洗到一半，洗发精都抹上了。

只得硬着头皮继续洗，好消息是头皮已冻得僵硬，不必刻意硬着头皮。

我啊呼呼、哇噜噜、啦呜呜乱叫，四肢也乱抖乱跳像三太子上身，不过几乎没什么用，我还是冷到不行。

终于洗完澡，我赶紧擦干头发和身体，手忙脚乱穿上衣服。

打开淋浴间的门，发现外面的世界还在，我不禁庆幸：还活着真好。

回寝室后发觉我的声音竟然变高了，唱郑怡的《月琴》应该没问题。

等脑袋回温、手指可以正常活动时大约是11点左右。

我打开计算机，上线晃晃。在线的使用者好少，大概都出门跨年了。

逛了半小时后觉得无聊，打算下线时刚好碰到6号美女上线。

"嗨，绣球。"6号美女先发来消息。

"是。6号美女。"

"你没出去跨年？"

"嗯。你也没打算出去跨年吧。"

"我不跨年的。反正每个热烈欢迎的新年，终将被迫不及待送走。"

"有道理。"

"那么你打算干吗？"

"不干吗。不过刚刚洗了个冷水澡。"

"你好厉害。"

"不是好厉害，是好惨。锅炉有点问题，九点半后就没热水。"

"我以前住宿舍时偶尔也会碰到这种问题，所以我搬出来了。"

"你好伟大。"

"又胡说。：）"

"你们在天上时，跨年吗？"

"天上是不跨年的，跟宇宙中其他高等生物一样。"

"是吗？"

"对于宇宙中其他高等生物而言，也许他们的生命以千年计。当人类因为新的一年到来而high到不行时，他们应该会觉得莫名其妙。"

"原来如此。"

"有些昆虫还跨天呢，因为寿命只有三个月。每当新的一天到来时，它们也会倒数计时，跟人们一样。它们一生中跨天的次数也跟人们一生中跨年的次数相当。"

"照你这么说，有些昆虫甚至会跨时，因为它们只有三天寿命。"

"你说得对。"

"6号美女。"

"是。绣球。"

"你到现在还怕锅啊？"

"没错。：）"

"你为什么不跨年呢？"6号美女又发来消息。

"我对即将逝去的这一年依依不舍，恨不得时光永远停在这一年。"

"为什么？"

"因为我在这一年里认识了你，这是我生命中最美好的一年。我怎么可能高高兴兴送走它？"

"如果你这么想，那么旧的回忆会永远存在。而新的一年，可能会有更多更美好的回忆等着开创。难道这不值得高兴吗？"

"6号美女。"

"是。绣球。"

"你一定会长命百岁。"

"你又来了。"

窗外突然传来烟火裂空的声音，我低头看了看表，果然是12点整。

"新年快乐。"

"新年快乐。"

我和6号美女几乎同时发出消息。

"这也算是另一种形式的跨年吧。"6号美女的消息。

"嗯。而且不必跟人挤、不会受寒，也没有身心受创的机会。"

"身心受创？"

"去年跨年夜，有个男子脱光上衣并在背部写上'请嫁给我吧'，然后向女友求婚。结果被拒绝，回家后他又感冒，这就叫身心受创。"

"新的一年里，我祈祷你举的例子不要老是这么糟。"

"我尽量，也请你继续包涵。"

"我也尽量。：）"

"6号美女。"

"是。绣球。"

"谢谢你所带来的一切。请允许我再跟你说声新年快乐。"

"我也要再跟你说声新年快乐。今年也请你多指教。"

"我愧不敢当。"

"你不必愧。：）"

我在少尉牛排馆说过的这句话，没想到她还记得。

我们再简短互发几条消息后，便互道晚安下线。

新的一年有个很好的开始，虽然没能在新年到来的瞬间看见6号美女，但能在线与6号美女共同走进新的一年，也是件幸福的事。

我关了计算机，带着喜悦满足的心情爬上床。

但也许是洗冷水澡或是刚跟6号美女在线跨完年，我精神有些亢奋。

在床上翻来覆去许久，还是无法入睡。

索性下床打开计算机再度上线，快两点了，赖德仁还没回来。

"我刚跨完年回来。你去哪里跨年？"

Sexbeauty，你为什么没和旧的那年一同消失呢？

"什么是跨年？"叹了口气，我还是回了消息。
"你装傻吗？从旧的年跨到新的年，简称跨年。"
"那么胯下很黏可以简称为胯黏吗？"
"无聊。"
"我想请问你，北京的戏剧要怎么简称？"
"京剧。"
"那洛阳的戏剧要怎么简称？"
"阳剧。"
"你说粗话，我不理你了。Bye-bye。"
然后我下线关机。

遇见sexbeauty大大降低我的亢奋感，我应该可以睡觉了。
才躺下五分钟，赖德仁便回来了。
他一回来，也不管我已经躺在床上，噼里啪啦说着跨年晚会的细节。
总之他的意思就是这晚会是多么热闹好玩、活动是多么精彩有趣、烟火是多么灿烂夺目，似乎想让我抱憾终生、死不瞑目。
不过我反而因为他的碎碎念而迅速进入梦乡。

新的一年，每天似乎都很新鲜，但这种新鲜感通常只有三天的热度。
也就是说刚过新年时，会觉得万事充满新希望、新气象，也该振作。
于是你觉得应该认真念书、不逃课、上BBS的时间要有所节制；也觉得应该孝顺父母、友爱兄弟、尊敬师长、遵守交通规则……
但到了第四天，过日子的感觉就会跟去年的日子一模一样。
我也是到第四天恢复正常。

不过自从跨年夜在线遇见6号美女后，连续七天没在线遇见她。
其实这七天当中，她和我都曾上线，只是没碰见彼此而已。
不晓得这是不是好兆头，总之我开始担心今年的流年运势。
直到第八天深夜，我上线时发现6号美女寄给我一封信。

"绣球。
今晚我突然很想逛夜市，你可以陪我吗？
我们约11点半在我住处楼下碰面好吗？

当然如果你收到这封信的时间已超过11点半，那……

请你不用担心。：）"

信在十点寄的，问题是现在已经11点50分了。

本来只觉得扼腕，后来想想不对，"请你不用担心"这句话有玄机。

我想起她曾说如果慧孝和蚊子不能陪她，那么她可能一个人逛夜市。

我那时曾表达担心的意思。

啊？

莫非她的意思是她会一个人去逛夜市，也知道我应该会担心，于是叫我不用
担心？

我突然心跳加速，浑身紧张了起来。

没再多想，我立刻冲出寝室，下楼骑车飙到她住处的楼下。

我只知道6号美女住四楼，但四楼有两户，而且现在是半夜12点。

只能赌赌看了，赌错的话顶多挨骂而已。

我先按了四楼右边那户的电铃。

"喂。"

"你是蚊子吗？"我好像赌对了，这声音很熟悉。

"是呀。请问你是？"

"我是那个坦率的蔡学长。"

"哦……"蚊子似乎恍然大悟，"学长有什么事吗？"

"慧孝在吗？"

"学长要找慧孝？"蚊子的语气很惊讶，"你等等，我去叫她。"

"不用了。"我急忙阻止，"我只是要确定你和慧孝在不在而已。"

"呀？"

"那么你学姐在吗？"

"学姐不在。她11点半就出门了，还没回来。"

6号美女果然不在，我的心便往下一沉。

"学长找学姐有事吗？"

"算有吧。"

"有就有，没有就没有。男生应该要坦率。"

"好吧。有。"我说，"不过现在没事了，谢谢你。抱歉打扰了。"

今天是星期五，那么6号美女最有可能去的就是小北夜市。

我决定先到小北夜市找她，至于到了以后该怎么找再说。

跨上摩托车，发动摩托车的瞬间，突然听见背后有人叫："绣球！"

我回过头，发现6号美女在十米外对我挥手。

我愣了愣，十秒钟后才赶紧把摩托车熄火。

6号美女已来到我身边，脸上挂着笑容。

"你没有一个人去逛夜市？"我很纳闷。

"没有呀。"6号美女说，"我信上不是说了，请你不用担心。"

"我以为你会一个人去逛夜市，但你知道如果这样的话我会担心，所以叫我不用担心。"

"你怎么会这样想呢？"轮到6号美女很纳闷，"我的意思是说：如果你没来，我不会一个人在深夜去逛夜市，所以你不用担心。"

"啊？"

"没想到这么简单的一句话，会有完全不同的解读。"

"是啊。我琢磨了很久，结果还是误会你的意思。"

"是我表达不好。"6号美女说，"抱歉。"

"不。"我说，"表达往往是单纯的，能不能被理解才是复杂的。"

"这句话很有哲理呢。"她笑了笑。

"哪里。"我有点不好意思。

"很抱歉。"6号美女说，"说不要让你担心，反而让你担心了。"

"千万别这么说。"我更不好意思了。

"对了。"我说，"蚊子说你11点半就出门了，那么你去哪？"

"我就在附近走走呀，刚刚才从便利商店回来。"她仰起头，"你抬头看看，今晚有好几颗星星呢。"

"嗯，真的有星星。"我也仰起头。

"记不记得你去年曾经说过……"

"去年？"我因为惊讶而打断她，随即醒悟现在已经是新的一年了，"能够用去年这两个字来描述我们之间发生过的事，真好。"

"你如果能听我说完会更好。"

"抱歉。"

"去年你说过，当星星沉默的时候，我便闪烁。"6号美女仰头说，"那么当星星闪烁时,我会如何?"

"嗯。"

"嗯什么?"

"它们闪它们的,你闪你的,不用理它们。"我说,"你眼中的闪烁,绝非几光年外的星星可以比拟。"

"绣球。"

"是。6号美女。"

"你这么说,我很难接呢。"

"请你把这句话当做单纯的赞美。"

"那我只好说谢谢。"

"这是我的荣幸。"

"绣球。"

"是。6号美女。"

"我们是千辛万苦来到这里讨论星星吗?"

"你还想逛夜市吗?"

"嗯。"她点点头,然后笑了。

"那就走吧。"

我骑车载着6号美女到小北夜市,夜市还很热闹,但人少了很多。

6号美女照旧点了麻辣鸭血,我依然敬谢不敏。

"为什么今晚突然想逛夜市?"我问。

"想逛夜市还需要特别的理由吗?"6号美女笑了笑,接着问,"倒是你,为什么收到信时已超过11点半,却还要跑来?"

"因为想确定你是否是一个人出门逛夜市。"

"然后呢?"她问。

"我原先以为你是一个人出门逛夜市,所以打算来夜市找你。"

"呀?"

"怎么了吗?"

"所以我刚刚看到你时,你正准备骑车到夜市而不是回宿舍?"

"是啊。"

"可是我以为你是要骑车回宿舍。"

"不。我是要来夜市找你。"

“绣球。”

“是。6号美女。”

“我想问你一件事。”

“请说。”

“如果你跑来夜市找不到我时，你会怎么做？”

“当时只想着要来找你，没想过这问题。”

“那么你现在想想这个问题。”

“嗯……”我想了一下，“我应该会继续找。”

“如果继续找还是找不到呢？”

“那就再继续找。”

“如果再继续找还是找不到呢？”

“那就三继续找。”

“如果三继续找还是找不到呢？”

“那就四继续找。”

“你要继续到什么时候？”

“当然是找到你为止。”

“绣球。”

“是。6号美女。”

“你一定会长命百岁。”

“你别老抢我的台词。”我笑了笑。

我们在夜市逛到一点，然后我送6号美女回去。

她打开铁门后，回头看着我，似乎想说什么，却半天说不出话。

“嗯……”尾音拖得很长，她最后还是说，“嗯。”

“这是什么意思？”

“就是谢谢加对不起。”

“喔……”我也拖长了尾音，“喔。”

“这是什么意思？”

“就是不客气加没关系。”

我们相视而笑，互道声晚安后，她走上楼、我骑车回去。

表达往往是单纯的，能不能被理解才是复杂的。

6号美女的一言一行可能很单纯，但在我心里常得推敲许久。

例如假使她说"我会冷"，我搞不好会以为她可能是空虚寂寞才觉得冷。

但其实她只是衣服穿得薄觉得冷而已。

而在她的心里，又如何理解我的一言一行呢？

对我而言，可以跟她说说话、看着她的眼睛与笑容，就是幸福的事。

如果她希望我陪她聊天、逛夜市、看星星，我当然很乐意。

所以我的表达很单纯，直接到她身边便是。

至于她怎么理解我，其实我并不在意。

灿烂的黎明前，总会有深沉的黑暗，就像假期前就会有期末考一样。

虽然距离期末考还有两星期，但这学期的课都很硬，要过并不轻松。

尤其是考期中考时计算器没电的那科，任课老师乱没人性的，曾当了全班三分之二，我不想成为他的刀下亡魂，只得更用心准备。

如果这学期没有All pass，我会无颜见6号美女。

我不知道为何会有这种想法，但这想法已经根深蒂固。

"你在看漫画？"赖德仁问。

"我在复习。"

"啊？"

"啊什么。"

"这几天没有要考试啊。"

"我在准备期末考。"

"啊？"

"不要再啊了。"

"期末考还有两个星期啊。"

"要早点准备才会考得比较好。"

"啊？"

"给我闭嘴。"

总之这两个星期我很认真，空闲的时间都用来念书。

这根本不像我啊，再这么用功下去，我妈大概就不认得我了。

第一个星期我只在睡前上线，通常已是凌晨两点，而且只待十分钟，因此都没遇见6号美女。

第八天我受不了了，晚上九点就上线，希望能在线遇见她，即使只听到她一句问候也好。

"好久没遇见你了，你最近好吗？"

遇见的是sexbeauty。这种心情好像在公园里等美女结果却等到鬼。

"最近我一直在思考一个问题。"我的消息。

"什么问题？"

"你会选择连续拉十天肚子，还是连续便秘十天？"

"嗯……我会选择拉十天肚子。便秘十天很恐怖。"

"你是认真的吗？"

"是呀。"

"你让我豁然开朗了，谢谢。Bye-bye。"

我立刻下线关机。

这是老天对我意志不坚定的惩罚，我决定忍住想遇见6号美女的欲望。

第二个星期我更认真了，上线只待五分钟，甚至不上线。

期末考前一晚，我收拾好隔天要应考的书本，已经快凌晨三点了。

上线晃一晃舒缓一下心情，终于遇见6号美女。

"好久没遇见你了，你最近好吗？"

同样一句问候，但由6号美女说出来，不一样就是不一样。

"最近还好。只是为了准备期末考都很晚才睡。"

"我也是。"

"那么我们都加油吧，天一亮就是期末考的日子了。"

"嗯。你要睡觉了吗？"

"也该睡了，你也是。晚安。"

"绣球。"

"是。6号美女。"

"可以先别说晚安吗？"

"好啊。可是我刚刚已经说过了。"

"那我装作没听到。"

"6号美女。"

"是。绣球。"

"请问有什么事吗？"

"我想去巷口的便利商店买点东西。"

"如果你不介意的话,十分钟后在你住处楼下碰面?"

"我介意。"

"那……"

"因为你用了如果。"

"喔。"

"我要开始计时了。"

我没下线,直接离开寝室坐电梯下楼去骑摩托车,抵达她住处楼下时,6号美女已经在门口等我。

"我迟到了吗?"我停好摩托车后问。

"你好厉害,误差只有二十秒。"6号美女笑了笑。

"那么相对误差便是20/600,不到4%,应该可以接受。"

"很抱歉,这么晚还让你跑来。"

"千万别这么说。"

6号美女穿了件有套头的厚外套,双手插进外套口袋。

她的头部被套住,脸也往下缩进衣服内,五官只露出眼与鼻。

"会冷吗?"我不禁问。

"有点。"

"那么赶紧回屋里,比较温暖。"

"绣球。"

"是。6号美女。"

"我们是千辛万苦来到这里讨论是否该回屋内吗?"

"抱歉。"我拍了拍头,"我们走吧。"

以缓慢的散步速度,约五分钟便可走到巷口24小时营业的便利商店。

6号美女买了些热食,我顺便买了些泡面,期末考周会很需要。

走出便利商店后,6号美女突然问:"半夜三点在街道上看见便利商店是什么感觉?"

"嗯……"我想了一下,"应该会有一种安心的感觉。"

"我也觉得是安心的感觉。"

巷子很安静,我们也安静走回她的住处楼下。

"绣球。"

"是。6号美女。"

"对我而言，你就像半夜三点在陌生的城市里、陌生的街道上看见便利商店一样。"

6号美女转头看着我，眼中闪烁着温暖的光芒。

我无法言语，全身被一道暖流彻彻底底流过。

"6号美女。"

"是。绣球。"

"你一定会长命百岁。"

"只要便利商店不关门的话。"

6号美女笑了笑，说了声晚安后便转身上楼。

期末考周虽然难熬，但只要想起6号美女，我同样有安心的感觉。

考完试后便放寒假，学生开始离开学校回家。

6号美女在考完隔天便回台北，回家前寄了封信祝我寒假愉快。

我则多待了三天，确定所有科目都及格后才收拾行李回家。

回到家后，每天都睡到很晚，反正没事做，家里也没计算机。

我常常待在电视机前，偶尔出门找以前的同学聊天。

完全与6号美女绝缘的日子，有时会让我觉得是在浪费生命。

不知道可不可能会有一种叫做"时间银行"的东西？

这样便可以把味同嚼蜡的时间先存起来，等下次跟6号美女见面时再领出来用。

寒假放了快四个星期，中间还过了一个农历年。

大年初七开学，我在初六回学校。

天气还是有些冷，不过已不像过年期间那么冷。

刚开学还很轻松，便想约6号美女，却不知道要做什么？

直到有天下午骑车经过东丰路，我才知道。

可惜视听社想趁刚开学在校内办个影展，6号美女忙得很。

"只要下午没课的时间，我都要在社办忙。"6号美女的消息。

但我约6号美女要做的事，上午虽然也可以，但下午时分最好。

如果是晚上去，则没有半点意义。

我等了五天，再等下去的话，即使约到6号美女也没意义。

第六天下午，我突然有股冲动，跑到视听社的社办找6号美女。

"绣球。"6号美女很惊讶，"你怎么来了。"

"是啊。我怎么来了？"

上次见到6号美女是期末考前一天，现在是开学后第二个星期。

一个多月没见到她，这次第一眼看见她时，心脏跳得很厉害。

其实每次刚见到6号美女的瞬间，心都会怦怦跳。

已经一个多月没感觉这种剧烈的心跳，当这种感觉突然回来时，我词穷了，甚至忘了要说什么。

"绣球。"

"是。6号美女。"

"我们是千辛万苦来到这里讨论你怎么来了吗？"

"不。"我回过神，"我想请你借我一个小时。"

"晚一点好吗？"她说，"我现在走的话，对学妹不好意思。"

社办里还有三个学妹在忙，我走过去先点个头，再说："很抱歉。你们可不可以把学姐借给我一个小时？"

三个女孩面面相觑，终于有个看起来比较勇敢的女孩说："当然可以。"

"谢谢。"我说。

6号美女也过来跟这三个女孩说抱歉，并保证一个小时后回来。

"学姐，没关系啦。"那个勇敢的女孩带着暧昧的笑，"快去呀。"

"绣球。"6号美女转头对我说，"我们走吧。"

我又朝那三个女孩说了抱歉和谢谢，然后跟6号美女离开社办。

我领着6号美女走向我的摩托车停放处，一路上她都没有开口。

"你不问我为什么吗？"我终于忍不住问。

"我到了之后就知道了呀。"她笑了笑。

我发动摩托车，拿了顶借来的安全帽给她，她戴上后便上了车。

我沿着胜利路往北骑，骑到第二个路口正准备右转时，听见她说："哇！这里好漂亮！"

"是吗？"我右转后在路边停下车，"那我们下车吧。"

这里是东丰路，路上的中央分隔岛、快慢车道分隔岛、人行道旁，净是开满黄花的树。

我和6号美女沿着人行道走着，长长的路被落下的黄花淹没。

我们仿佛是踏上一大片黄色的花海。

"这是黄花风铃木，树上的花叫风铃花。"我指着这些五米高的树，"开花时树上没有叶子，满是一团一团的黄花，既美丽又壮观。"

"风铃花？"6号美女捡起地上一朵巴掌大金黄色的风铃花。

"这花朵是漏斗形，花沿皱曲，很像风铃。"我指着她手中的花。

"真漂亮。"6号美女在一棵开满风铃花的树下驻足，仰头赞叹。

"每年大约这个时节是花期，不过花期只有十天左右。"

"十天？"

"嗯。"我指着地上的黄色花海，"现在应该是花期的尾声，所以地上满是黄色的风铃花。等花落光后，新叶再长出来。"

"真是惭愧，我从来不知道学校附近有这种美景。"

我们在人行道旁的长椅坐下，静静欣赏这场春日的盛宴。

"绣球。"

"是。6号美女。"

"你就是要带我来看风铃花的吧？"

"嗯。"我说，"不过很抱歉，硬把你拉来，请你别介意。"

"我介意。"她笑了笑，"你怎么不早几天把我带来？"

"其实……"我有些吞吞吐吐。

"我知道。前些天你就想带我来了。"她微微一笑打断我，"只是我不知道你要带我来看风铃花，更不知道风铃花的花期只有十天。"

"只有十天呀……"6号美女仰起头。

"嗯？"

"比樱花季还短。"

"但风铃花比樱花大。"

"没错。"她笑了。

"其实风铃花和樱花有个特质很像。"我说。

"什么特质？"

"孤独。"我说，"因为同样都得等到叶子掉落后才会开花。"

"嗯。或许风铃花和樱花都有个愿望，希望能开花给叶子看。"

"但叶子却想早点凋落，好让花期更长。"

"花与叶……"6号美女似乎若有所思。

"走吧。"看了看表后，我站起身。

"嗯？"她回过神，"去哪？"

"回去啊。一个小时到了。"

"真的要回去吗？"

"跟学妹说好是一个小时，你也答应了她们。"

"绣球。"

"是。6号美女。"

"你可不可以装作没听到我跟学妹说的话。"

"这……"我顿了顿，"好吧。你可以跟她们说因为我苦苦哀求，一把鼻涕一把眼泪求你别走，你只好多留一会儿。"

"你不是这种人。如果我想走，你再怎么不舍，也会立刻送我走。"

"这又是你的莫名其妙预感？"

"不。"6号美女笑了笑，"这是推理。"

"绣球。"

"是。6号美女。"

"这是最好的生日礼物。"她转头注视着我，"谢谢你。"

"你今天生日？"我很惊讶，"你是3月2号出生？"

"我不是3月2号出生，我的农历生日是正月十五元宵节。"她说，"今天刚好是元宵节。"

"原来如此。"我说，"生日快乐。"

"谢谢。"

"6号美女。"

"是。绣球。"

"你出生那年的花灯一定特别漂亮。"

"谢谢。"

"小倩的生日一定是中元节。"

6号美女突然笑出声，笑声穿梭在风铃花之间，很有春天的味道。

"决定了。"笑声停止后，她说。
"决定什么？"
"以后每年我们看见风铃花开的时候，就是春天的第一天。"
"好。"
"一起看见才算哦。"
"嗯。"

冬天过了，春天来了。
对我而言，6号美女才是春天。

7

我说我想挖一条长长的水沟，往北延伸。

"水沟里头，会有水吗？"你问。
"当你离开，水沟里自然会有满满的泪水。"我说。

"这条水沟会挖到哪？"你又问。
"你在哪里，水沟就到那里。"
"那我不要离开你太远，不然你会挖得很累。"
"挖水沟并不累，累的是水沟。因为它得承受满溢的思念。"

我望向北方，想象这条水沟该挖多长。
可是将视线往水沟的尽头延伸，却怎么也看不到水沟的尽头。

一不留神，眼泪滴了下来。

　　6号美女一定很喜欢看风铃花盛开的美景，因为自从春天的第一天后，春天的第二天和第三天，我和她还是在下午时分去看风铃花。

　　我们会沿着长长的人行道踏着黄色花海漫步，累了就在树下坐着。

　　春天的第三天，东丰路上的风铃花大多数已飘落，地上积满黄花，像春日的波涛。

　　"花期大概快结束了。"6号美女的语气有些不舍。

　　"嗯。不过还有一个地方也有，如果你不介意，我可以带你去。"

　　"绣球。"

　　"是。6号美女。"

　　"我介意。我真的好介意。"

　　"那……"

　　"快带我去呀。"6号美女站起身。

　　那是林森路上一个狭长三角形公园，里面几乎种满黄花风铃木。

　　因为是密植，所以看起来有另一种团聚之美。

　　这里的黄花风铃木比较高，树干更直挺，虽然花期同样也快结束，但树上的风铃花依旧是鲜艳的黄，只是常会随风飘落而已。

　　我和6号美女在树木间随兴穿梭，脚下是柔软的金黄色土地。

　　当一朵风铃花正从树上落下时，6号美女箭步向前，接个正着。

　　"好身手。"我很佩服。

　　"我可以许愿了。"6号美女笑得很开心。

　　"看见流星才可以许愿吧。"

　　"你没听过接住一朵落下的风铃花便可以许愿的说法？"

　　"有这种说法吗？"我很纳闷，"我没听过。"

　　"那你现在听过了。"

　　6号美女双手捧着那朵风铃花，低下头、闭上眼睛。

　　"许好了。"她睁开双眼。

　　"你许什么愿？"

　　"希望你长命百岁。"

她的眼神清澈明亮，我听见自己的心跳声像低沉的雷。

春天彻彻底底来了，厚棉被和厚外套都被我收进衣柜。
就连视听社举办的影展，名字都取为春天影展。
这个影展活动持续一星期，除了放映电影外，还邀请了从事摄影、编剧或配乐的专业人士来演讲，甚至还有导演。
基于爱屋及乌的心理，每场活动我都会去参加。
但不管是听演讲或是看电影，我通常待在角落，不想干扰忙碌的她。

最后一场活动是演讲，结束时大约晚上九点半。
刚离开会场时，恰巧碰见之前在视听社办看到过的勇敢女孩。
"学长。"她笑说，"又要来借学姐吗？"
"上次真不好意思，不止借了学姐一个小时。"我说，"因为……"
一时之间想不出任何借口，我几乎涨红了脸。

"哎呀，小事一桩。学长不要放在心上。"她又笑了笑，"学长跟学姐好像，学姐也是边道歉边因为了半天。"
"是吗？"
"嗯。"她说，"我跟学姐说，以后如果想不出理由或说不出理由，就说因为吃得太饱，因为小孩还小，因为天气很好阳光普照……"
"确实是很好的借口。"我笑了笑，点个头后转身离开。

"绣球。"
我停下脚步回过头，6号美女正朝我走近。
"你好。"
"呀？"她微微一愣。
"因为可能会有认识的人。"我指了指四周走动的人。
"嗯。"她说，"赶快离开这里。"
我们快步走出会场，在僻静处停下脚步。

"6号美女。"
"是。绣球。"
然后我们同时笑了。

"终于忙完了。"笑声停止后，她说。

"活动办得很成功。"我说，"辛苦了。"

"确实很辛苦。"她笑了笑，"我到现在还没吃饭呢。"

"那得赶紧吃饭。"我问，"你想去哪里吃？"

"我想去有麻辣鸭血也有你的地方。"

"好。我载你去夜市。"我顿了顿，"不过这时间夜市人很多……"

"嗯。确实很为难。"

"为难？"

"到底是要饿死呢，还是勉强去人很多的夜市吃饭呢？"

"走吧。"我笑了。

可能是终于忙完一系列的活动，6号美女的神情既得意又轻松。

她变得更健谈，说起话来滔滔不绝。

我只是静静聆听，不曾打断。

虽然夜市里人声鼎沸、语笑喧哗，但我的心情却很恬静。

"这星期的活动，你一定都有来参加。"她说。

"这又是你的莫名其妙预感？"

"不是预感。"她说，"我只是这么相信着。"

"为什么？"

"因为……因为……"她想了半天后，说，"因为吃得太饱，因为小孩还小，因为天气很好阳光普照……"

我想起学妹的话，不禁笑了起来。

"绣球。"

"是。6号美女。"

"嗯。"

"嗯？"

"没事。"她笑了笑，"只是喜欢听你叫我6号美女。"

"我也喜欢这么叫你。"

6号美女又笑了，笑容像春雨后玫瑰绽放。

"幸好你当初是随便挑一张照片参选。"

"哦？"

"如果你认真挑，只要一点点小认真，就一定是1号美女。"我说，"依你谦虚低调的个性，一定不喜欢1号美女这种称呼。"

"你过奖了。"

"不是过奖，是中奖。"

"中奖？"

"能认识你，就是中奖。"我说，"而且是特奖。"

6号美女只是微微笑着，没多说什么。

我们在夜市待到11点，我才送她回去。

回程的路上她似乎唱着歌，我隐约听到夹杂在摩托车引擎声中的旋律。

我特地停在路边，把车子熄火，摘下安全帽，回头看着她。

她也摘下安全帽，先是笑一笑，然后轻启双唇把剩下的歌唱完。

你问我浮萍的逻辑

那就是吧，露珠向大地

沉坠的轻喟

而菊

尤其金线菊

是耐于等待的

寒冬过了就是春天

我用一生来等你的展颜

"这是什么歌？"我问。

"向阳的诗《菊叹》改编成的歌。"

"很好听。"

"谢谢。"

"金线菊终于等到春天了。"

"是呀。"她笑了。

我也笑了，再度发动摩托车，载6号美女回家。

3月快过完了，3月份最后一个星期六成功厅所放映的电影，是汤姆·克鲁斯主演的《征服情海》（Jerry Maguire）。

电影放映前一天晚上，我在线遇见6号美女，便约好一起看电影。

"这部电影小倩也很想看。"赖德仁说，"我们四个人一起看吧。"

"喂。"我回头发现他又站在我背后，"你不偷看会死吗？"

一起看完电影后，他没理我，继续说："再一起去喝咖啡。"

"我没说要跟你们一起。"

"喝完咖啡后一起散个步。"他又说。
"你有没有在听我说话？"
"最后是一起吃晚餐。"
"你到底有没有在听我说话？"
"真是完美的一天啊，我已经迫不及待明天的到来了。"
"你……"

隔天下午一点，赖德仁和小倩紧跟着我，赶都赶不走。
原以为是四个人一起看电影，结果6号美女带来了慧孝，所以是五个人坐成一排看电影。
虽然我跟6号美女并肩坐着，但我的左边是赖德仁，她的右边是慧孝。
我们只在电影开始放映的瞬间同时转头交换微笑，在电影结束等待离场时彼此询问电影好看吗而已。

电影看完后，依照赖德仁的剧本，五个人前往东丰路的柏拉图咖啡。
6号美女一到东丰路，便对着我笑了起来，然后看看路旁的树。
记得上次来这里喝咖啡时是去年秋天，风铃木枝叶茂盛、绿意盎然。
3月初黄花在绿叶落尽后的枯枝上盛开，树上像挂满了黄色风铃。
现在是3月底，风铃花都落光了，但树上稀稀疏疏长了些新叶。
"不要忘了明年春天的第一天哦。"6号美女轻声对我说。
"嗯。"我用力点头。

《征服情海》确实好看，我们五个人聊天的话题都围绕着它。
"汤姆·克鲁斯是我的偶像呢。"小倩说。
"可惜我跟汤姆·克鲁斯有瑜亮情结。"赖德仁说。
"哦？"慧孝很疑惑。
"因为我和他都是很帅很帅的帅哥，彼此间难免会有瑜亮情结。"
赖德仁说完后，慧孝和6号美女笑了起来，小倩捶了一下他的肩膀。
至于我，则像得道高僧，纹丝不动。

我对这部电影最大的共鸣点，在于汤姆·克鲁斯说的那句："You complete me."
你让我完整，你让我成为完整的人。

6号美女的出现也让我有类似的感觉。

而且意义恐怕还要再更深一层，因为她让我想要成为更好的人。

小倩很羡慕我们学校每周六都会放映电影，而成功厅也还不差。

她说如果她是我们学校的学生，一定会每周六看这种免费电影。

"成功厅播放的电影，我几乎每部都会去看。至于学姐嘛……"慧孝指着6号美女，"就不只是几乎，而是每部都看。"

"这倒是真的。除非真的有事或生病，不然我每周六都会去成功厅看电影。"6号美女说，"不管那部电影之前是否看过。"

我不禁扼腕，我怎么没想到呢？

成功厅的电影免费而且通常很不错，每周六起码有四个播映场次。

6号美女是视听社的社员，又比一般人更爱看电影，当然会常去看。

甚至每周六都去看也很合理。

这么简单的道理如果早知道，就可以每周六跟她一起看电影了啊。

然而再细想，便不觉得扼腕。

即使我早知道她每周六会去成功厅看电影，我也不会每周都约她。

就像现在我已经知道了，往后我也不会主动每周六约她看电影，或干脆直接订下每周六要一起看电影的约。

虽然6号美女喜欢看电影，但她仍然可以选择自己一个人去看，或是跟别的朋友看，我不能剥夺她这种权利或选择。

这不是我有没有立场或资格去剥夺的问题，即使我有立场和资格，我还是不会也不应该这么做。

这并非意味着我无私，或是心思细密、体贴入微、善解人意。

我只是单纯以为，我不该占据6号美女的全部。

能成为她生活中的某些部分，我已经觉得幸福与满足。

不是不想求得更多，而是如果我占据她的全部，那么6号美女可能就不是6号美女了。

像流星划过心房一样，我心里突然雪亮，想到一种比喻。

我像是池塘，而6号美女是鲸鱼。

鲸鱼属于大海，那才是她可以遨游的地方。

如果她累了，愿意在池塘歇息，我会用所有生命的能量供养她。

但我不能也不应该期待她一直待在池塘里，久了她会无法呼吸。

这个莫名其妙的比喻，让我觉得有些悲伤。

"在想什么？"身旁的6号美女轻声问。

"没什么。"我回过神、笑了笑，"胡思乱想而已。"

"哦。"她应了一声，也回个淡淡的笑。

6号美女，我愿意用所有生命的能量供养你，水枯了也甘愿。

但在我变成大海之前，我不能一直困住你。

虽然我并不知道自己能不能变成大海。

我们五人走出柏拉图时，天快黑了。

"不如就在这附近找家店吃晚饭吧。"赖德仁说。

"你跳过散步那一幕了。"我说。

他不理我，直接询问6号美女和慧孝的意见。

反正晚餐得吃，东丰路上好几家简餐店气氛很不错，而且就在附近，于是她们便点头。

当我们选好简餐店准备走进去用餐时，刚好碰见苍蝇。

"他是我们班上同学，叫周昌英，我们都叫他苍蝇。"

只有6号美女和慧孝不认识苍蝇，于是赖德仁便向她们介绍。

"是苍鹰，不是苍蝇。"周昌英说，"我是在天空中翱翔的苍鹰，不是在厕所里吃大便的苍蝇。"

"苍蝇，你怎么会在这里？"我问。

"是苍鹰，不是苍蝇。"周昌英说，"来简餐店当然是吃饭，难道是来上课吗？"

周昌英这个人不错，虽然有点怪，不过还算有幽默感。

有些人的幽默感像阳光般开朗明亮；有些人的幽默感像北风，让人觉得好冷；有些人的幽默感像沙包，让人只想扁他。

而周昌英的幽默感很难形容，只能说像蛇一样，总是弯弯曲曲行进。

比方说莫文蔚的那首歌《盛夏的果实》，他会说成remained fruit。

remained是剩下的，fruit是水果或果实。

要先把remained fruit转成剩下的果实，再转成盛夏的果实。

有次他说他要唱一首歌，叫欧洲男人主题曲。

"欧洲男人主题曲？"我很纳闷。

"就是欧男之歌。"

然后他唱："偶……偶然，就是那么偶然……"

至于怪，周昌英确实有一点怪。

就以现在来说，谁会一个人到气氛还不错的简餐店吃饭呢？

而且他不只人怪，运气也怪。

他常莫名其妙中奖或捡到钱，也常莫名其妙被车撞或被狗咬。

有次他和同学打麻将，他和了把大三元碰碰和混一色加上门清自摸。

结果隔天就出车祸了，在医院躺了一个星期才出院。

出院后没几天又和同学打麻将，第一把就是大四喜的牌面。

他吓傻了，然后在牌桌上抱头痛哭，发誓以后不再打麻将了。

他确实也没再打麻将了，所以这算是他的优点。

"我打电话叫蚊子一起来吃饭。"6号美女轻声对我说，"好吗？"

"当然好啊。"我很纳闷，"不过你为什么突然想到蚊子？"

"你忘了吗？"她在我耳旁说，"你说过要介绍苍蝇给蚊子。"

"我差点忘了，抱歉。"

我想起来了，是去年离开普罗旺斯后，在校园内漫步时说过的话。

"苍蝇，好久不见了。"轮到小倩打招呼。

"是苍鹰，不是苍蝇。"周昌英说，"苏格兰威士忌找不到了。"

"呀？"小倩听不懂。

"苏格兰威士忌是好酒，找不到就是不见。"周昌英说，"所以是好酒不见。"

又来了，要把苏格兰威士忌找不到转成好酒不见，再转成好久不见。

"你觉得把苍蝇介绍给蚊子好吗？"我看着6号美女，很犹豫。

"只是彼此认识一下，应该还好吧。"6号美女也是面有难色。

"To be, or not to be; that's the question."我叹口气。

"你这个比喻还是很糟。"她笑了笑，"别多想了，我去打电话。"

6号美女打完电话后，我们连同苍蝇共六个人，走进这家简餐店。

坐定后十五分钟，蚊子也来了，我让她坐在苍蝇对面。

我偷偷告诉赖德仁想撮合蚊子和苍蝇，6号美女也偷偷跟慧孝说。

不过我们并没有做得很刻意，顶多让他们互相多说点话而已。

蚊子说话直率，像真正的蚊子一样，只要叮人便会见血；苍蝇讲话时也像真正的苍蝇，绕着食物转来转去，很不干脆。

我觉得蚊子和苍蝇似乎不太搭，组合起来有些怪。

然而我也同时想到，或许在旁人眼里，我和6号美女也不相配。

我们七个人聊得很愉快，十点左右才走出这家店。

在店门口大家简短说声Bye-bye后，便各自离开。

今天真是神奇，最初以为是四个人，结果来了五个，然后是六个，最后变七个。

难怪人家都说春天会使万物滋长，果然没错。

我看着和蚊子、慧孝一同离去的6号美女背影，有些不舍。

6号美女突然停下脚步转过身，两手食指交叉比出个"十"字。

那是十字架吗？莫非我变成吸血鬼了？

啊，我知道了，她应该又是叫我十分钟后再离开。

我赶紧朝她猛点头，她笑了笑，挥挥手，转身继续走。

我开始计时，十分钟后发动摩托车，骑到6号美女住处楼下。

刚停好车，6号美女正好推开铁门。

"下楼前我跟孝和蚊子说，想去便利商店买东西。"她说。

"我陪你去。"

"嗯。"她点点头。

走去便利商店的途中我们没交谈，进了便利商店买好东西、走出便利商店、再走回她的住处楼下，还是没交谈。

"我们是千辛万苦来到这里保持沉默吗？"我终于开口询问。

"那你有没有什么话想说？"

"这……"我猛搔头，不知道该说什么。

"绣球。"

"是。6号美女。"

"答对了。"

"答对了？"

"我只是想听你叫我6号美女而已。"

6号美女笑了，是很开心的那种笑容。

"今天我们在一起多久了？"她问。

"从下午一点开始，"我看了看表，"到现在已经超过九个钟头。"

"我们之前从没有过连续在一起这么长的时间。"

"是啊。"

"可是这么长的时间，却没听见你叫我一声6号美女。"

"今天还有别的人在，所以没办法。"

"嗯，我知道。"她说，"可我还是想听。"

"6号美女。"

"是。绣球。"

"如果以后还有像今天这样的情况，请你使用超能力。"

"我没有超能力呀。"

"你谦虚了。"我说，"难道你忘了，你是天使啊。"

"好。我知道了。"她笑了笑，"但是要用哪种超能力呢？"

"你只要默念'我想听到一声6号美女'就可以了。"

"我想听到一声6号美女。"

"6号美女。"

"果然有用。"她又笑了。

"6号美女。"

"我还没默念呢。"

"这是我自己想叫的。"我说，"我走了。Bye-bye。"

"嗯。Bye-bye。"

我发动摩托车，向她挥挥手后便离开。

我骑到巷口，又转回到她的住处楼下，6号美女正准备上楼。

"6号美女。"熄了火后，我说。

"呀？"

"我好像听到你在心里默念。"

"绣球。"

"是。6号美女。"

"我刚刚真的在心里默念：我想听到一声6号美女。"

"啊？"我很惊讶。

"搞不好我真的有超能力呢。"

"6号美女。"
"是。绣球。"
"你是天使,原本就有超能力。而且你一定会长命百岁。"
"那你也要长命百岁。"
"嗯?"
"不然我到很老很老的时候,就听不到你叫我6号美女了。"
"好,我会努力长命百岁。"
我笑了笑,再度发动摩托车。

"绣球!"她抬高音量。
"是!"我也抬高音量以便压过摩托车的引擎声,"6号美女!"
"你一定会长命百岁!"
我说不出话,只见她挥挥手后转身上楼。

6号美女,虽然我知道自己不会长命百岁,但如果我可以长命百岁,那么不管我多老,不管牙齿是否掉光、舌头是否发麻、声带是否长茧,我一定会用尽所有力气叫你6号美女,只要你在心里默念的话。

3月过了,4月的第一天是愚人节。
这种节日非常无聊,但正因为无聊,所以会让无聊的人想捉弄人。
愚人节那天,刚吃完晚饭便上线,一大堆人在发布假新闻或假讯息。
这些人永远搞不懂具有幽默感的捉弄,与撒谎造谣之间的区别。
我只待了十分钟就觉得无聊,正想下线时却碰到sexbeauty。
"愚人节快乐。"sexbeauty发来消息。

"运气跟麻将哪里一样?"我回了消息。
"干吗问这个?"
"都可以碰。女人跟麻将哪里不一样?"
"不知道。"
"可以打麻将,但不可以打女人。运气跟女人哪里不一样?"
"不想回答。"
"运气可以碰,女人不可以碰。麻将跟运气哪里不一样?"
"你有完没完?"

“打麻将可以靠运气，碰运气不可以靠麻将。完了，Bye-bye。”
我立刻下线关机。

“有件事不知道该不该告诉你。”赖德仁一走进寝室便说。
“什么事？”
“可是……”他欲言又止，“唉，真为难。”
“说啊。”
“你先答应我听完以后别太激动。”
“那就别说。”
我不想理他，从书架拿出一本书随手翻阅。

“小倩刚跟我说，她看到翁蕙婷正跟一个高高帅帅的男生在一起。”赖德仁
走到我身边低声说，“而且还手牵手呢。”
“小倩在哪里看到的？”
“在她的学校附近。”
“不可能。”
“为什么不可能？”
“我刚刚才在楼下看见小倩，她从男生厕所里走出来。”
“男生厕所？”他很疑惑，“小倩怎么会从男生厕所里走出来？”
“小倩没告诉过你吗？”我说，“她喜欢站着尿，不喜欢蹲着。”
“喂！”

“可以停止这种愚人节的玩笑了吗？”
“原来你早就有防备。”赖德仁叹口气，“不好玩。”
“就是有你们这种人，愚人节这天才会没人想去捐血。”
“为什么？”
“因为怕护士也过愚人节，于是说：‘啊，你有艾滋病。’”
“只是开个小玩笑而已，没那么严重吧。”他突然笑了起来，说，“苍蝇上
当了。”

“你跟苍蝇说了什么？”
“我跟苍蝇说，蚊子约他在校门口见面，不见不散。”
“啊？”我很惊讶，“那么他现在应该还在校门口等蚊子。”
“不会吧。他应该等没多久就知道被捉弄了。”
“你喜欢吃大便吗？”

"当然不喜欢啊。"

"所以苍蝇的逻辑不是你所能理解的。"

我不再理赖德仁，赶紧离开寝室，直接跑到校门口。

苍蝇正站在校门口的警卫室旁边，手里还拿了一束红玫瑰。

这个白痴，未免也太容易被捉弄了吧。

"苍蝇。"我走近他，"你等蚊子等多久了？"

"是苍鹰，不是苍蝇。"他说，"只等了一个多小时。"

"别等了，蚊子不会来了。"真是白痴，竟然用"只"。

"为什么？"

"赖德仁是骗你的，因为今天是愚人节。"

"原来今天是愚人节。"他点点头，"我明白了。"

"走吧。"我说。

"你捉弄人的技巧不高明哦。"他说。

"啊？"

"我还要等下去。"他说，"蚊子说了，不见不散。"

"你白痴吗？"我提高音量，"都跟你说今天是愚人节了！"

"所以这是你的愚人节玩笑吧。"他说，"想骗我离开这里。"

"你……"我气急败坏，"你都不会怀疑，为什么蚊子还没来吗？"

"她应该是躲在暗处，测试我是否能坚贞地信守不见不散的誓约。"

"你……"

差点忘了，我也不喜欢吃大便，所以苍蝇的逻辑也不是我所能理解的。

本想干脆不理他，但不忍心他就这么等到天荒地老。

我跑去骑摩托车，骑到6号美女的住处楼下，按了电铃。

"喂。"是蚊子的声音。

"蚊子，我是坦率的蔡学长。"

"学长要找学姐吗？"

"不。"我说，"我要找你。"

"呀？"蚊子似乎很惊讶，"学长找我有什么事？"

"就……"想了半天，还是不知道该如何跟蚊子开口。

"我还是找你学姐好了。"我最后说。

"喂。"蚊子说，"这是学长的愚人节玩笑吗？"

"不不不。"我说，"麻烦你叫学姐来听。"

"好吧。请等一下。"

我在对讲机旁等着，两分钟过去了，6号美女还没来接听。

正纳闷间，突然听到一阵急促的脚步声从楼上传来，中途还伴随"哎呀"一声。脚步声越来越近，一直到铁门边才停。

铿锵一声铁门开启，6号美女一看到我，整个人似乎吓一大跳。

"怎么会是你？"她睁大眼睛，"你已经没事了吗？"

"怎么是我？"我一头雾水，"还有我怎么了吗？"

"蚊子说你突然发烧到40度，正在医院的急诊室。"

"我没发烧啊。"我说，"这应该是蚊子的愚人节玩笑。"

"蚊子真是……"她松了一口气，笑了笑，"她说你发高烧意识模糊，嘴里不断喊着我的名字。所以赖德仁跑来找我，要载我去医院。"

"你就这么信了？"

"一时之间根本无法判断真假。"6号美女说，"而且这是很有你个人风格的生病方式。所以我就当真了。"

"很有我个人风格的生病方式？"

"是呀。"她笑了，"莫名其妙突然发高烧确实很有你的风格。"

"那符合你个人风格的生病方式是什么？"

"嗯……"她想了一下，然后笑了笑，说，"应该是先天性的疾病，比方说背部莫名其妙多长了一对翅膀之类的。"

"蚊子的话最少有两个bug。"我说，"一是赖德仁不知道你住这；二是我意识模糊时嘴里喊的应该是6号美女，不是你的名字。"

"嗯，你好厉害。"她说，"可能是我心急吧，无法冷静思考。而且刚刚急着下楼时，脚绊了一下。"

"啊？"我很紧张，"你还好吗？"

"应该没事，只是差点跌倒而已。"

"真的没事吗？"

"嗯。你别担心。"

"喔。"

"绣球。"

"是。6号美女。"

"我们是千辛万苦来到这里讨论符合个人风格的生病方式吗？"

"啊？"我突然醒悟，"我是想请你帮个忙。"

"帮什么忙？"

我跟6号美女说因为赖德仁的捉弄，苍蝇还在校门口苦等蚊子。请她告诉蚊子这件事，并帮忙劝说蚊子到校门口一趟。

"苍蝇还在校门口吗？"她问。

"应该是吧。"我说，"这是很有苍蝇个人风格的等待方式。"

"好。"她说，"我叫蚊子去一趟。"

6号美女按了电铃，透过对讲机跟蚊子交谈。

但今天是愚人节，蚊子又刚捉弄了6号美女，因此不管6号美女如何解释，蚊子打死不相信苍蝇在校门口等她。

后来我也加入了战局，但蚊子还是不信。

"学姐你竟然跟学长联合起来捉弄我。"蚊子叹口气，"真是女心向外呀。"

我们透过对讲机讲了许久，最后惊动了慧孝。

幸好慧孝站在我和6号美女这边，她对蚊子讲了一句："去一下校门口而已，又不会死。"

蚊子想想也对，似乎没什么好损失，便说："好，我去。学长如果你骗我的话，我以后就不帮你说好话了。"

"说好话？"我问。

"我常跟学姐说你人很好呀。"

"这是实话，不是好话。蚊子你果真是个坦率的人。"

"好啦，等我一下。我马上下去。"

一分钟后蚊子下楼，慧孝也跟下来想看热闹。

结果是我载6号美女、慧孝载蚊子，四个人一起到校门口。

"原本是等一个美女，没想到来了三个美女。"苍蝇一看到我便说，"看来我真是孝感动天。"

"你等多久了？"我问。

"两个小时多一点吧。"苍蝇看了看表。

"嗨，苍蝇。"蚊子打了声招呼。

"你好。"苍蝇说，"蚊子学妹。"

"咦？"我很疑惑，"你不说自己是苍鹰吗？"

"我是苍蝇啊。"苍蝇说，"请你以后叫我苍蝇，不要叫我苍鹰。"

"我一直叫你苍蝇啊！"

既然蚊子和苍蝇已经碰面了，我们其他三个哺乳动物便没事了。

看到苍蝇把红玫瑰花送给蚊子后，我们三个很满足地离开校门口，回到6号美女住处楼下。

"没想到愚人节还有这种好戏看。"慧孝笑着说，然后上楼。

我和6号美女都松了一口气，视线相对时，同时苦笑。

"绣球。"

"是。6号美女。"

"蚊子说得对，你是个好人。"6号美女说，"可以为了这种几乎跟自己无关的事，紧张成这样。"

"哪里。"我有点不好意思，"我只是觉得每个人的感情都很神圣，不可以随便捉弄。"

"其实在我眼里，你一直是个好人，而且是个温柔的人。"她说，"像水一样，非常柔软，却蕴含力量。"

"你过奖了。"我更不好意思了。

"如果愚人节时你要捉弄我，会怎么做？"

"不管是不是愚人节，我都不会捉弄你。"

"假设一下嘛。"

"嗯……"我想了一下，"我会跟你说，上帝希望我劝你回天上。"

"为什么要我回去？"

"因为你不在的日子里，天堂就不再是天堂了。"

"绣球。"

"是。6号美女。"

"麻烦你跟上帝说，我要待在人间，不回天上。"

"为什么？"

"因为人间有你呀。"

6号美女笑了起来，很笃定的笑容。

"6号美女。"

"是。绣球。"

"你一定会长命百岁。"

"那我就得好久才能回天上了。"

"我谨代表人间,感谢你的存在。"

"请别客气。"她笑了。

"绣球。"

"是。6号美女。"

"你最近没被狼狗咬到吧?"

"没有啊。"我很纳闷,"怎么了?"

"你抬头看看。"她说,"今晚是满月。"

我抬起头,橙黄色的月亮挂在天上,又大又圆。

"可以陪我到校园走走吗?"她问。

"这是我的荣幸。"

一路上我发觉她的脚步不太自然,走路速度也比平常慢。

但问了几次她都说没事,只说满月的美让她忘了该如何好好走路。

走到校门口边的人行道尽头,当她从三十厘米高的人行道跨入平地时,听到她"哎呀"一声。

"6号美女。"我停下脚步,"你的脚真的没事吗?"

"左脚踝好像真的扭到了。"她皱了皱眉头苦笑着。

"如果你不介意,我扶着你走回去吧。"

"你快离开吧,我只会拖累你。"

"啊?"

"电影里都是这么说的。"她笑了笑。

我扶着6号美女的左手和左肩,缓缓往回走。

她的左脚只能轻轻点地,右脚得用跳的才能移动。

平常只要花五分钟的路程,现在恐怕得花半小时。

6号美女似乎一直忍着痛,蹙起的眉头说明了一切。

好不容易走回到巷口,我终于忍不住说:"如果你不介意,我可以背你吗？”

“这样不太好吧。”她摇摇头，“别人看见会笑的。”

“现在这里没人，你今天又穿长裤，应该没关系。”

“这……”

“6号美女。”

“是。绣球。”

“请让我背你吧。”我说，“请你、麻烦你、拜托你。”

她迟疑了一下，终于点点头。

我蹲下身，等她趴在我背上后，小心翼翼抓住她双腿的膝盖后方。

“我要起身了。”

“嗯。”

我站起身，脚步踏实，一步一步缓缓前进。

我尽量不多想也不说话，专心踏稳脚步，而她也没说话。

沿路上我只听见自己浑浊的呼吸声。

走到她的住处楼下时，我微蹲下身，让她掏出钥匙打开铁门。

“我还是下来吧。”铁门开启后，她说。

“你连走路都很困难了，何况爬楼梯。”

我侧身用手肘轻撞开铁门，身体稍微前倾，开始爬楼梯。

“我原以为天使一定很轻，想不到……”

“傻瓜。”她轻拍一下我的头，“不可以跟女孩子说她很重。”

“想不到比想象中更轻。”

“这样转很硬。”

“抱歉，我失言了。”

“别说话了，你会更喘的。”

终于爬到四楼她家门口，我蹲下身轻轻放下她，然后开始大口喘气。

“谢谢。”她说。

“请别客气。”

这时我才看见6号美女的脸，她似乎脸红了。

她掏出钥匙准备开门时，我摇摇手，然后按了电铃。

“绣球。”

"是。6号美女。"

"趁李开门前，再听最后一次。"她笑了笑。

"谁？"慧孝在屋里问。

"送来美女一枚，请签收。"我说。

"学长？"慧孝打开门后，吓了一跳，"学姐你怎么了？"

"脚扭到了。"6号美女说。

慧孝急忙走出门，扶着6号美女走进屋内。

"明天要记得去看医生。"我说。

"嗯。"6号美女点点头，笑了笑，关上了门。

我回到寝室后，越想越气，便痛骂赖德仁一顿。

"你和苍蝇都该感谢我。"他说，"因为我的愚人节的玩笑，苍蝇和蚊子才能约会，你也才因此碰到翁蕙婷的腿。"

"她今天穿长裤。"

"好可惜，翁蕙婷的小腿很漂亮呢。"

我不想再理他，拿了换洗衣物走到浴室洗去一身汗。

还好隔天开始便是长达七天的春假，6号美女可以安心休养。

蚊子和慧孝连续三天扶着6号美女去看医生。

蚊子自知是祸首，便负责打理6号美女的三餐，甚至还说："学姐，如果你不方便洗澡，我可以帮你。"

"你可以帮我洗衣服或是洗碗。"6号美女说。

春假虽然长，但最没有诚意，因为春假结束后接着就是期中考周。

清明节在春假期间，那天我回家扫墓。扫完墓后，我便说："我晚上要回台南。"

"不是还在放春假吗？"我妈问。

"我要念书准备期中考。"

"呀？"

"干吗这么惊讶。"

我吃过晚饭后，在我爸妈狐疑的眼光中，又回到学校。

期中考周还剩两天时，赖德仁提议考完后去阿里山看樱花。

"那时都快4月下旬了，樱花盛开是3月中到3月底的事。"我说。

“你不懂啦，那时是落樱时节，另有一种美，而且游客也比较少。”

“要去你自己去。”

“那我叫小倩约翁蕙婷。”

“要约我自己约！”

我在线跟6号美女说起这件事，她一口答应，而且似乎很兴奋。

她还问慧孝和蚊子可不可以一起去？我当然只能说好。

苍蝇知道蚊子要去阿里山赏樱，也说要跟去。

所以又是我、赖德仁和小倩、6号美女、慧孝和蚊子、苍蝇七个人。

“一不做，二不休。干脆来个两天一夜之旅好了。”赖德仁说，“还可以看阿里山的日出。”

“你只要负责打理一切，我就没意见。”我说。

其他人也没意见，反正刚考完期中考，大家的玩兴很高。

我们一早由台南出发，到嘉义火车站搭上九点出发的阿里山小火车。

一路上小火车不断鸣笛前进，这声音对现代火车而言几乎已绝迹。

过了海拔1405米的奋起湖后，植被的变化更明显。

窗外云雾袅绕，小火车好像在云端穿梭，有点梦幻的感觉。

火车开始“之”字形前进，有时是车头在前，有时是车尾在前。

三个半小时后，我们七个人在阿里山站下车。

简单吃个午饭后，我们便走进森林游乐区赏樱。

白色的吉野樱沿途绽放，气质淡雅而清丽，美得令人心醉。

赖德仁带开小倩是可以理解的事，但苍蝇和蚊子竟然也悄悄走开。

没想到苍蝇这小子说话弯弯曲曲，在这种关键时刻却是直接而敏捷。

虽然我也想只跟6号美女赏樱，但放着慧孝一个人又很不好意思。

“学长，你带着学姐赏樱吧。”慧孝说，“我自己一个人逛。”

“你一个人的话，很容易被搭讪。”我说，“那些男生一定会说：‘哎呀，请问你是樱花仙子吗？’”

“这个好。”慧孝笑了，“我想听到这种搭讪。”

“可是……”

“学长。”慧孝挥挥手走开，“要好好照顾学姐呀！”

慧孝好像为了保护同胞于是抱着手榴弹钻进敌人坦克车底的烈士。

我望着慧孝的背影，感动得说不出话来。

"绣球。"

"是。6号美女。"

"嗯。"她笑了。

早上七点半从台南出发，离现在刚好七个小时，这是第一句6号美女。

"绣球。"

"是。6号美女。"

"我也想听到那种搭讪。"

"那……"

"开玩笑的。"她笑了笑，"走吧。"

我们沿着铁道漫步，樱花树也顺着铁道两旁生长，枝干婀娜多姿。

虽然不是樱花盛开的3月下旬，但樱树仍是繁花锦簇，热闹且美丽。

现在算是落樱时节，因此只要风一吹，便是落樱片片、细雪纷飞。

赖德仁说的没错，这是另一种美。

6号美女似乎爱上了这种片片落樱似细雪纷飞的美景，每当起风时，樱花花瓣漫天飞舞，她立刻跑到樱树下转圈。

有时顺时针旋转，有时是逆时针。转完后便笑得很开心。

她的头发和衣服也因此沾上好几片樱花，手心也捧着两片。

"哎呀，请问你是樱花仙子吗？"我说。

"是的。"6号美女笑了，"请指教。"

突然一阵汽笛声响起，小火车快来了。

铁轨和步道只隔着到肩膀高的木栅栏，很多游客趴在栅栏边等火车。

终于看见小火车进入视线，火车上的乘客和步道上的游客互相挥手。

小火车经过6号美女身旁时，她开始追逐着小火车，边跑边挥手。

我赶紧跟在她后头跑。

"小火车上有你认识的人吗？"我喘着气。

"只是觉得好玩而已。"她也喘着气，并吐了吐舌头。

小火车在海拔2274米的沼平车站停靠，旁边是阿里山派出所。

这个派出所前院有好几株老樱树，樱花开得更美更娇艳。

如果不小心犯了法被抓进这个派出所，即使戴着手铐，心情应该也是轻松愉快的吧。

我们在一棵老樱树下席地而坐，静静欣赏樱花。

白色樱花雪片片飘下，如果风强一点，甚至会飘到很远的地方。

"樱花季应该快结束了。"过了许久，她说。

"嗯。樱花季最长只到4月底。"我说。

"樱花季一结束，春天也结束了吧。"

"嗯。"

"樱花是片片落下，风铃花是整朵落下，但同样都很短暂。"

"是啊。"

"绣球。"

"是。6号美女。"

"给你一片樱花。"她摊开手心，有两片樱花，她拿了一片给我。

"谢谢。"我接过这片五元硬币大小的樱花花瓣，小心捧着。

"一人一片，日后好相见。"她说。

"有这种说法吗？"我说。

"你没听过？"

"没听过。"我摇摇头。

"那你现在听过了。"她笑了。

我和6号美女起身往回走，沿途依然不断下着白色樱花雪。

回到森林游乐区的入口处，跟其他人会合后，再到下榻的旅馆。

赖德仁订了两间房，三个男生一间，四个女生一间。

天快黑了，我们在旅馆吃晚饭，饭后就在附近闲逛。

明天一早不到四点就得起床准备看日出，我叮咛大家要早点睡。

但我准备躺上床时，赖德仁还没回房，这可以理解；而苍蝇竟然也没回房，这就令人难以忍受了。

不管了，我熄了灯，上床睡觉。

半梦半醒间，隐约听到敲门声，很细很轻，似乎是很犹豫的敲法。

在山上寂静的夜晚听见朦胧的敲门声，而我的八字又不重……

我突然心跳加速，彻底醒了过来。

俗话说：白天不做亏心事，半夜不怕鬼敲门。

我得先确定我到底有没有做亏心事，才能大胆开门。

大约花了五分钟确定没做亏心事，我亮起灯，下床走到门边。

我缓缓打开门，门外没半个人影，有没有鬼影就不晓得了。

只得关上门，再重新回床上躺着。

啊？会不会是6号美女？

这应该是很符合她个人风格的敲门方式。

我一跃而起，跳下床，换好衣服穿上鞋后便冲出房间。

原本想先到她的房间敲门，但如果我判断错误就尴尬了。

于是我决定走出旅馆，先碰碰运气找找看再说。

当我一走出旅馆，看见夜空中繁星点点，我终于知道了。

是6号美女敲的门没错，她一定想看星星。

我四下找寻，但发觉这样太慢了，也容易遗漏，便打算边叫边找。

"6号……"我赶紧收口，差点忘了只能偷偷叫。

"绣球！"6号美女的声音，"我在这！"

我转头朝着声音传来的方向，隐约看见6号美女正招着手。

我跑过去，发觉她正站在一片草丘上。

"6号美女。"

"是。绣球。"

然后我们同时笑了。

"你怎么知道是我敲的门？"

"我和你一样，也有莫名其妙的预感。"

"才不呢，你只是推理。"

"其实我原先以为是小倩在敲门。"

"小倩？"她很疑惑，"小倩应该早就跟赖德仁出去了呀。"

"不是那个小倩。"我说，"是真正的小倩。"

"呀？"她愣了愣，随即醒悟，便笑了起来，"你竟然把我当成鬼。"

"不好意思。"我也笑了。

"今天天气很好，星星更多也更亮了。"她在草丘上坐了下来。

"嗯。"我也坐了下来，微仰着头，夜空中繁星闪烁，非常壮观。

"你知道我都是怎么分辨星星的吗？"

"不知道。"我说，"但我想你应该很有研究。"

"只是小有研究而已。"

"请指教。"

"你看那颗星星。"她右手朝夜空一指，"在我的分类中，那颗就是亮亮亮，三个亮的星。"

"嗯？"

"而这颗是亮亮亮亮不太亮，四个半亮的星。"她右手更往右指。

"这……"

"这就是我的研究。"6号美女笑得很开心。

原来6号美女跟我一样，夜空中的星座啊星宿啊都不懂。

我松了一口气。

因为我曾经想过，要为了6号美女，背熟天上所有的星星。

"亮亮亮亮亮亮亮亮……"我嘴里一直不停，"还在亮。"

"嗯？"

"就是你这颗星。"我右手指着6号美女。

她笑了起来，眼睛闪闪亮亮，星空瞬间黯淡。

"6号美女。"

"是。绣球。"

"我们是千辛万苦来到这里看星星吗？"

"没错呀。"

"那我们终于千辛万苦做对了一件事。"

"是呀，真是千辛万苦。"

"我可以唱歌吗？"她突然问。

"请。"我说，"这是我的荣幸。"

"我唱你上次听过的《菊叹》。向阳的诗，李泰祥的曲，齐豫主唱。"

"我上次听完后，到现在还余音绕梁呢。"

"那我只唱第一段。"她笑了笑，"不然梁绕太久了也不好。"

她收起笑声，简单清了清喉咙，开始轻声唱着。

所有等待，只为金线菊

微笑着在寒夜里徐徐绽放
像林中的落叶轻轻，飘下
那种招呼，美如水声
又微带些风的怨嗔
让人从蕨类咬住的小径
惊见澄黄的月光，还有
傍晚樵夫遗下的柴枝
冷冷郁结着的
褪了色的幽凄

"天使的歌声才是名副其实的天籁。"我说。
"你过奖了。"她笑了笑。
我们并肩坐着，春末的山上依旧微寒，只有彼此的心是温热的。
夜色越来越深沉，星星却更闪亮。
虽然不到四点就得起床，但满天星斗却一直挽留我们。
"看日出时，记得多加件衣服。"我终于说。
"嗯。"她点点头，站起身。

为了看日出，得搭上开往祝山的小火车，从阿里山站出发约二十五分钟。
我们搭四点半的小火车，到祝山约五点，今天的日出时刻约5点40分。
四点不到得起床很合理，但不合情，因为我们都只睡了两个钟头。
我们下了小火车走到祝山观日楼，早已万头攒动。
这时气温很低，几乎所有人都在冷冽的空气中蜷缩身子、摩擦双手。
赖德仁买了很多茶叶蛋，我们七个人分着吃。

日出的时刻快到了，现场逐渐安静，所有人似乎都屏息以待。
当金黄色太阳从山头探出脸，第一道曙光出现时，开始有人赞叹。
太阳的脸越露越多，突然间太阳整张脸一跃而出。
现场响起欢呼声与鼓掌声，整个世界由黑暗变成金黄，也逐渐温暖。
"好感动。"6号美女说。
"嗯，真的很感动。"我说，"可以回去睡觉了。"
"没错。"6号美女笑了。

我们再搭七点的小火车回到阿里山站，然后回房补眠。
这一补就到中午，退了房、吃过午饭后，便离开阿里山。

下山时我们坐的是公交车，两个半小时后抵达嘉义火车站。

再从嘉义坐火车回台南，回到台南时大约是下午五点。

赖德仁要载小倩回她的学校，这可以理解；而苍蝇竟然要载蚊子去逛逛，这就没有天理了。

"学长，我要去找我男朋友。"慧孝对我说，"麻烦你载学姐回去。"

我又感动得说不出话来。

火车站就在学校旁边，骑回6号美女的住处只要五分钟。

"累了吗？"我问。

"有点。"6号美女说。

"那你好好休息。"我说，"有事我们在线说。"

"嗯。"

"差点忘了。"我说，"6号美女。"

"是。"她笑了，"绣球。"

我也笑了笑，挥挥手后便回寝室。

时序进入5月，我想阿里山上最后一片吉野樱已飘落。

天气也确实变热了，事实上两天前我已经开始改穿短袖衣服。

5月初在上课途中经过两旁种满凤凰树的小东路，发现其中一棵凤凰树已经开花了。

我告诉6号美女凤凰花开了，她似乎不太相信，我便载着她到那棵开花的凤凰树下。

"你看。"我指着树上的红花。

"真的啊。"6号美女说。

其实我不需要指，火红的凤凰花在翠绿的羽状复叶之间，明显得很。

凤凰花瓣又大又红，连花萼都呈血红色，色彩非常鲜艳。

我仔细看着凤凰花的五个花瓣，突然有种熟悉的感觉。

"咦？"我很纳闷，"我怎么觉得我常常看见凤凰花？"

"呀？"她似乎很惊讶。

"怎么了吗？"我问。

"我们学校的校徽就是凤凰花呀！"

"啊？"我也很惊讶。

"你太混了。"

"这样我可以毕业吗？"

"很难说。"她笑了起来。

天气很热，我和6号美女走到更深的树荫。

"凤凰树一定是幸福的树。"她说。

"为什么？"

"花开得最火红时，叶子也最鲜绿。花与叶子不仅不会分开，而且彼此可以看见对方最美丽的模样。"

"嗯。"我点点头，"确实很幸福。"

"决定了。"她说。

"决定什么？"

"以后每年看见凤凰花开的第一天，就是夏天的第一天。"

"你的决定总是英明。"

"谢谢。"她又笑了。

确定了夏天的第一天后，我便载6号美女回去。

"你知道怎么去七股盐山吗？"回到她住处楼下后，她问。

"大概知道。"我说。

"我下星期想去一趟，为了通识课的报告。"

"如果你不介意，我可以载你去。"我说。

"你不载我去，我才会介意。"她笑了。

我们约好下周五的下午两点出发，我去她住处楼下载她。

从学校到七股，骑摩托车大概要花一个钟头。

这天太阳很大，还好离开市区后两旁净是低平的鱼塘，视野因此而辽阔，风势也变强，吹拂在身上可带走一些暑气。

突然间乌云团聚到头顶，天地瞬间昏暗，吹过身上的风也变凉了。

我心里暗叫不妙，十秒后大滴大滴的雨珠就倾盆落下。

雨势又大又猛烈，还夹杂着轰隆的雷声和闪电，让人猝不及防。

如果我和6号美女身在武侠小说的世界中就好了，在武侠小说里，主角在荒郊野外遇上大雨时，那么附近一定有一种叫做破庙的东西。

可惜现实的世界四周都是鱼塘，别说破庙了，连一棵树也没有。

在茫茫大雨中，进也不是，退也不是，连停也不是。
我心里很慌乱，担心6号美女被淋湿，但只能下意识往前加快速度。
像中奖般，我竟然看见不远处的路旁有间小屋，赶紧飞奔过去。
我在屋前停车，先让6号美女下车跑进屋内，我停好车后再跑进去。
这间应该是为了在鱼塘工作时休息用的小屋，只有五坪左右。

虽然只淋了五分钟的雨，但我和6号美女早已一身狼狈。
"绣球。"
"是。6号美女。"
"好惨呀。"她笑了。
"没错。"我也笑了。

"怎么天气好端端的，却突然下起雨呢？"她说。
"这是夏日午后的西北雨。"我说，"雨势大，来得快去得也快。"
"哦。"她应了一声，理了理头发，顺了顺衣服。
"你全身都湿了。"我很不好意思，"抱歉。"
"该说抱歉的人是我。"她笑了笑，"我们安心躲雨吧。"

"会冷吗？"我问。
"有一点。"她说，"不晓得会不会感冒？"
"我可能会感冒，但你不会。"我说，"你会变成彩虹。"
"彩虹？"
"你现在身上满满的都是水分，当太阳再度出现，照射在你身上时，你就会
变成绚烂缤纷的彩虹。"

"绣球。"
"是。6号美女。"
"彩虹很美呢。"
"嗯。"我说，"所以你会变成彩虹。"
我注视着6号美女，期待雨过天晴后，看见彩虹。

这场西北雨半小时后就停了，然后乌云迅速散去，阳光普照。
好像老天开了个玩笑，只是这个玩笑很无聊又不好笑。
骑回家要花五十分钟，往前到盐山只要花十分钟。
但全身湿透骑车容易感冒，一直待在小屋也不是办法。

"继续上路吧。"6号美女笑了。

果然再往前骑了十分钟，便看见雪白的盐山，像一座雪山。
这座盐山全部由六万吨盐堆积而成，高二十米，大约六层楼高。
因为长年堆置早已固结成块，像石头般坚硬。
为了方便登山，开挖出一条长长的阶梯直达山顶，两侧有绳索护栏。

6号美女顺着阶梯往上跑，跑到山顶后才停下脚步。
天空是淡淡的蓝，太阳斜斜挂着，四周是盐田和鱼塘，远处有海。
6号美女抬起头身子微微后仰，双手也用力伸展，
沿着左手手指到右手手指的联机，便构成一条圆弧线。

当阳光照射在6号美女身上时，有那么一瞬间，我真的觉得自己看见彩虹。

8

今年第一道东北季风刮起的夜里，我们通过手机相聚。

"台北好冷呢。"在嘈杂的声音中，我仿佛听见你的鼻音。
"你感冒了吗？"
"没有。只是外面风好大，觉得很冷。"
"快回去吧。"
"不。我想飞去台南找你，可是风好大呢。"

"这是东北风，冬天刮的风，通常很强又很冷。"
"东北风会刮向哪里呢？"
"东北风来自东北方，当然会刮向西南。"
"台北的西南方是台南吗？"
"嗯。不过离了三百公里远。"

"如果一直刮着东北风，可以把我刮向你吗？"
"理论上可以。不过要小心，台南的西南方是台湾海峡。"
"我不怕。"你笑了起来，"你一定会接住我的。"
"嗯。如果接不住你，我陪你一起掉进海里。"

"那我要开始飞了。"
我听见你张开羽翼的声音。

东北季风持续刮着，我即将看到你。

"看见彩虹了吗？"6号美女回头问。

"请问你在说哪种颜色的话？"

"嗯？"

"彩虹会说红、橙、黄、绿、蓝、靛、紫七种颜色的话。"

"那你听得懂哪种？"

"黄色的话。"

6号美女笑了，轻拍了一下我的头。

我们在盐山上待了半个钟头，大太阳底下，衣服很快就全干了。

6号美女笑说她身上没水分了，彩虹已消失，可以回去了。

我们再骑车回去，沿途都是艳阳高照，一直到她的住处楼下。

"明天一起看成功厅的电影吧。"下车后她说。

"好。"我说，"一点那场？"

"嗯。"

我交代她一定要先洗个热水澡，然后再发动车子，挥挥手走人。

"绣球！"

她突然喊了一声，我立刻踩刹车，车子嘎的一声瞬间停止。

我重心不稳，摩托车差点倒下，还好右脚撑着地，但姿势已有些狼狈。

"抱歉。"6号美女跑了十几步过来。

"没事。"我说，"怎么了吗？"

"如果你感冒了，明天还是要去看电影。"她说。

"嗯。即使我七孔流血，用爬的我也一定会爬去。"我很纳闷，"但明天的电影真的那么值得看吗？"

"不是电影的问题。"她说。

"那为什么如果我感冒了还是得去看电影？"

"因为你得传染给我。"她说，"要感冒就要一起感冒呀。"

"啊？"我吃了一惊，"这样不好吧。"

"不。这样很好。"她笑了笑。

"如果是你感冒呢？"我问。

"你想被我传染吗？"

"这……"

"那么如果我感冒了，我会待在家里。"

"不。"我脱口而出，"传染给我吧。连你的美丽一起传染给我。"

"绣球。"

"是。6号美女。"

"明天不见不散。"

"好。"

她笑了笑，挥挥手后转身。

隔天下午一点，我和6号美女同时现身。

"你感冒了吗？"我问。

"没有。"她说。

"恭喜恭喜。"

"你感冒了吗？"她问。

"没有。"我说。

"恭喜恭喜。"

"6号美女。"

"是。绣球。"

"我们是千辛万苦来到这里过年吗？"

"不。"她笑了，"我们是来看电影。"

"那么进去吧。"我也笑了。

天气很热，电影看完后我们一起到校门口对面的冰店吃冰。

后来我们便养成只要天气热，看完电影后就会吃冰的习惯。

我觉得夏天的6号美女很迷人，有一股莫名其妙的魅力。

因流汗而贴住额头的刘海，因炎热而浮出脸颊的淡淡的红，即使是手臂上细
细的寒毛都会令我脸红心跳。

"你的冰快化了。"她常常得这么提醒我。

5月下旬进入梅雨季，连续一星期阴雨绵绵，人都快发霉了。

除了上课外我几乎不出门，吃饭也只是走到宿舍的餐厅。

空闲时间都窝在寝室，无聊时便挂在线，一挂便是好几个小时。

这期间常在线跟6号美女聊天，不过光明与黑暗是一体两面，所以我也常碰见sexbeauty。

"台北整天都下雨，烦死人了。"sexbeauty发来消息。
"原来你在台北。"我回了消息。
"是呀。那你在哪里？"
"我在台南。台南这星期只下了两场雨。"
"真的吗？不是都进入梅雨季了吗？"
"虽然只下两场雨，不过第一场雨下了四天，第二场雨下了三天。"
"什么？"
"Bye-bye。"说完后我立刻下线。

梅雨季进入第八天的傍晚，我又在线遇见6号美女。
说是傍晚好像不太贴切，因为梅雨季时整个白天都像傍晚。
不过应该是傍晚没错，因为手表的时间是五点半。
"听新闻说，梅雨季快结束了。"6号美女的消息。
"是啊，终于可以重见光明了。"

"今天早上我把隐形眼镜送去消毒。"她说。
"所以你现在戴一般的眼镜？"
"虽然我也有眼镜，但我今天没戴眼镜。"
"不会不方便吗？"
"还好。我近视不深。"
"我就没办法了。我近视好深好深，像大海一样。"
我突然想到，这可能是我唯一像大海的地方。

"我待会儿就要去拿消毒好的隐形眼镜。"她说。
"记得戴上眼镜去。"
"我不想戴，想就这样去。"
"不好吧。过马路时有点危险。"
"红色和绿色我还是可以分得出来，没问题。"

"6号美女。"
"是。绣球。"
"我可以陪你去吗？"

"你不介意当导盲犬吗？"

"这是我的荣幸。"

"那么十分钟后楼下见。"

我穿上雨衣去骑摩托车，十分钟后抵达她住处楼下。

"辛苦了。"

她拿着我们第一次见面吃饭时那把深红色雨伞，微笑着等候。

"不会。"我停好车后说，"走吧。"

"嗯。"她点个头。

"这是几根手指头？"我右手向她比出三根指头。

她笑了笑，轻轻推了推我向前。

天上下着细雨，虽然还不到天黑的时间，但天色看起来像是天黑了。

她撑着伞，我穿着雨衣，如果不算伞的半径，我们算是并肩走着。

一路上我偷瞄着她，怕她撞上电线杆之类的，也会提醒她避开积水。

"为什么不想戴眼镜？"我问。

"当我不戴眼镜时，眼前的世界变得朦胧，也变得柔和了。"她说，"所有线条会在边缘淡淡晕开来，不再笔直锐利。"

"嗯。"我点点头，"我也近视，可以体会你的感觉。不过……"

"不过什么？"

"我如果不戴眼镜在这种天色下走路，会看到一道强光迎面而来。"

"强光？"

"嗯。"我点点头，"那是车子的大灯。"

"胡说。"6号美女笑了。

走到眼镜行拿了隐形眼镜，我劝她戴上，她摇摇头。

"天已经黑了，你不戴眼镜走路真的很危险。"

"绣球。"

"是。6号美女。"

"只要你在旁边，我就不会有危险。"

6号美女的眼神很亮，神情很笃定。

对我而言，要遇到漂亮的女孩用这种表情看着我的机会，这辈子大概不会有几次吧。

如果侥幸能有几次，大概也是6号美女一人全包了。

大约是晚饭时间了，6号美女说干脆一起吃饭吧。

我们便走进路旁一家面店，6号美女说她常来这里吃。

热腾腾的面端上来了，我凑近想看个仔细，眼前立刻模糊一片。

摘下眼镜擦了擦，再重新戴上，但只要太靠近面，眼前还是会模糊。

"戴眼镜就这点最麻烦。"6号美女笑了笑。

"你是因为这点而改戴隐形眼镜吗？"

"嗯。"她笑了笑，"因为我一定要看清楚面里头有没有苍蝇。"

"你好伟大。"

"你呢？"她问，"会不会有时也想不戴眼镜看这个世界？"

"嗯……"我想了一下，"缺钱的时候会。"

"缺钱的时候？"

"因为我有散光，不戴眼镜的时候，一张钞票会看成两张。"

"又胡说。"6号美女笑了。

也许是6号美女就在面前的缘故，我觉得这碗面有幸福的味道。

"你喜欢梅雨季吗？"她问。

"谈不上喜不喜欢。"我说，"但一直在下雨，整个人都懒懒的。"

"夏天容易令人心浮气躁，所以老天才给了梅雨季让人发懒。"

"你喜欢梅雨季？"我问。

"嗯。"她说，"在梅雨季节，我最喜欢一面听着窗外细细的雨声，一面赖在被窝里看漫画，很有气氛也很幸福呢。"

"所以你这几天都在被窝里看漫画？"

"嗯。"她点点头。

"6号美女。"

"是。绣球。"

"你好伟大。"

"你又取笑我了。"她笑了笑。

6号美女说的没错，在南部漫长的夏季中，能有这么一段梅雨季，让天气不再炎热、让人变得慵懒，也算是老天的一种恩赐吧。

6月初梅雨季完全结束，老天又严厉了起来，天气变得炎热。

这时开始莫名其妙怀念起梅雨季。

在城市里待久了，会想去郊外爬山；但山爬久了，却会想念城市里的柏油路。

不过天气只热了三天，今年第一个台风便出现。

这个台风叫玛吉，登陆的日子跟诺曼底登陆一样，都是6月6号。

那天是星期天，所以有没有放台风假都没差。

虽然台风可以让我理所当然地约6号美女，但心里总觉得不安。

一来这样会让我期待台风，可是台风会带来灾害怎能去期待？

二来若是每场台风都外出吹风，那么万一有什么闪失，6号美女就不能长命百岁了。

"如果你和翁蕙婷是一对，有没有台风之约就没差了。"赖德仁说。

"什么意思？"我问。

"白痴。"他骂了一声，"如果你们是一对，想怎样就怎样，台风天想约会就约会，不想约会就拉倒，你根本就不必期待台风。"

"可是我们还不是一对。"

"所以要赶快成为一对啊！"他叫了起来。

"我目前还不行。"

"啊？"

"啊什么。如果要跟她在一起，我必须变得更大、更深。"

"啊？"

"啊什么。我只是一座池塘而已，我得变成大海。"

"啊？"

"不要再啊了。"

"你为什么想变成大海？"赖德仁问。

"因为她是鲸鱼。"

"是海洋里的哺乳动物，很大只的那种？"

"嗯。"

"如果你认为她很大只，应该要把她比喻成恐龙，然后你再立志加入恐龙救生队。"

"喂。"

"喂什么。"他说，"你知道你正在讲猴子话吗？"

"你不懂啦。"我说。

"我怎么会不懂？"他又叫了起来，"如果小倩是雪，我也不必因而想成为喜马拉雅山啊！"

"你的比喻不好。"我说，"小倩不是雪，小倩是鬼。"

"所以我应该要成为道士？"

"嗯。成为得道高僧也行。"

"可是和尚就不能娶老婆了。"

"你说得对。你还是成为道士吧。"

"对个头！"他叫了第三次。

"你如果喜欢她，而她也喜欢你，那就在一起啊！"他叫了第四次。

"你听过鲸鱼和池塘的故事吗？"

"我干吗要听过？"

"所以你不会懂。"

"我干吗要懂？"

"所以你没听过。"

"喂！"他叫了第五次。

赖德仁可能是因为觉得我不可理喻，或是叫了太多次导致喉咙痛，索性不再理我。

我也乐得不用再跟他解释我这种心情，因为我自己也不太懂。

我只知道，我想变成大海。

"你有没有听过一种东西叫捕鲸船？"停了许久后，赖德仁又开口。

"你还没死心。"我笑了笑，"还想跟我沟通吗？"

"少废话。"他说，"你总该听过捕鲸船吧。"

"当然听过。所以呢？"

"你可以成为捕鲸船。"

"如果只为了得到鲸鱼，成为捕鲸船当然是最快也是最好的办法。"我说，"但对鲸鱼而言，她在大海里才会快乐和幸福。"

"我好像有点懂了。"赖德仁说。

"真的吗？"我说，"我自己都搞不太懂我在说什么。"

"你不必懂。"

"嗯？"

"如果你有这种心胸。"他竟然笑了笑，"那么你已经是大海了。"

"啊？"

"终于可以轮到我说：'不要再啊了。'"

我还在思考赖德仁话中的意思时，他却催促我该出门了。

看了看表，快六点了，这是我和6号美女约好的时间。

赶紧穿上雨衣离开寝室，骑车到6号美女住处楼下。

沿路上雨势非常猛烈，但风并没有想象中强。

"绣球。"

"是。6号美女。"

"先吹吹风吧。"

"嗯。"

6号美女打着伞、我穿着雨衣，从她住处楼下走到巷口，再由巷口走回她住处楼下。

"可以去吃饭了。"她说。

"6号美女。"

"是。绣球。"

"我们这样算不算病得很重？"

"病得很重？"

"在台风天出门吹吹风，再找家餐厅吃晚饭。"我说，"而且顺序还不可以反过来。"

"或许吧。"她笑了笑，"谁叫我们小时候都会莫名其妙害怕锅呢。"

"就在这附近找家店吧。"我说，"只要在附近而且走几步路就到，在台风天出门找家餐厅吃饭就安全多了。"

"嗯。"

"至于吹吹风嘛……"我想了想，"怎么吹风才会比较安全呢？"

"我刚刚不是示范过了？"

"你示范过了？"

"从这里走到巷口，再由巷口走回这里。"她笑了笑，"这就是最安全的吹吹风方式。"

"没错。"我拍了拍头，"就是这样。"

"绣球。"
"是。6号美女。"
"我们的病情应该很轻微，搞不好已经痊愈了。"
"没错。"

"6号美女。"
"是。绣球。"
"你可以长命百岁了。"
"没错。"

这附近是6号美女的地盘，她领着我到一家简餐店，走路只花五分钟。
这家店虽小，但有两层楼，一走进店里便闻到浓浓的咖啡香。
我们坐在二楼的窗边，雨打在窗上汇聚成数股水流顺着玻璃流下。
虽然听不见风声，但仍可感受到玻璃窗细微的震动。
6号美女说香草鸡排不错，我们两个便都点了香草鸡排。

"还有两个星期就要期末考了。"她说。
"那我是否该开始念书准备考试？"我问。
"你干吗紧张？"她笑了笑，"只是聊天而已。"
"还好。"我笑了笑，"然后呢？"
"期末考完，大三就结束了。然后就升上大四了。"
"嗯。然后大四结束了，然后就毕业了。"
"没错。"她笑了。

"绣球。"
"是。6号美女。"
"毕业后你有何打算？"
"我想考研究所。"我说。
"那你要多加油，希望你顺利考上。"
"谢谢。"我说，"其实我以前没想过要考研究所。"
"哦？"她很好奇，"那为什么现在想考？"

"因为你。"

"我？"

"因为你让我想变成一个更好的人。"

"你已经够好了。"

"还不够。我一定要更好。"我说，"我只是个大学生，目前只想到或许考研究所能让自己变得更好。"

"嗯。"她点点头、笑了笑。

"你呢？"我问，"毕业后有何打算？"

"我应该也会考研究所。"

"你该不会做出天理难容的事吧。"

"天理难容？"

"你长得漂亮个性又好，心地善良又正直，如果再考上研究所，那就是天理难容了。"

"原来你在取笑我。"她笑了。

"绣球。"

"是。6号美女。"

"为什么我会让你想变成一个更好的人？"

"因为吃得太饱，因为小孩还小，因为天气很好阳光普照……"

"不可以用学妹的话混过去。"她笑了。

"喔。"我说，"因为我想要更大、更深，像大海一样。"

"为什么你希望像大海？"

"因为在我心里，你很巨大，像鲸鱼一样。"

6号美女轻轻嗯了一声，没多说什么，只是意味深长地看了我一眼。

不知道6号美女是否听得懂我的意思，但其实我也不在意。

这是一种连我自己都觉得是莫名其妙的心情。

我只知道，要努力变大、变深，要变成大海。

因此台风刚走，我立刻闭关准备期末考。

"池先生这么早就开始准备期末考了吗？"赖德仁问。

"池先生？"

"你不是说你是池塘吗？"

"不准再说话吵我。"

"如果大海能够带走我的哀愁，就像带走每条河流。所有受过的伤，所有流过的泪，我的爱，请全部带走……"赖德仁唱了起来。

"喂。"我转过头，"唱歌也不行。"

"这是你的主题曲，张雨生的《大海》。"赖德仁笑了笑，"你多唱几遍就会变成大海，不需要认真准备期末考。"

我索性戴上耳机，不再理他。

期末考结束后，就是两个多月的暑假。

除了偶尔回家几天外，我打算暑假待在台南，认真准备研究所考试。

另外我每星期还去补习班一次，补一门应考科目。

6号美女有个大专生专题计划要忙，暑假也会待在台南。

"还有我也想多念点书。"她笑了笑，"台北的诱惑太多了。"

5月热，6月很热，7、8月就热到不想说了。

暑假期间每天都热到不行，因此我通常到图书馆念书。

那是唯一提供免费冷气的地方，而且又安静。

有一次我在图书馆二、三楼间的楼梯巧遇6号美女。

由于楼梯只有一侧有扶手，她顺着扶手下楼，我顺着扶手上楼，我们差点在楼梯转角相撞。

"绣球。"

"是。6号美女。"

"你来这里念书？"

"嗯。"我说，"你也是吗？"

"嗯。"

"英雄所见略同。"我点点头。

"我莫名其妙的预感又来了。"

"真的吗？"

"嗯。"她指着我，"你一定是来吹免费的冷气。"

"这是推理吧。"我笑了笑，"不过你猜对了。"

"英雄所见略同。"她也笑了笑。

既然都是英雄，难免惺惺相惜，我们便常常约好一起到图书馆念书。

我们会坐在同一张长条桌，但几乎不交谈，顶多视线相对时交换微笑。

这时只有翻书、笔尖滑过纸张、手肘摩擦桌面时的沙沙声。

有时6号美女累了，会趴在桌上休息，脸枕着臂。

我会停止翻书，放下笔，双手离开桌面，静静看着她，直到她起身。

"绣球。"她的声音很轻。

"是。6号美女。"我也压低音量。

"我想去看海。"

"啊？"我轻声说，"这时间海边很热哦。"

"有什么关系，反正是夏天嘛。"她笑了笑。

收拾好书本离开图书馆，我骑车载她到黄金海岸，花了二十五分钟。

才下午四点，海边几乎不见人影，只有海风呼呼作响。

我们坐在长长的堤防上看海，海风虽强，但太阳也大。

"到沙滩走走吧。"她说。

"沙子很热哦。"

"有什么关系，反正是夏天嘛。"

"你怎么又说这句？"

"这是日剧的对白。"她说，"我这阵子常看日剧。"

"6号美女。"

"是。绣球。"

"你好伟大。"

"别胡说了。"她一跃而下，双脚踩在沙滩上，"走吧。"

我们脱掉鞋袜，往前走到海与沙的交界，然后再顺着这交界走。

"为什么突然想看海？"我问。

"因为我想知道为什么你希望像大海。"

"其实只是因为我觉得你像鲸鱼而已。"

"如果我是小鸟呢？"

"我会希望成为天空。"

"如果我是萤火虫呢？"

"我会希望成为无污染的草原。"

"我懂了。"她说，"因为我是鲸鱼，所以你想成为大海。"

"大概是这样的意思。"

"绣球。"

"是。6号美女。"

"你已经是大海了。"

"啊？"

我正想问为什么时，只见6号美女突然朝海的方向快跑了几步。

"绣球！"她双手圈在嘴边，面对大海大喊一声。

我很纳闷，不知道该如何响应。

"我刚刚在叫你呢。"6号美女回头笑了笑。

"可是我站在这里。"

"不。"她右手指着海，"你在那里。"

太阳在海面上斜斜照射，6号美女浑身金黄透亮。

不论白天或夜晚，6号美女总是闪亮灿烂。

6号美女，因为你是鲸鱼，所以我一定要努力成为大海。

我一定会很努力。

差不多快五点了，沙滩上开始见到一些人影。

我和6号美女看到一个7岁左右的小女孩正独自坐在沙滩上玩沙，身旁有些塑料制的小碗盘之类的东西。小女孩在碗盘里盛了些沙子，并用手拨弄像在做饭，嘴巴不断喃喃自语。

小女孩应该是在扮家家酒吧。

6号美女说小女孩跟她小时候很像，喜欢坐在沙滩上扮家家酒。

"小妹妹。"6号美女说，"你在煮东西吗？"

"是煮饭还是煮面呢？"我也说，"看起来好好吃哦。"

"你们真的看不出来吗？"小女孩抬起头，表情很认真，说，"我在煮沙。"

我和6号美女面面相觑，然后假装若无其事慢慢离开现场。

我还回头说声：打扰了，您继续忙。

"刚刚是谁说她跟小女孩很像？"我说。

"是我。"6号美女笑了起来。

"也许那个小女孩将来也是鲸鱼。"

"是吗？"

"嗯。"我说，"她应该是杀人鲸，而且很自作聪明。"

6号美女扑哧一声笑出来。

我们走回堤防边，用清水洗去双脚上的沙，然后再穿上鞋袜。

当我们准备离开时，沙滩上已开始出现人潮。

这时我才醒悟，6号美女一向不喜欢人太多的场所，所以才会挑下午四点来到盛夏的海边晒了一个多钟头太阳。

但这有代价，代价是隔天我们的脸明显可看出被太阳烫过的痕迹。

"绣球。"

"是。6号美女。"

"你的脸好红。"她看了我一眼后，笑了起来。

"真是不公平。"我说。

"不公平？"

"嗯。"我说，"你的脸晒红了还是一样漂亮，我根本无法笑你。"

"又胡说。"她笑了笑，"抱歉，我不该那么早拉你去海边。"

"有什么关系，反正是夏天嘛。"

"我回去后拿瓶药膏给你，可以治疗晒伤。"

我拿着6号美女给的药膏，一个人坐在寝室里对着镜子涂抹着脸。

还好赖德仁回家过暑假，不然他看到时一定会嘲笑我。

大概是些"哎哟，你怎么开始化妆了"之类的话。

没想到寝室的门突然打开，赖德仁回来了。

"哎哟。"他笑了起来，"你怎么开始化妆了。"

"干吗突然回来？"我问。

"明天约了小倩，要一起过节。"

"嗯。"我点点头，"现在应该是农历七月，小倩是该过节。"

"喂。"

"对了，我一直很想问你一个问题。"

"什么问题？"

"小倩的生日是中元节吗？"

"喂！"

赖德仁叫了一声后，便卸下背包，不想理我。

"明天是什么节日？"我又问，"为什么你们要过节？"

"啊？"

"啊什么。我是真的不知道。"

"所以你没约翁蕙婷？"

"这跟她有关系吗？"

"啊？"

"不要再啊了。明天到底是什么节？"

"明天是七夕情人节啊。"

"啊？"没想到啊的人是我。

"你竟然连明天是几月几号都不知道。"他啧啧了几声。

我当然知道明天是几月几号。今天是8月16日，明天就是8月17日。

问题是我不知道明天是农历七月七号——七夕情人节啊。

这是个尴尬的节日，我不禁想：我和6号美女算是情人吗？

如果把手摊开，左手或右手都可以，一般人会有五根手指头。

分别是：小指、无名指、中指、食指、拇指。

除了拇指外，其余四指的形状和大小相差不多，指缝间距更是一样。

如果把这五根指头分别比喻成陌生、认识、普通朋友、好友、情人，便可发现由陌生到认识、由认识到普通朋友、由普通朋友到好友，所需要跨越的距离，亦即是指缝间距，是一样的。

然而一旦要从好友跨越到情人，不仅指头的形状和大小差很多，连指缝间距也会大得多，而且还有高度的落差。

情人不是朋友的延伸，更不是好朋友好到无尽头便是情人。

我相信我和6号美女绝对够格称为好朋友，但我们是情人吗？

"赶快约翁蕙婷啊。"赖德仁说，"还发什么呆？"

"真的要约吗？"

"啊？"

"啊什么。我是真的不知道是否该约她。"

"啊？"

"啊什么。让我想想看我够不够格。"

"啊？"

"不要再啊了。"

"连苍蝇都约蚊子了，你竟然还不约？"他说。

"苍蝇约了蚊子？"

"嗯。苍蝇还准备送九十九朵红玫瑰呢。"

"九十九朵？"我很惊讶，"他这么大方？"

"他刚中了统一发票二奖，奖金四万块。"

"这实在是没有天理。"

"别废话了，快去约翁蕙婷吧。"他最后说，"晚了可别后悔。"

后悔这个关键词又再度打动了我。

虽然我认为如果要跟6号美女在一起的话，我一定要成为大海。

但在情人节这种日子，即使双方不算是情人但只要一方有情的话，应该也可以约吧。

我决定上线约6号美女。

我从晚上九点等到凌晨一点，6号美女始终没出现。

眼皮好重，我快睡着了，已经开始打瞌睡了。

"嗨。"

我瞬间清醒，正想说皇天不负苦心人时，发现发消息给我的ID是sexbeauty，不是sixbeauty。

唉，我为什么要醒过来呢？

"我明天要到台南去玩。你既然在台南，应该知道小东路在哪？"

"小东路在东丰路南边。"我回了消息。

"东丰路在哪？"

"东丰路在长荣路西边。"

"长荣路在哪？"

"长荣路在胜利路东边。"

"你直接告诉我小东路在哪是会死吗？"

"我确实快死了。晚安。"

我立刻下线关机上床睡觉。

在计算机前瞌睡连连，没想到在床上反而翻来覆去睡不着。

尤其是意识到12点已过，现在算是七夕了，更让我不安。

"拜托你直接去找翁蕙婷吧。"赖德仁的声音。

我吓了一跳，坐起身，然后探头往另一组床铺的下铺看了一眼。

"看什么看？"他说，"你翻身时很吵，我被你吵得睡不着。"

"现在已经快凌晨两点了啊。"

"蚊子住高雄，苍蝇明天会去高雄找她。慧孝住台中，她男朋友也是台中人，她们应该会在台中过情人节。"

"喔。"我说，"所以呢？"

"所以只有翁蕙婷一个人在家！"他突然坐起身大叫。

"她一个人在家又如何？"

"那就表示你可以直接去她住处找她而不必担心会吵到别人。"

"但是会吵到她啊，她应该睡了。"

"她认识的那个白痴男孩不知道在婆婆妈妈什么，竟然在七夕这种日子没约她，她会睡得着才有鬼。"

"她真的还没睡吗？"

"她如果这时候睡了，我头给你。"

虽然半信半疑，但我还是跳下床，换好衣服。

"对了。"我说，"为什么你刚刚说话用了'拜托'这种字眼？"

"因为我一早五点就要起床。"

"这么早？"

"小倩说七夕这种日子很特别，这天在一起越久越好。"

"你还是没回答我的问题。我问你的是为什么要拜托我？"

"因为我要拜托你快出去！"他又大叫，"没约到翁蕙婷不准回来，回来赶快睡觉，睡觉时不准翻身。妈的！我只剩三小时可以睡！"

"你好像快抓狂了。"

"快滚！"

我赶紧溜出寝室，下楼骑摩托车，直接到6号美女住处楼下。

6号美女房间的窗户面对着马路，我停好车后便仰着头慢慢向后退。

当视线不再被遮雨棚遮住时，我的心跳变得剧烈。

灯果然是亮的，赖德仁说对了。

手指要按下电铃时，却又想到半夜两点多听到电铃声响起时的反应。

何况现在只有她一个人在家啊。

虽然很想按下电铃，但我不想惊扰6号美女。
只是静静站在楼下，仰起头注视她房间亮着的灯。
或许直到灯灭了，我才会改变姿势，然后离开吧。

"绣球。"
突然听到声音而且右肩被拍一下，我整个人几乎跳了起来。
"啊？"我回过头看见6号美女，又再度吓了一跳，"6号美女。"
"吓了一跳吧。"她笑了笑。
"不。是吓了两跳。"我说，"你怎么不在房间里？"
"我到便利商店买点东西。"她举起手中的购物袋。

"这么晚一个人出门不好吧。"我说。
"肚子有些饿，又只有一个人在家。"她耸耸肩，"没办法。"
"可是……"
"绣球。"
"是。6号美女。"
"我们是千辛万苦来到这里讨论是否太晚不该出门吗？"
"不是……"我说，"我是来……来……"
"嗯？"

"我是来问你明天，不，应该说是今天。"我说，"今天有空吗？"
"今天没……"她笑了笑，"没事。"
"你让我吓了第三跳。"
"抱歉。"她又笑了。
"那我可以约你去……"
完了，我只想到要约她，完全没想过要约她做什么？

"我现在想看星星。"她说。
"可是动物园关门了。"我说。
"不好笑。"但她笑了。
"那么去海边看星星好吗？"
"海边？"
"嗯。因为牛郎星和织女星应该会淹没在城市的灯光中。"

"好呀。"她笑了笑，"就去海边看星星。"

我骑车载她到黄金海岸，抵达后并肩坐在堤防上，面对着海。
所有的光线只剩背后马路边的路灯和偶尔经过的车灯。
眼前几乎一片漆黑，只清楚听见海浪拍打沙滩的声音。
海的轮廓非常模糊，但海面上却是繁星点点。
我们并未交谈，只是并肩坐着，身体微微后仰，手掌撑着地面。

"牛郎星和织女星在哪？"十分钟后6号美女开口询问。
"在天上啊。"
"哦。所以你也不知道。"
"嗯。在哪并不重要，只要还在就好。"
"那我们看见牛郎星和织女星了吗？"
"我们一定看见了。"我指着星空，"他们就在那些星星之中。"
"嗯。"她点点头，然后笑了。

"6号美女。"
"是。绣球。"
"抱歉这么晚才来找你。"
"如果不是这么晚，星星也不会这么亮。所以……"
"嗯？"

"绣球。"
"是。6号美女。"
"谢谢你带我来海边看星星。"
"这是我的荣幸。"

夏日深夜的海边，风总是徐徐地吹，很清凉也很舒服。
长时间处在炎热的天气中，已快让我们忘记清凉的感觉。
而冷气房里虽然也凉，但那是一种单调而拘束的凉，感受不到开阔。
我和6号美女眷恋这种清凉，更眷恋天上繁星，因此我们都假装忘了现在是很深的夜，甚至已快是日夜交替的时分。

我低头瞄了一下手表，四点半了。
在静谧的气氛中，这么一个小动作已足以惊动6号美女。

"是否该回去了？"她问。

"嗯。"我说，"应该让牛郎星和织女星休息了。"

"嗯。"她点点头，然后站起身。

我骑车载6号美女回去，叮咛她回房要马上睡觉后，再回寝室。

打开寝室的门，赖德仁的闹钟刚好响起，他大叫一声，很痛苦的样子。

我暗自笑了几声，爬上床睡觉。

赖德仁和小倩在七夕这天过得很充实，除了看电影吃饭逛街外，也到俗称七娘妈庙的开隆宫拜拜，顺便参观做16岁的成年礼。

苍蝇和蚊子过得也很充实，他们整个下午都在警察局做笔录。

因为苍蝇的摩托车被偷了，他们只好去警察局报案。

负责的警察是计算机新手，打字非常慢，又常整句删掉后重来，笔录做好后天也黑了。

"买九十九朵红玫瑰花了三千块，摩托车是三万七千块买的。"苍蝇苦着一张脸，"刚好是四万块。也就是统一发票二奖的奖金。"

暑假快结束了，但天气还是十分炎热，丝毫没有缓解的迹象。

8月底甚至还创下今年最高温纪录。

8月结束了，回家过暑假的学生陆续回学校，校园内又热闹起来。

9月6号开学，隔天下午四点半，我和6号美女在校园内漫步，才走了半个小时，我和她便出了一身汗。

南部漫长而炎热的夏天啊，何时才要让秋天上场？

"既然冬天、春天和夏天的第一天都由我决定。"6号美女说，"那么秋天的第一天就由你决定吧。"

"秋天的第一天？"

"嗯。"她笑了笑，"这问题很难，就由你伤脑筋吧。"

这确实是很伤脑筋的问题，秋天像是走私犯，不会轻易让人发现。

如果以传统的树叶变黄或落叶来判断呢？

这并不可行，南部的树除了特定树种外，几乎是四季常绿。

枫叶变红虽然是秋天的征兆，但那是在深秋，不是秋天的第一天。

而且枫树若长在台南，即使到冬天结束，叶子恐怕也不会变红。

至于落叶，一场台风后被吹落的叶子，比整个秋天的落叶多。

如果用某月的第一天当做秋天的第一天呢？

就像6号美女把12月1号当做冬天的第一天一样。

9月1号已过，而且如果9月1号这天在路上大喊"秋天到了"，热到发昏的路人应该会很想扁你。

10月1号呢？近几年全球气候变暖，天气依然很热。

那么11月1号呢？

如果定了这天，那么秋天只有一个月，太短了。

暂时先把这个无解的问题搁着，我还有正事要忙。

已经升上大四了，我也该有所觉悟，何况我还要考研究所。

这学期只修了11学分，课少多了，时间也变多了。

我兼了个家教，多赚点钱总是好的，也可帮助自己成长。

剩下的时间则用来专心准备研究所考试，这种考试的竞争很激烈，我不能有丝毫懈怠。

很多大四学生会对毕业之后的路感到彷徨，我算是幸运的，知道自己该朝哪个方向奋力前进。

sexbeauty也是大四学生，她就没那么幸运了。

"毕业后不知道要做什么。"sexbeauty的消息。

"就找个工作啊。"我回了消息。

"你说的简单。现在景气不好，工作难找。"

"你是学什么的？"

"我念的是经济。"

"那你可以去当空姐。"

"空姐？为什么？"

"因为这样经济就可以起飞了。"

"什么？"

"Bye-bye。"我立刻下线关机走人。

10月到了，气温降了点，但天气没有变凉，我的短袖衣服还穿着。

三天后气象局发布今年第三场台风——丹恩的台风警报。

今年气象局一共只发布三场台风警报，以台湾地区而言，这情况算少见。

第一场台风是玛吉台风，在6月6号登陆；第二场台风并没有登陆；而丹恩台风只影响金门附近，没影响本岛。

因此我和6号美女的台风之约，今年只有一次。

丹恩台风似乎带走了暑气，台风过后，天气开始有些凉意，已经可以闻到一丝秋天的气息。

我和6号美女相识于秋天，难免对秋天情有独钟。

可惜秋天喜欢低调，总是悄悄地来，抓不住时间点。

秋天应该是真的来了，晚上骑摩托车时得披上薄外套才不会觉得凉。

"虽然抓不准秋天的第一天，但秋天已经来了。"我的消息。

"辛苦你了。明晚你有空吗？"6号美女的消息。

"明晚我要家教。九点才结束。"

"那么明晚九点半在楼下碰面？"

"没问题。"

隔天家教结束后，我直接骑车到6号美女住处楼下，她已经在等我了。

"抱歉。"我停好车后说，"今天学生的问题特别多。"

"没关系。"她笑了笑，"你的学生念几年级？"

"他念初三，明年就要考高中了。"

"哦。想必他的压力应该很大吧。"

"我感受不到他有压力啊。"我笑了笑。

6号美女简单笑了笑，没接话。

"6号美女。"

"是。绣球。"

"我们是千辛万苦来到这里讨论我的家教学生吗？"

"当然不是呀。"她说，"请你把手张开。"

我立刻张开右手，手心朝上。

"这个给你。"她把一样东西放在我手心上。

我低头一看，是个红色的蛋，跟一般小孩满月时请人吃的红蛋类似。

但这个蛋的外壳被涂满鲜艳的红色，色彩非常均且厚实。

"这是……"

"今天离我们第一次见面吃饭的日子刚好满一周年。"她笑了笑，"请你吃个红蛋。"

"你竟然会记得？"我非常惊讶。

"那你记得吗？"

"我当然一定会记得啊。"

"为什么你记得就是理所当然，而我记得就这么令人讶异？"

"我……"

我不知道该说什么，只觉得心里很暖、脸上很烫。

"我把蛋煮熟后，再用红色水彩涂在蛋壳上，涂了好几层呢。"

"是可以吃的红色水彩吗？"

"你听过水彩颜料可以吃吗？"

"没听过。"

"所以喽。"她笑了笑，"你吃的时候要小心，千万别沾上蛋壳。"

"6号美女。"

"是。绣球。"

"过去这一年来承蒙你的照顾，内心真是过意不去啊。"

"彼此彼此，您客气了。"

"6号美女。"

"是。绣球。"

"我真的打从心底觉得。"

"觉得什么？"

"你一定会长命百岁。"

"那你就可以吃到很多很多个红蛋。"她笑了笑，"很多很多个红蛋哟。"

一个季节，可以只因为一个眼神或微笑，而缤纷璀璨。

秋天就是如此。

即使秋天只有今天这一天，秋天依旧是缤纷璀璨。

"秋天，是适合吃麻辣鸭血的季节。"6号美女说。

"去年冬天时你也这么说。"我笑了笑，"我载你去夜市吧。"

"嗯。"她笑了。

我载着6号美女到夜市，她吃麻辣鸭血，我吃那个红蛋。

10月的最后一天是万圣节，学生会在当晚办了场晚会，欢迎大家扮成鬼的样子入场，晚会里也会选出最像鬼的人。

"叫小倩来参加吧。"我说。

"喂。"赖德仁瞪了我一眼。

"小倩的素颜就足以撼动人心，不需要特别装扮。"

"喂！"他叫了一声。

结果是小倩自己想参加万圣节晚会，她还拉了6号美女去。

最后又是小倩、赖德仁、6号美女、我、慧孝、蚊子、苍蝇七个人一起去参加这个万圣节晚会。

但我们七个人都没扮成鬼，只是进场看热闹而已。

小倩那晚又穿了白色连身长裙，长长直直的头发像瀑布流泻而下。

"小倩很像吧。"我偷偷跟6号美女说，"起码背影很像。"

6号美女一直笑，完全没有反驳我。

时序进入11月，秋意更浓了。

这个时节最舒服，阳光和煦，温度适中，连空气似乎都在微笑。

期中考定在这时节最好，学生考完后比较不会想放火烧了教室。

11月第二个星期就是期中考周，考完后是校庆。

今年的运气不错，我的生日不再是13号星期五，而是星期六。

学校今年也刚好选定这天举办校庆。

"哇，你好有面子哦。"6号美女笑着说。

"凑巧而已。"我也笑了笑。

"绣球。"

"是。6号美女。"

"生日快乐。"

"谢谢。"

"很抱歉没准备礼物。"

"请千万别这么说。"

"不过有蛋糕哦。"

"嗯？"

"你在这等我。"

6号美女转身上楼，过了一会儿捧了个直径约六英寸的小蛋糕下楼。

"我自己做的。"她说。

"天理难容啊。"

"嗯？"

"你长得漂亮心地又好，又会烤蛋糕，真是天理难容。"

"别胡说了。"她笑了笑，"找个地方坐下来吃吧。"

我捧着蛋糕，跟6号美女走进校园深处，坐了下来。

"要先许愿。"她说。

请让我变成可以让鲸鱼悠游的大海吧。

我只有这个愿望。

"6号美女。"

"是。绣球。"

"你一定会长命百岁。"

"过生日的人是你啊。"

我们同时笑了起来，把蛋糕切成两半，一人一半。

依照6号美女的决定，秋天只到11月底。

秋天是如此短暂，因此我和6号美女更加珍惜。

如果晚上在线遇见6号美女时，她常会发给我这种消息："我想看秋天的星空。"

"好。"

然后我会立刻下线，骑车到她住处楼下。

我会陪她走一小段路，也许只是走到便利商店，也许只是走进校园。

11月30号那晚10点，我骑车载6号美女到海边，打算把秋天的星空看个够。

而秋天的星空也没让我们失望，在秋天最后一个夜晚拼命闪亮着。

"绣球。"

"是。6号美女。"

"我有预感我们一定会在这里待到12点以后。"

"这不是预感。"我说，"这是暗示吧。"

"是暗示吗？"她笑了，"可是我说得很明白呀。"

"我知道了。"我也笑了，"就待到12点以后。"

12点过后，秋天就结束了。

我们没有倒数计时，只是静静地让时间慢慢流到12月1号凌晨。
我们只想在冬天来临的瞬间看见彼此，那么这个冬天就不会寒冷。

而这个冬天确实不冷，因为热闹得很。
冬至那晚，视听社和我们系学会都有汤圆会。
两场我都有去，各吃了两碗汤圆，共吃了四碗汤圆。
如果吃一碗汤圆代表多了一岁，那么我今晚一下子多了四岁。
"你怎么吃这么多汤圆？"6号美女问。
"因为好吃啊。"我说。
6号美女，其实是因为我很想快快成长、更成熟，成为大海。

圣诞夜在6号美女住处那里庆祝，这是蚊子的提议。
本来只有七个人，后来慧孝的男朋友也来了，变成八个人。
"好精致的圣诞树。"苍蝇说。
"嫌小就直接说。"蚊子瞪了苍蝇一眼。
那棵圣诞树确实很小，只有半个人高。
不过挂满了装饰品，还闪着灯，也算很有诚意了。

这晚我们吃的是火锅，饭后慧孝和她男友还合唱了几首歌曲。
最后是交换礼物，八个人早已各自准备了礼物，编成1到8号。
"学长。"蚊子对我说，"你先选。"
"我当然选6号。"我说。
"学长好厉害，选到蕙婷学姐的礼物。"蚊子说。
我把礼物拆开，是蓝色水晶玻璃做的鲸鱼。

时间很晚了，我们再互道一声圣诞快乐后便离开。
临走前我又看了一眼6号美女，她先眨了眨眼睛，然后两手食指交叉比出个
"十"字。
这次应该不是指十分钟后再走，而是走了十分钟后再回来。
我下楼后便静静在楼下等着。
十分钟后，铁门应声开启。

"6号美女。"
"是。绣球。"
"圣诞快乐。"

"圣诞快乐。"

"如果你不介意，下次比'五'吧。十分钟实在太漫长了。"

6号美女点点头、笑了笑，然后转身上楼。

跨年夜我和6号美女只想低调，但赖德仁和小倩兴致勃勃。

"2000年啊！"他说，"不跨怎么行。"

"没兴趣。"我说。

"2000年有可能是世界末日啊！"

"那又如何？"

"如果刚跨入2000年的那一瞬间，世界突然毁灭。"他说，"你难道不希望心爱的人就在身边，然后跟她死在一起？"

我承认他的最后一句话有那么一点吸引力。

至于小倩怎么跟6号美女说的我不知道，总之6号美女也会去。

这年的跨年夜人多到爆，看来大家都希望世界毁灭的瞬间死在外面。

当新年来临的瞬间，地球没有爆炸，爆炸的是满天的烟火。

烟火声震耳欲聋，这时恐怕根本听不到身边的人在说些什么。

我微蹲下身，蹲到只有半个人高度，并示意6号美女也跟着做。

"6号美女！"我大喊。

"是！"她也大喊，"绣球！"

"新年快乐！"

"新年快乐！"

然后我们站起身，跟赖德仁打个招呼后，马上离开现场。

2000年世界虽然没有毁灭，但灾难还是存在，而且九天后就发生。

那就是期末考周。

期末考考完后，6号美女回台北过寒假，我则待在宿舍直到过年。

大年初十开学，这天刚好是2月14日——西洋情人节。

赖德仁这天还是得早起，苍蝇买了花和一个多功能的摩托车大锁。

至于我，有不用花钱也不必早起的方式。

"6号美女。"

"是。绣球。"

"告诉你一件事。"

"请说。"

"春天来了。"

"嗯?"

"风铃花开了。今年大约提早了十天开花。"

"十分钟后楼下见。"

"嗯。"

我立刻下线,骑车到6号美女住处楼下,她已经在等我了。

"你迟到了二十秒。"她笑了笑。

"抱……"我顿了顿,"抱歉。"

一个月不见,以致看见她笑容的瞬间,心脏还是会剧烈跳动。

我一张口才知道说话有点困难。

她接下我手中的安全帽,上了摩托车后座,然后轻拍我头上的安全帽。

"走吧。"她说。

我回过神,骑到东丰路,找地方停下车。

虽然风铃花没有完全盛开,但一整排风铃木低调开起花来依旧壮观。

去年长长的路上被飘落的黄花淹没,形成一大片黄色的花海;今年地上满是冬天时掉落的淡褐色枯叶,没有半朵黄花。

我们踩在枯叶上行进,沿途不断发出沙沙声。

"绣球。"

"是。6号美女。"

"春天终于来了。"

"是啊。"

然后我们都笑了。

春天虽然美,但研究所考试就在春末。

有一首打油诗的前两句是:春天不是读书天,夏日炎炎正好眠。

第二句我同意,但第一句我可不敢苟同。

已进入最后冲刺的阶段,我和6号美女开始闭关准备考试。

我们会在线互相加油打气,偶尔相约吃个饭或是去成功厅看电影,或是在深夜陪她走到便利商店买东西。

"绣球。"

"是。6号美女。"
"要加油哦。"
"嗯。你也是。"

大约在小东路上的凤凰树开了第一朵凤凰花的时期，各校研究所考试的结果也陆续发榜。

6号美女考上台北的研究所，我、赖德仁、苍蝇则考上本校的研究所。

之后的一个月内，赖德仁常约我和6号美女一起去唱歌或是烤肉，为即将结束的大学生活画下一个完美的句点。

6月初，小东路上的凤凰树开满了红花。

凤凰花开得满树红，像着火似的。

"花朵鲜红、叶子翠绿。"6号美女在着火的凤凰树下仰起头说，"凤凰树果然是幸福的树。"

我点点头，但没多说什么。

虽然凤凰树是幸福的树，但在凤凰树开得满树红的时节，也就是凤凰树最幸福的时刻，我和6号美女却要分别。

9

一直关注你，就像凝视一位登山者的背影一样。

只可惜登山者总是要攀爬到最高点，才会往下看。
而你，始终找不到最高点。
或者说，不管你爬到多高，都不认为那是最高点。

我只能一直一直看着你的背影。

也许你认为，攻上山顶便是征服了山。
但山不会因为任何人踏上山顶而矮了半寸。
山永远是山，你仍然是你。

人们常会忘记自己拥有什么，需要适时提醒自己。
你一心爬山登顶，无暇提醒自己。
我只能提醒你，我还在山下看着你的背影呢。

但你即将超出我的视线范围，我快看不见你了。
可不可以请你停住脚步，往下看一眼。
我不希望对你最深的记忆与最后的印象——

只是你的背影。

6号美女

我搬出大学时期所住的宿舍，打算念研究所时也要住宿舍。

可惜学校研究生宿舍床位很少，而研究生又多，只能用抽签方式决定谁可以住研究生宿舍。

我和赖德仁都没抽中，但苍蝇抽中了。

我在外面租了间房，很简陋的那种，像是给家境不好的高中生住的。

里头只有床、书桌、衣橱，但这就够了。

赖德仁租的房子比我好多了，里头还有电视、冰箱、微波炉和冷气。

对于研究生的生活，我早已有所觉悟，研究室才是生活的重心。

虽然修的学分比大学时少很多，但毕业论文才是最重要的。

做理论推导的，桌上总有一大堆文献要看；做实验的，成天泡在实验室；写数值模式的，整晚待在计算机前。

我是属于写数值模式的研究生，为了方便写程序和跑程序，便买了一台计算机放在研究室。

系馆四楼有四间研究室，每间可以坐十二个人。

我在第二间研究室，和赖德仁同一间，座位也在隔壁。

我们的座位靠窗，窗外有阳台，阳台上有草，草上面是天空。

到了晚上可以仰望夜空，夜空中最亮的星星就是6号美女。

6号美女在台北念书，我们之间通常只在BBS上互通讯息。

可能是因为我们都忙，空闲的时间不定而且琐碎，因此我在线遇见她的机会比以前少，也因此更渴望在线遇见她。

也许我太思念6号美女，以致有次我把sexbeauty误认成sixbeauty。

"嗨，好久不见。"屏幕上跳出这条消息。

"真的是好久不见了。6号美女，你最近好吗？"我很兴奋地回了消息。

"谁是6号美女？"

我吓了一跳，擦了擦已专注于计算机屏幕三小时的眼睛，再仔细看。

是e不是i，我的心凉了半截。

"你知道什么是讽刺吗？"我的消息。

"讽刺？"

"有个人在马路边看见一大片酢浆草，便蹲下身仔细找，终于找到一朵象征幸运的四瓣叶酢浆草。"

"然后呢？"

"然后他很兴奋地站起身，大叫：我真幸运。但才走了两步，便被摩托车撞个正着，因为他太靠近马路了。"

"所以呢？"

"这就叫讽刺。Bye-bye。"我立刻下线关掉窗口。

只能枯守在计算机前等待6号美女是件愚蠢的事，应该要有所改变。

这个时期手机已非常普遍，赖德仁在大四下就有手机，苍蝇则是大学刚毕业便办了手机。

现在我也想办只手机，只为了6号美女。

不过如果她没有手机的话，岂不是白搭。

虽然猜想6号美女应该也有手机，但猜想毕竟只是猜想。

有天晚上刚从外面包外卖回研究室，赖德仁便告诉我："你女朋友刚刚打研究室的电话给你。"

"女朋友？"

"就是翁蕙婷啊。"

"她是我女朋友吗？"

"啊？"

"啊什么。我自己都不知道她是我女朋友了，你怎么会知道。"

"啊？"

"不要再啊了。"我问，"她说了什么？"

"她又不是你女朋友，你干吗想知道？"

"喂。"

"她说她有了手机，还留了手机号码。她说你随时可以打给她。"

"她的手机号码呢？"

"她又不是你女朋友，你干吗想知道？"

"喂。"

"我抄在这。"赖德仁拿出一张纸。

"给我。"我伸出手。

"她又不是你女朋友，我干吗给你？"

"喂！"我干脆抢下那张纸。

"我可以常常打电话给翁蕙婷，跟她聊天吗？"他问。

"不可以。"

"她又不是你女朋友，你干吗干涉？"

"你有完没完。"

"直到你承认她是你女朋友，我就完。"

对于男女朋友这个概念，我觉得就像秋天的第一天一样，很难有个确定的点。

"你什么时候确定自己是小倩的男朋友？"我问。

"有次小倩要我跟她一起回家，我问为什么，她说她跟妈妈说好了，要带男朋友回家。"赖德仁说，"从那一刻起，我才知道自己已经是某个女孩的男朋友了。"

如果依赖德仁的说法，我和6号美女连边都沾不上。

一个月前我也问过苍蝇这问题，那时他说他和蚊子已经是男女朋友。

"当我跟蚊子说话开始大量使用叠字时，我就知道了。"苍蝇回答。

"叠字？"

"比如说：你哪里痛痛？我帮你敷敷和吹吹，再帮你摸摸。或是说：你被虫虫咬了？虫虫坏坏，我替你打打。这样还会痒痒吗？"

"这……"我鸡皮疙瘩掉满地，"这是在哄小孩子吧。"

"当你把某个女孩当小孩子哄时，她就是你的女朋友了。"

苍蝇的说法也不适合我，因为6号美女在我眼里和心里都不是小孩，她很巨大。

"再告诉你有没有女朋友的差异吧。"赖德仁又说。

"什么差异？"

"没有女朋友时，觉得身边都没有美女，不晓得要追谁。"他说，"但有了女朋友后，却发现路上到处是美女，甚至到7-11买瓶饮料，店员也是美女。"

"这话太经典了，我一定要用笔抄下来。"

"好说好说。"

"然后拿给小倩看。"

"喂。"他很紧张，"别闹了。"

　　我其实并不怎么在意我和6号美女是否算是男女朋友，是也好、不是也好，改变不了现在南北分隔的现实。

　　我真正在意的是，我是否能更大、更深，像大海一样。

　　知道6号美女的手机号码后，我立刻去办了手机。

　　6号美女说随时可以打给她，我便一键一键按着号码，有点紧张。

　　尤其是听到电话已接通的一连串嘟嘟声。

　　"请问6……不，是翁……"我几乎没叫过她的名字，很不习惯，"翁蕙婷在吗？"

　　"绣球？"

　　"是。6号美女。"

　　然后她在那头笑了起来，我在这头也跟着笑。

　　"这是我的手机，只有我在用。"她说，"以后就直接说6号美女。"

　　"我知道了。"

　　"最近好吗？"

　　"很好。你呢。"

　　"我也很好。"

　　"我们都很好，真好。"

　　6号美女又笑了。

　　我们简短聊了几句后，6号美女便说手机费太贵，不要浪费钱。

　　这时期的手机和手机费确实都很贵，贵得很没有人性。

　　"绣球。"

　　"是。6号美女。"

　　"可以听到你的声音真好。"

　　"嗯。我也有同感。"

　　然后我们互相说声Bye-bye后，便挂了电话。

　　看着那只新买的手机，我突然有种时代已经完全不一样的感觉。

　　不需猜想对方在哪里，只要拨一组号码，即使对方在天涯海角，只要收得到讯号，便可听到她的声音。

　　吊诡的是，除非她告诉你身在何处，不然你永远不知道她在哪里。

　　手机让恋人们的沟通更迅速便利，但恋情是否因而更幸福美满呢？

我的手机第一次拨号是因为6号美女，第一次响起也是因为6号美女。

"绣球。"

"是。6号美女。"

"今天不是13号星期五吧？"

"不是。"

"生日快乐。"

"谢谢。"

"因为今天是你生日，所以我要跟你说声生日快乐。"

"谢谢。你已经说了两次了，电话费很贵呢。"

"既然已经说了两次，那么说第三次生日快乐也无妨。"

"那我只能说第三次谢谢了。"

"绣球。"

"是。6号美女。"

"你一定会长命百岁。"

"我……"

"你一定会的。"

"嗯。"

夏天结束了，秋天来了；秋天结束了，冬天到了。

我始终没见到6号美女。

再次见到6号美女时，已是2001年年初，冬天快结束时。

那天是2月中旬，大约下午一点，她突然出现在研究室门口。

我听到有人敲了已开启的门两声，便站起身看是谁。

"绣球。"6号美女说。

我在最里面靠窗的地方，她站在门口，我注视着她超过十秒，还是说不出话，只觉得心脏正怦怦跳着。

"八个月没见，你就忘了我吗？"6号美女的脸上挂着笑。

"抱歉。"我应该脸红了，"6号美女。"

她笑了起来，很开心的样子，然后朝我走来。

"吃过午饭了吗？"我问。

"在火车上吃过了。你呢？"

"我刚吃过外卖。"

"外卖好吃吗？"

"填饱肚子而已，谈不上好不好吃。"

"嗯。"她点了点头，打量四周。

"绣球。"

"是。6号美女。"

"我们是千辛万苦来到这里讨论中午吃过了吗？"

"不。我们是……"我说，"我们是要做什么？"

"我只是想见你一面，听你叫我一声6号美女而已。"

八个月不见，原以为自己对6号美女会变得有点陌生，或是会发觉6号美女在某些地方有了细微的改变。

但她的眼神和笑容却依然如此清澈明亮，对我而言，这样就代表6号美女完全没改变。

"只有你一个人在？"她问。

"嗯。现在还是寒假期间，其他人还没回学校。"

"那为什么你会在呢？"

"因为……"我想了一下，"因为我想认真一点。"

"你已经够认真了，你才研一呢。"

"还不够。我还要更努力，才能成为大海。"

"所以我还是鲸鱼？"

"嗯。你一直都是巨大的鲸鱼。"

"可是我变小了呢。"她笑了笑，"因为我瘦了。"

"对了，你怎么会选在今天来？"我说，"如果我不在怎么办？"

"我知道你一定会在研究室。"

"你怎么知道？"

"你忘了吗？"她笑了笑，"我有莫名其妙的预感呀。"

"这是推理吧。"

"请问我如何推理得出你在寒假期间会一个人待在研究室的结论？"

"好吧。"我笑了笑，"这是预感。"

"咦？"她指着靠墙书架的最上层，"那是绣球吗？"

顺着她的手指，我看到那个红色的绣球。

这个绣球原本一直放在大学时的寝室里，搬家时赖德仁要给我，我却坚持那是他接到的绣球，他只好带来研究室放着。

"嗯。"我点点头，心里莫名其妙慌乱了起来。

"我可以看看吗？"

我拿了张椅子，站在椅子上伸长手臂，勉强把绣球钩了下来。

我轻轻擦拭绣球，擦完后拿给6号美女，她用双手捧着。

"好怀念这种声音。"她双手摇晃绣球，绣球里的铃铛清脆响着。

"喔。"我简单应了一声，心更慌乱了。

"没想到会是你接到这个绣球，看来我们真是有缘。"

6号美女又摇晃着绣球，低头倾听清脆的铃铛声。

我不能再沉默了，如果我不告诉6号美女事实，我永远成不了大海。

我必须诚实、正直、有勇气，要想拥有像大海般开阔的心胸，就不能在心里藏着不可告人的秘密，更何况这应该是谎言。

"6号美女。"

"是。绣球。"

"虽然晚了两年多，但我还是要告诉你一件事。"

"什么事？"她视线离开绣球，抬头看着我。

"这个绣球不是我接到的。"我说，"接到的人是赖德仁。"

"呀？"她似乎很惊讶，睁大了眼睛。

"赖德仁接到后马上塞给我。所以……"我迟疑了一会儿，最后说，"所以我很抱歉，请你原谅我。"

虽然终于说出事实，但我还是觉得羞愧，低下头不敢接触她的视线。

"然后呢？"她问。

"嗯？"我抬起头，"什么然后？"

"你已经告诉我，绣球是赖德仁接到的。然后呢？"

"我……"

"你该不会想接着说因为绣球不是你接到的，所以我们不该认识？"她说，"或是想接着说其实我们之间并没有缘分？"

我张大嘴巴，不知道该说什么。

"难道你认为我们之所以会持续，只是因为我以为是你接到绣球？"

"我……"我终于开口，"我有时确实会这么想。"

"那你就错得离谱。"她说，"我们会持续，是因为你这个人。"

"我？"

"如果当时是赖德仁抱着绣球上台，我后来还是会认识你。"她说，"认识你的过程也许不一样，但结果是一样的，我还是会认识你。"

"可是我并没有在一开始就坦白，这是不对的。"

"关于这点，你是该好好向我道歉。"她说，"向我道歉吧。"

"对不起。"

"我接受你的道歉。"

"嗯？"

"你已经因为不够坦白而向我道歉，我也接受了。"她笑了笑，"但关于我们之间，你却没什么好道歉的。"

"可是我……"

"还有问题吗？"

我愣愣地看着6号美女，说不出话，过了一会儿，才缓缓摇了摇头。

"好。"她将绣球举到胸前，"要抛绣球了哦。"

"嗯？"

"还发什么呆？"她说，"准备接绣球呀。"

她说完后便向我抛出绣球，我反射似的接住。

"谁说接住绣球的人不是你？"她笑了起来，"明明就是你接住的。"

"6号美女。"

"是。绣球。"

"你一定会长命百岁。"

"这要看你是否还有什么事情瞒着我。"

"没有了。"我说，"真的没有了。"

"那就好。"她说，"可以陪我去东丰路看看风铃花开了吗？"

"嗯。"我点点头。

我骑车载着6号美女到东丰路，但风铃花还没开。

一整排黄花风铃木上的叶子几乎掉光，路上积满了淡褐色枯叶。

"还要过几天才会开花。"我说。

"好可惜。"6号美女叹口气。

"风铃木的叶子现在应该只想着要赶快凋落，好让风铃花早点开。"

"绣球。"

"是。6号美女。"

"我莫名其妙的预感又来了。"

"是吗？"

"你一定把自己比喻成风铃木的叶子，然后把我比喻成风铃花。"

"这是推理吧。"

"就算是推理吧。"她说，"那你说，我猜得对不对？"

"这……"我迟疑一会儿，"算对吧。"

"你的比喻还是很糟。"她笑了笑。

"抱歉。"

我们踩着地上的枯叶前进，沿途偶尔还会看见枯叶从树枝上飘落。

"绣球。"

"是。6号美女。"

"想听听我的比喻吗？"

"请。"

"一片枯叶落下来就是单纯的一片落叶，只是会觉得孤单。"她说，"但两片枯叶同时落下来就不只是两片落叶那么简单了。"

"那两片枯叶同时落下来会如何？"我很纳闷。

"如果是两片枯叶同时落下来，也许会让人联想到是梁山伯与祝英台幻化成的蝴蝶。"她说，"不仅不孤单，而且还很美呢。"

"嗯。"我说，"也许吧。"

"所以我不是风铃花，我和你一样，也是风铃木的叶子。"她说，"而且我和你会同时凋落。"

我停下脚步，转头看着6号美女。

6号美女，你的比喻很美，也让我深感荣幸。

虽然我很想和你同时凋落，像一对美丽的蝴蝶在风中飞舞，但你一定是鲜艳美丽的风铃花，不会是枯叶。

而我是枯叶没错，如果能让你早点开花，我一定会努力凋落。

"我该回台北了。"她说。

"这么快？"我很惊讶，"吃过晚饭后再走吧。"

"回台北还得坐四个多小时的车呢，吃过饭后再回去就太晚了。"她笑了笑，"而且我今天是偷溜出来的，不能太晚回去。"

"可是这样赶来赶去，太累了吧。"

"没关系，我的目的已经达到了。"

"目的？"

"我说过了呀，我只是想见你一面，听你叫我一声6号美女而已。"

"6号美女。"

"是。绣球。"

"如果你不介意，下次你想见我一面时，请告诉我，我就去台北。"

"我介意。"

"嗯？"

"这样你几乎就得天天来台北了。"

我静静看着6号美女，感动得说不出话。

"绣球。"

"是。6号美女。"

"载我去坐车吧。"

"嗯。"我点点头。

我载6号美女到火车站旁的客运站，然后陪她等车。

"绣球。"

"是。6号美女。"

"风铃花开时，要记得告诉我哦，这样我就知道春天来了。"

"我一定会告诉你。"

"嗯。Bye-bye。"

"Bye-bye。"

6号美女笑了笑，挥挥手后上车。

六天后风铃花终于开了，少许黄花点缀在风铃木上。

再过三天，风铃花完全盛开，东丰路上又是一片黄色花海。

人们常说红花需要绿叶衬托，才会显得更美，但黄色风铃花在绿叶落尽后的枯枝上盛开，反而有种无法言喻的美。

可能是6号美女不在身边吧，我觉得那应该是一种凄美。

风铃花应该很寂寞吧，即使拼命绽放出满树鲜黄，叶子也只能安静躺在地上，只在人们踩过时，发出沙沙的声音。

我打手机给6号美女，告诉她风铃花开了。

"春天终于来了。"她的声音很兴奋。

6号美女或许忘了，或许不愿意特地强调，她以前说的是，当我们一起看见风铃花开时，才算是春天的第一天。

但今年只有我看到风铃花，所以春天其实没来。

春天虽然没有真正来临，但走得很干脆，夏天提早来临。

然后夏天走了，我升上研二。

八个月又过去了，我和6号美女都没见上一面。

这期间我们偶尔在BBS上互发消息，或是透过手机说说话。

由于手机费实在太贵了，我便时常在BBS上静静等待6号美女。

但这是有代价的，代价是得经常遇见sexbeauty。

"最近看了《哈利·波特》这本书，很好看。"sexbeauty的消息。

"喔。那你知道哈利·波特的妈妈生他时，是自然产还是剖腹产？"

"这是什么鬼问题。"

"换个方式问好了，哈利·波特额头上的闪电标记怎么来的？"

"不知道。"

"哈利·波特的妈妈是剖腹产。医生在开刀时，不小心割到哈利·波特的额头，所以哈利·波特的额头上有闪电标记。"

"什么？"

"Bye-bye。"我立刻下线关掉窗口。

再次见到6号美女，是10月16号，海燕台风登陆的日子。

这是今年发布的第十场台风警报，也是最后一场。

那天中午，6号美女打手机给我。

"绣球。"

"是。6号美女。"

"晚上有空吗？"

"当然有。"

"那我晚上到台南。"

"啊？"我很紧张，"有台风啊。"

"对呀。"她反而笑了，"我也知道有台风。"

"可是从去年开始，我们就没有台风之约了，所以你不用来台南。"

"我去台南不是因为台风。"她又笑了，"但是有台风更好。"

"那么我上台北吧。"

"不。我坚持要到台南。"

"你坚持？"

"见面再说吧。"

我开始坐立难安，幸好下午五点左右风雨开始减弱。

6号美女在晚上七点抵达台南，我去火车站接她，这时风雨已停。

虽然走出火车站的人很多，但我一眼就发现6号美女。

她实在太闪亮了，闪亮得令人无法直视，也令人忘了呼吸。

"绣球。"她走到我面前。

我竟然说不出话。

"是。"隔了十秒后我才开口，"6号美女。"

"你反应好慢。"她笑了笑，"我们走吧。"

"可是你现在才到台南，回去时不就是半夜了？会不会太晚？"

"你放心。我跟孝说了，今晚住她那里。"

"那就好。"

"绣球。"

"是。6号美女。"

"我们是千辛万苦来到这里讨论我今晚住哪吗？"

"那我们是要……"

"我们要找家餐厅吃饭呀。"

我跟6号美女的心里都明白，今天是第一次见面吃饭的日子。

或许该去少尉牛排馆，但那家店在我们第一次见面吃饭后两个月，就关门了，原址变成一家专卖意大利面的餐厅。

店名是一长串的英文字母，我始终记不得，但那并不是重点；店里卖的是意大利面、墨西哥鸡肉卷还是韩国烤肉也不是重点；重点是那个地方、那个坐标，是我们的第一次。

我们走进那家意大利面餐厅，菜点好后，我便问："为什么你要坚持来台南呢？"

"我可以比喻吗？"

"请。"

"在故乡的海边碰到初恋情人，绝对跟在陌生城市的麦当劳门口碰到的感觉不一样。"

"嗯？"

"我们是在台南认识，因此这天在台南碰面跟在台北碰面的感觉一定不一样。"

"你的比喻很好。"

"谢谢。"她笑了。

面端上来了，我们边吃面边聊起三年前的那场台风。

还聊起少尉牛排馆、女服务生和女服务生说的中将汤冷笑话。

"我还记得那两句话哦。"她说。

"哪两句？"

"待到雨散看天青。"

"嗯。"我点点头，"守得云开见月明。"

"原来你也记得。"6号美女笑了。

我当然记得，即使是那天的风声和雨声，依然时常在我心里响起。

6号美女小心翼翼从皮包里拿出一个盒子，打开后取出泡棉，然后拿出两小团外面也裹上泡棉的东西。

她慢慢撕开其中一团的泡棉，露出的红色越来越多，原来是个红蛋。

另一团外面的泡棉撕开后，也是个红蛋。

"请把手给我。"她说，"要双手哦。"

我伸出双手，手心都朝上，她把这两个红蛋放在我手上，一手一个。

"为什么是两个？"我问。

"去年的今天我们没碰面，所以一个是去年的份。"她说。

"哪个是去年的？"

"傻瓜。"她笑了，"这两个都是我今天早上做的。"

"那我要如何分出今年份的红蛋和去年份的红蛋？"

"颜色较深红的蛋代表去年。"她指着我左手上的红蛋，"因为我多涂了好几层红色。"

"为什么代表去年的蛋要多涂好几层红色？"

"因为它会比较重。"

"为什么？"

"它等了一年，当然变重了。"

"6号美女。"

"是。绣球。"

"我可以不要吃吗？"我说，"我想把这两个红蛋好好保存起来。"

"然后早晚三炷香？"

"嗯？"

"吃吧。"她笑了，"以后还会有很多很多个红蛋。"

"真的吗？"我问。

"只要你长命百岁的话。"

6号美女，你可能不知道，三年前初见你的瞬间，我已经不只长命百岁了，因为那个瞬间就是永恒。

走出餐厅，感觉凉风阵阵，秋天应该是来了吧。

"秋天的星空下，谁应该陪我到校园走走？"她说。

"如果你不介意，我陪你去。"

"我介意你不陪我去。"她笑了笑。

我们在校园内漫步，今晚没有月亮，星星勉强可以看见几颗。

"我明天一大早回去。"她说。

"那我送你去坐车。"

"不用了。孝送我就行了。"

"不。我坚持要送你。"

"你坚持？"

"我可以比喻吗？"我说。

"请。"她笑了。

"初恋情人从故乡海边送来的外卖，绝对比麦当劳服务生送来的外卖还好吃。”

“你的比喻还是很糟。”她笑了起来，“竟然把我比成外卖。”

“抱歉。”我也笑了。

“明早我六点半就走，我怕你爬不起来，因为你最近都四点才睡。”

“你怎么知道？”

“我有莫名其妙的预感呀。”

“可是这未免太……”

“其实是赖德仁告诉我的。”她笑了笑。

“原来如此。”我笑了笑，“如果你真能预感我几点睡觉，搞不好连我做的梦都知道。”

“你做什么梦？”

“你不是有莫名其妙的预感吗？”

“绣球。”

“是。6号美女。”

“我想知道你做的梦。”

“就只是梦而已。”

“说嘛。”

“我梦见我终于成为大海，然后有一只鲸鱼在大海里游得很开心。”

“就这样？”

“嗯。”我点点头，“我的梦只是这样。”

6号美女轻轻嗯了一声，然后笑了笑，没多说什么。

离开校园后，我直接送她回以前的住处楼下。

以前常在这里等6号美女，虽然等待的时间通常只有几分钟，但我总觉得很漫长，而且心跳会加快。

已经好久没来了，但现在站在这里，心跳还是会莫名其妙加快。

我抬头看了看遮雨棚，这是以前的习惯，可以减缓心跳的速度。

“6号美女。”

“是。绣球。”

“明天一早六点半我来这里载你。”

“如果你爬不起来，千万不要勉强，我会让孝……”

“如果我爬不起来，你可以叫我球绣。”

"嗯。"她笑了笑后，便转身上楼。

我怕睡过头耽误了6号美女的时间，所以一整晚没睡。
天才微微亮，我立刻从研究室骑车到她的住处楼下。
中途顺便买了早点，想让她带到车上吃。
自从升上研二后，由于早上都没课，我每晚几乎都是四点才睡。
好久没看到大清早的阳光了，原来早晨的阳光长这样啊，我很感动。

6号美女准时下楼，看见我后笑了笑，便直接坐上摩托车后座。
我载她到火车站旁的客运站，她下了车后说了声谢谢。
"这是你的早餐。"我把刚刚在路上买的早点拿给她。
"谢谢。"她用右手收下，"你的呢？"
"我的还在早餐店。"
"嗯？"
"我忘了买我的早餐，毕竟已经很久没吃早餐了。"

"这是我替你做的早餐。"她也拿了一小袋东西递给我，"我早上煎了个
蛋，加上生菜和吐司，勉强像个三明治。"
"你有做自己的早餐吗？"
"没有。"她笑了笑，"我和你一样，也是很久没吃早餐了。"
"那我们算是交换早餐。"
"嗯。"她说，"你吃吃看吧，我从没做过早餐，不知道能不能吃。"
"你……"

"车来了。"她说。
"喔。"我突然很不舍，下次见面不知道是什么时候。
"绣球。"
"是。6号美女。"
"待到雨散看天青。"
"守得云开见月明。"
我们都笑了，她点点头后排队准备上车。

"6号美女。"
"是。绣球。"
"我……"我顿了顿，"我忘了要说什么了。"

"没关系。"她转身上车，"以后别太晚睡。Bye-bye。"

"Bye-bye。"

车子走后一分钟，我才想起我要说的是：

我会努力成为大海，不再是池塘，这样你才能游得很开心。

我并没有听6号美女的劝，每晚依然晚睡，拼命赶论文。

我的指导教授总是把见山是山、见山不是山、见山又是山挂在嘴边。

"做学问要严谨，不仅要知其然，更要知其所以然。"他说。

但做学生的就累了，不仅要把事情做对，也要知道为什么自己对了。

"你最近好吗？"sexbeauty的消息。

"什么是见山是山、见山不是山、见山又是山？"我的消息。

"你不要老是问奇怪的问题。"

"十米外看见两个男人拥吻，走到五米时发现其中一个是女的，经过他们身边时总算知道两个确实都是男人。"

"你念书念到脑袋犯傻了吗？"

"不，我顿悟了。这就是见山是山，见山不是山，见山又是山。"

"什么？"

"Bye-bye。"我立刻下线关掉窗口。

秋天结束了，冬天来了，冬天结束了。

风铃花开了，春天来了，春天结束了。

夏天到了，凤凰树开花了。

不管季节如何变化，我始终在研究室的计算机前全神贯注。

本来可以提第一梯次的论文口试，但交初稿前硬盘挂了，只好延到第二梯次。

其实也算是我的粗心，计算机这样没日没夜地操作，难免会有毛病。

虽然平时有养成备份的习惯，但不可能每天都备份。

交论文初稿前三天，发现硬盘有些怪，那时心里想明天再来备份吧。

但当你心里想着明天再来备份时，通常硬盘今晚就会挂。

这也是莫非定律的一种。

果然隔天要备份时，计算机却根本开不了机。

拆开计算机取出硬盘，接上赖德仁的计算机试着读取数据，还是不行。

整个硬盘都挂了。

最近一次备份的日期是一个星期前，等于这星期做了白工。

虽然心里干声连连，还是只能试着冷静，回想这星期做了什么。

结果误了第一梯次的口试，只能赶上第二梯次的口试。

为了抒发这种郁闷，我把BBS上的签名档改成：

挂了呀　挂了呀　硬盘挂了
带走我的资料　我的成果　我的论文
不
　　再
　　　　转
　　　　　　动
　　　　弹
　　不
得
　　不
　　　　偿
　　　　　　失
　　　　魂
　　落
魄
硬盘呀　慢走啊
有空来找我玩啊

隔天赖德仁一进研究室看见我，便说："你的签名档真是一首好诗，我看了很感伤。"

"你为什么要感伤？"我问。

"没想到你突然变成了白痴，我当然会感伤。"

"喂。"

"喂什么。"他说，"你手机呢？"

"问这干吗？"我说，"我的手机当然在我身上。"

"你确定？"

"啊？"我摸了摸裤子口袋，"我放在家里，忘了带。"

"果然。"

"果然什么？"

赖德仁不理我，拿出他的手机拨了个电话。

"他没事。只是手机忘了带在身上。"

"他的心情很正常，他不是多愁善感的人，只是偶尔迷糊而已。"

"那首诗？那算是诗吗？那只是白痴在练习写作文而已。"

"他真的没事，不用担心。"

"不用了，我会看着他。"他笑了，"不会让他跳楼的。"

"好吧。我会转告他。"

赖德仁挂了电话。

"你在跟谁讲电话？"我问。

"某个人。"

"废话。难道会是畜生吗？"

"这句话太经典了。"他哈哈大笑，"我一定要抄下来。"

"你刚刚到底跟谁讲电话？"

"别吵。"他又拿出手机，"我还要打电话。"

"小倩。"他说，"明天放假，我载你出去玩吧。"

"你不要生气啦，前阵子在赶论文所以很忙，不是故意的。"

"不如我租辆车，我们去曾文水库走走？"

"因为明天翁蕙婷会来台南，租辆车一起去比较方便。"

我从椅子上一跃而起，膝盖撞到桌缘，发出砰的一声巨响。

"你说……"我揉了揉剧痛的膝盖，眼泪快飙出来了，"她要来？"

"好吧，就这样。"他不理我，继续讲手机，"Bye-bye。"

他又挂了电话。

"她真的要来？"膝盖还是很痛，我直不起身。

"小倩吗？"他说，"没错。小倩明天要来。"

"我不是说小倩。"

"那你说谁？"

"喂。"

"喂什么。"他说，"我没说翁蕙婷要来。"

"可是你刚刚不是跟小倩说……"

"我确实没说翁蕙婷要来。"他打断我，"是翁蕙婷自己说要来。"

“她为什么要来？”我膝盖突然不痛了。

“因为某个白痴写了一首白痴的诗，又白痴到忘了带手机出门。她担心得要死，想来确定那个白痴是否一切安好。”

“这个白痴指的是我吧？”

“难道是我吗？”

“你听过笨蛋在骂人白痴吗？”

“喂。”

“挂了呀、挂了呀、硬盘挂了……”我很开心。

“不要再念了，恶心死了。”

“硬盘呀、慢走啊、有空来找我玩啊！”

“够了喔。”

“真是一首血泪交织、感人肺腑的好诗。”

“你在高兴什么？”赖德仁说，“你又不能去。”

“谁说我不能去？”

“你三天后要口试啊。”

“那是三天后的事。”

“总之你想去就对了。”他说，“那租车费和油钱你出。”

“出就出！”我站起身大喊：“大海啊！鲸鱼要来了！”

本来只有赖德仁、小倩、我和6号美女四个人要去，但蚊子和慧孝也想去，蚊子去了苍蝇也会跟，所以又是七个人。

我们约好早上11点出发，但一辆车不够坐。

原本苍蝇自告奋勇要骑摩托车，但他的摩托车在出发前突然坏了。

最后决定由我骑摩托车载6号美女，其他五个人坐车。

约好在曾文水库入口处附近的餐厅碰头后，赖德仁先开车走了。

“绣球。”

“是。6号美女。”

“你让我很担心呢。”

“真的很抱歉。”我说，“你论文口试过了吧？”

“上星期就过了。”她点点头，“所以现在没什么事。”

“我后天要口试。不过你不用担心，我准备得差不多了。”

“那就好。”她笑了笑。

距离上次见到6号美女，又是八个月过去了。

但6号美女始终是6号美女，什么都没改变。

既不会变成5号，也不会变成7号。

她始终是我心里的，停在永恒瞬间的6号美女。

"绣球。"

"是。6号美女。"

"我们是千辛万苦来到这里讨论口试吗？"

"抱歉。"我赶紧发动摩托车，"请上车。"

"走吧。"6号美女坐上摩托车后座后，轻轻拍了拍我头上的安全帽。

这段路开车大约一个钟头，骑摩托车的话，大概得多花二十分钟吧。

6月中的天气虽然有点炎热，但过了左镇后有明显的爬坡山路。日照减弱了些，人变少了，树变多了，而且徐徐的凉风吹拂过全身，令人感觉神清气爽。

原本我和6号美女还会简单交谈几句，后来我完全没听见她的声音，而且靠在我背部的重量似乎变重了。

我略转过头，发现她已闭上双眼，右脸枕着我的背。

啊？6号美女竟然睡着了。

我减慢骑车速度且尽量维持等速，上身略微前倾，双手紧抓着手把。

小心翼翼维持平衡，并支撑着她的重量。

只剩三十分钟的车程，我骑了将近五十分钟。

快到约定的地点时，我在路旁缓缓停下车，转头看了看6号美女。

她依然睡得很安详。

即使已停下车、熄了火，我还是维持骑车时的姿势，双手握紧手把。

五分钟后6号美女的手机突然响起，惊醒了她。

她接听后只说了一句"我让他说"，便将手机递给我。

"你搞×啊！摔下山谷了吗？"赖德仁几乎是大叫。

"是啊。现在还在半空中呢。"我说。

"你现在到底在哪里？"他又大叫。

"在你们下方两百米处。"

"是指距离？还是指海拔？"

"一分钟内就到了。"我挂上电话，将手机还给6号美女。

"我们走吧。"我笑了笑，"要坐好哦。"

"嗯。"6号美女也笑了。

我发动摩托车，三十秒后就到了约定的餐厅门口。

赖德仁他们12点就到了，而我和6号美女12点45分才到。

我们七个人在这里吃中饭，这是家专卖水库鱼料理的餐厅。

水库鱼的肉质特别鲜美，不管煎炒煮炸，只要具有一般的厨艺，便能做出一道道美味的料理。

饱餐一顿后，我们再进入曾文水库，直接到大坝附近的两层楼凉亭。

凉亭就在水库边，四周湖光山色净收眼底，风景非常美。

赖德仁带了泡茶的茶具和一台使用酒精加热的虹吸式咖啡机，我们便在凉亭二楼，边聊天边泡茶喝咖啡。

我们七个人很久没同时聚在一起了，因此聊起天来话题特别多。

小倩和蚊子大学毕业后就开始工作，小倩在台南，蚊子在高雄。

蚊子今天特地到台南来。

赖德仁和苍蝇两个多星期前通过口试，6号美女上星期通过口试。

而我则是后天要口试。

至于慧孝，目前念研一，也在本校。

"绣球。"

"嗯。"我站起身。

"嗯？"

"你不是想在四周走走？"

"你怎么知道？"

"我也有莫名其妙的预感啊。"

"胡说。"她笑了。

我和6号美女准备走下楼，赖德仁的声音在背后响起："千万不要跳湖殉情啊！"

然后他哈哈大笑，其他人也跟着笑。

真是自以为幽默的笨蛋。

走出凉亭，我和6号美女沿湖边漫步。

"你刚刚真的是预感吗？"她问。

"勉强算是。"我说，"我仿佛听见你在心里默念：我想听到一声6号美女。"

"我真的有默念呢。"她笑了。

"恭喜恭喜。"我说，"你的超能力还在。"

"真不好意思。"她说，"你骑车时我竟然睡着了。"

"没关系。"我说，"你昨晚没睡好吧。"

"嗯。"她点点头，"我昨晚几乎没睡，一大早又从台北赶来。"

"为什么没睡？你口试过了应该没什么压力了啊。"

"傻瓜。"她笑了，"因为担心你呀。"

"喔。"我应该脸红了，"真是抱歉。"

"绣球。"

"是。6号美女。"

"你以后做什么都好，但千万不要写诗。"

"为什么？"

"你的诗很可怕。"她笑了，"会让人哭笑不得。"

"我知道了。"我笑了笑、搔了搔头，"抱歉。"

"呀？"她注视着我正搔头的手，似乎是吓了一跳。

"怎么了吗？"我把手放下。

"你的手让我看看。"

我向她摊开双手后，低头一看，自己也吓了一跳。

因为两只手掌中央各横着一道暗红色印子，像是烙印。

"你的手怎么了？"她问。

"可能是骑车时太用力握紧手把吧。"我说。

"嗯？"

"那时你在睡觉，我怕你跌下车，所以双手紧握手把。"

"哦。"她说，"我终于明白了。"

"明白什么？"

"我睡着后，做了个梦。"她说。

"什么梦？"

"我梦见躺在海上，只见湛蓝的天空点缀朵朵白云，微风徐徐吹来。我觉得全身放松，恬静又舒适，有一股很安心的感觉。"

"躺在海上不会沉吗？"我问。

"梦境里是没有逻辑的。"

"抱歉。"我说，"那你终于明白了什么？"

"绣球。"

"是。6号美女。"

"因为你双手紧握手把，所以我不会沉。"她微微一笑，"而你，绣球，你就是那片海。"

"啊？"

"你就是那片海呀。"

6号美女又强调了一次，然后笑得很开心。

我静静注视着她，心里涌现出一股巨大的力量。

6号美女，我一定会变成真正的海。

然后你就可以一直这么开心，直到长命百岁。

我和6号美女再走回凉亭时已是五点，大伙便收拾东西准备回去。

回程时依然是赖德仁开车，我骑摩托车载6号美女。

约好在东丰路的简餐店碰头，我们七个人又一起吃晚饭。

吃完饭后，蚊子要回高雄，赖德仁和小倩去还租来的车。

6号美女晚上在慧孝那里过夜，明天还是一大早回台北。

"那我呢？"苍蝇问。

"你去车行看摩托车修好了没。"蚊子说，"你让学长骑那么久的车，回去后给我好好反省。"

赖德仁开车先让蚊子在火车站下车，经过车行时让苍蝇下车，然后在慧孝住处楼下让慧孝下车，最后把车子开去还。

慧孝下车时，我和6号美女已在那里等了十分钟。

"学长。"慧孝说，"你和学姐说说话，我先上楼。"

慧孝留下半开启的铁门后便上楼。

我告诉6号美女明天一早我送她去坐车。

她坚持不让我送，要我好好睡觉准备后天一早的口试。

"绣球。"

"是。6号美女。"

"口试要好好加油哦。"

"嗯。"我点点头。

"早点回去休息吧。"

"嗯。"

她挥挥手，说了声晚安后，转身走进铁门内。

"6号美女。"

"是。绣球。"

"我口试一定会很顺利，请你不要担心。"

"嗯。"

她笑了笑，然后缓缓关上铁门。

我的口试果然很顺利，论文的问题也不多。

大约只花半个月左右的时间就完成了论文定稿。

交出论文定稿、办好离校手续、领了毕业证书，我终于毕业了。

把住处和研究室里的个人东西打包整理后，再一起搬回老家。

一个月后，在最炎热的8月中旬，我剪了个小平头，入伍当兵。

役期约十八个月。

新训结束后，我分配到南部某机场的炮兵部队。

我隶属于空军，伙食比陆军好，这算是很幸运。

赖德仁是工兵排长，在燕巢服役，也算不错。

苍蝇则在东沙群岛当兵，那里空气好、海干净，几乎无人烟。

那是保育类动物绿蠵龟比人还多的地方，他可以在那里好好反省。

部队里严格限制手机的使用，也不太可能上网。

我只能利用放假离营时，打手机跟6号美女说说话。

偶尔我也会回系上研究室借学弟的计算机上网。

但在当兵期间，我几乎没在BBS上遇见过6号美女，反而经常遇见sexbeauty。

"当兵的作息很正常，你一定很健康。不像我，又感冒了。"sexbeauty的消息。

"喔。"我叹口气，回了消息。

"我现在喉咙很痛呢。"

"我有种很神奇的方法可以治疗喉咙痛。"

"真的吗？"

"去去！喉咙好！"

"这是？"

"这是我跟哈利·波特学来的咒语。你现在喉咙应该好多了。"

"什么？"

"Bye-bye。"我立刻下线关掉窗口，准备回营。

当兵的日子算枯燥，而且还有压力。

偶尔会考试，考试通常是看着幻灯片上的飞机外形，然后迅速分辨出敌机和友机。

敌机临空时怎么办？

就开炮啊，难道是拿出白旗拼命摇晃吗？

竟然也会问这种问题，我很担心退伍后智商严重降低。

有次实弹演习时，靶机一临空，各炮兵单位便噼里啪啦一阵猛打。

在交叉火网下，靶机终于被击落。

这不容易，因为靶机其实只有半个人大小。

最后判定是由我隶属的单位击落靶机，我爽翻了。

这代表我将有两天的荣誉假。

我决定抽出一天时间到台北找6号美女，她也答应了。

6号美女毕业后就马上工作，但这两天荣誉假都在上班时间。

为了不影响6号美女上班，我请她下班后再赴约。

我们约在台北101信义路门口。

那时离退伍还有两个多月，而101才刚开幕一个月。

我在下午四点半左右到了101，时间还早，6号美女还没下班。

台北的天空是灰白色，也许刚下过雨，或是即将下雨。

我绕着这栋世界第一高楼的外围走了一圈，沿途几乎都仰着头。

101的外观好像是把很多个免洗杯叠起来的形状。

6号美女说的没错，我的比喻果然很糟。

六点左右，6号美女打电话说她下班了，但坐车过来还要一段时间。

我停止四处乱晃，站在101信义路门口等。

但现在是冬天，又湿又冷的天气站在户外很难受，等了二十分钟后，我又开始走动，试着用步长估算101门口的广场面积。

"绣球。"

我停下脚步回过头，6号美女正笑吟吟地看着我。

当了一年多炮兵，早已听惯了炮声隆隆。

即使再大的巨响，也无法使我动摇。

但6号美女这一声"绣球"，却让我整个心脏几乎快从嘴里跳出来。

"绣球。"她又说。

"是。"我立正站好，"6号美女。"

"我又不是你的长官。"她笑了。

"抱歉。"我很不好意思。

"广场的面积多少？"

"嗯？"

"你刚刚不是用步长在估算广场面积吗？"

"我已经忘了走了多少步。"

"绣球。"

"是。6号美女。"

"我们是千辛万苦来到这里计算广场的面积吗？"

"不。我只是来见你一面。"

"然后呢？"

"我已经见到你了，也知道你很好。所以我应该可以走了。"

"傻瓜。"她笑了笑，"先进去吃饭吧。外头很冷。"

6号美女应该没变吧，至少不像我印象中台北美女的样子。

印象中台北美女不管再冷的天，依然是短衣窄裙，昂首碎步。

但她还是穿着大学时代那件有套头的厚外套，双手插进外套口袋。

我突然有种很安心的感觉。

我们在地下室的美食街吃饭，人潮很拥挤。

想起6号美女不喜欢人太多的场合，我觉得很不安。

"你怎么了？"她问。

"很抱歉。"我说，"这里人这么多。"

"没关系。"她说，"我刚刚在洗手间把隐形眼镜拿掉了。"

"嗯？"

"所以现在我眼前的世界只有线条柔和的你。"她笑了笑。

"6号美女。"

"是。绣球。"

"再两个多月我就退伍了，退伍后我一定会努力工作。"

"嗯。"她点点头，"我相信你。"

"我一定会更大、更深，这样你的世界才会更辽阔。"

"嗯。"她笑了起来，眼睛闪亮着。

当兵可能让我变笨，也可能让我忘了很多事情，但有件事既不会变也不会忘。

那就是6号美女仍然是鲸鱼，而我依旧想成为大海。

10

对我来说，让人怀念的东西有很多。

春天的风铃花，夏天的凤凰树，秋天的星空，冬天的东北风。
或是带有火锅或葱饼味道的冬天的风。
当季节不断重复交替时，我只会更加想念你。
想跟你一起用心感受。

你是夜空中最闪亮灿烂的星星，雨过天晴后最美丽璀璨的彩虹。
我衷心祝福你在大海里悠游，无风也无浪。
虽然我风雨的路正长。

一直有想去找你的念头，想寻找生命中永恒不变的瞬间。
但想飞的冲动总是伴随着惧高的心理。
我似乎只能等待，像金线菊。

金线菊很耐寒，凋落速度十分缓慢，花期持久。
当你偶尔心血来潮想垂怜时，它总是等在那里。
所以说金线菊是善于等待，也耐于等待。

我虽是善等待的金线菊，但我的季节或候鸟呢？

绣球

我在2月底退伍，应该是风铃花开得满树鲜黄的时节。

我专程到东丰路上看风铃花，果然又是一片黄色花海。

虽然6号美女不在身边，这天无法算是春天的第一天，但只要我更努力，总有一天，春天一定会真正来临。

由于老家在南部，父母又只有我一个小孩，因此我选择在南科工作。

赖德仁退伍后决定报考母校的博士班，后来也顺利考上了。

苍蝇是台北人，但因为蚊子在高雄工作，他想离蚊子近一点，于是苍蝇也在南科工作，但跟我是不同公司。

"没想到我们都在南科。"苍蝇说。

"但我的情操比较伟大。"我说，"我为了父母，你为了女人。"

当兵期间几乎是与世隔绝，也许一年半的日子不算长，但在计算机与网络快速发达的21世纪，一年半的变化可能会让原本觉得骑马是最快交通工具的人，突然看到铁路和飞机。

我退伍之后，上网形态变了，整个网络世界产生巨大的变化。

在我念大学的时代，上网的意义几乎就等同于上BBS；如今上网的人大多数根本不上BBS，甚至不知道BBS是什么。

念研究所时期已流行MSN等实时通讯软件，只要开机登入就能互通；何况还有手机这种东西，人们的沟通更实时也更便利。

在这种情况下，谁还会上BBS，眼巴巴地盼着熟悉的ID出现？

当瓦斯炉电磁炉微波炉出现时，注定已无法回到砍柴烧水的时代。

然而6号美女说的没错，在故乡的海边碰到初恋情人，绝对跟在陌生城市的麦当劳门口碰到的感觉不一样。

大学时期我跟6号美女的联络渠道主要是依赖BBS，在BBS上互发消息，绝对比"噔噔噔"的MSN更有感觉。

因此虽然我和6号美女都装了MSN，但我们很少利用MSN通讯。

我顶多在工作疲累想喘口气时，静静看着窗口上的6号美女。

只可惜BBS似乎已走入历史，以往各大专院校和中学架设的BBS站，加起来有上千个。如今大部分是荒烟蔓草，很多站甚至干脆关了。

就以我和6号美女上的那个BBS站而言，在我当兵期间一度想关站。后来因为使用者奔走请求，才勉强不关，使用者却已寥寥无几，同时在线的人数，不会超过十个。

但这个BBS站对我和6号美女来说，就是故乡的海边。

我开始工作后，BBS就很少上了，如果心血来潮上了BBS，通常也只在线待了几分钟后就走。6号美女似乎也是如此。

因此退伍之后我几乎没在BBS上遇见6号美女，反而经常遇见sexbeauty。

可能是我变成熟了，我会更有耐心听sexbeauty说话；sexbeauty似乎也成熟了，不再老是炫耀她的男朋友如何如何，她通常是抱怨她的工作太繁重或是主管太变态。

不过我和6号美女又多了一个沟通的渠道，那就是E-mail。

虽然我们不常通E-mail，但这个渠道也很便利，因为上网的人每天都会收信，甚至会收好几次信。

6号美女的E-mail账号很好记，前面的英文字是Canstop，意思是"会停"，也就是蕙婷。

开始工作后的第一个假日，我寄给6号美女第一封E-mail。

那时风铃花的花期刚结束，东丰路的路面变成黄色花海。

我踩着满地黄花，将心情存盘，然后E-mail给Canstop。

刚进入公司时，有三个月的试用期，有个主管负责训练我。

但他实在太忙了，常常只丢给我一些书叫我自己看。

我下班后会拼命看那些书，希望能顺利通过试用期。

三个月过了，我通过试用期成为正式员工，薪水也调高了些。

我搬进公司的单身宿舍，说是宿舍其实不太正确，那只是以公司名义在外面租了栋楼，方便员工解决住宿问题。

由于房租还算便宜，因此没考虑房东是否有正值花样年华的女儿，或是对面房间是否有喜欢洗澡不关窗的美女，我就决定搬进这里。

成为正式员工后两个月，我转入研发部门。

工作压力暴增，手机得24小时开机，因为生产线24小时不停歇。

万一生产线有突发状况，得随传随到，不管你是否已睡着。

我就曾在半夜一点被叫回公司，三点才离开。

回宿舍的途中，我仰望夜空，这里人烟稀少，通常可以看到星星。

6号美女，你在台北应该很难得看到星星吧。

南科离台南很近，我成为正式员工时赖德仁也刚好考上博士班，所以我放假时通常往台南跑，跟赖德仁和小倩吃个饭或看场电影。

苍蝇放假时通常跑到高雄找蚊子，不过偶尔蚊子也会来台南。

如果蚊子来台南，我们五个人会一起吃个饭。

至于慧孝，研究所毕业后就在台中工作，碰面的机会少多了。

赖德仁和小倩是一对、苍蝇和蚊子也是一对，我们五个人在一起时，赖德仁通常牵着小倩的手，苍蝇则搂着蚊子的腰。

牵手的话我会给予衷心的祝福，但搂腰的话我实在是看不下去。

因此有次我跟苍蝇和蚊子说："你们还是手牵着手好了，不要互搂着腰。"

"为什么？"苍蝇问。

"两人手牵着手，两只手臂形成V字，也像打了个钩。所以是对的，会天长地久。如果两人互相搂着对方的腰，两只手臂便形成X字，也像打了个叉。那就是错的，早晚会分手。"

"我不认为是蓝色。"苍蝇说，"你是听哪个白痴说的？"

苍蝇还是没变，讲话喜欢转来转去，要先把不认为是蓝色转成不以为蓝，再转成不以为然。

"这是蚊子的学姐说的。"我说。

"哎呀！"苍蝇惨叫一声，是蚊子下的毒手。

蚊子也还是没变，讲话坦率，打人时也是直接命中要害。

这也是我思念6号美女的方式。

我会把6号美女说过的话当做真理来遵循，即使可能只是她随口说说或是玩笑话。

感情有时像一抹微云，轻飘飘的，不必包含什么深奥的哲理。

我很喜欢6号美女，希望她能自在幸福，所以我希望自己成为大海。

或许有人觉得只要自己够喜欢对方，那就已经足够，对方一定会在自己的满满的爱中得到幸福。

但这也只是另一抹轻飘飘的微云而已。

虽然我不是很清楚6号美女的工作性质，也不在意她的工作性质，我只知道她应该很忙，有时也不像一般朝九晚五的族群有固定作息。

偶尔跟她通电话时，也只是简短问候而已。

我有时会有一种感觉，仿佛我跟6号美女中间隔了一条河，而她正站在遥远的对岸，看着更遥远的地方。

大约是9月底，台南还是夏天，而台北听说已入秋的时节，6号美女说她要来台南取几个景。

"取景？"我很纳闷。

"因为我现在兼了个广告片制片的身份。"

"制片？"我更纳闷了。

"名称很好听。"她说，"但其实只是打杂而已。"

"你好伟大。"

"胡说。"她笑了。

6号美女说大约晚上九点可以收工，我们便约九点在饭店大厅碰面。

八点半左右我就在饭店大厅等，一直等到十一点6号美女都没出现。

中途6号美女打电话给我说会晚点回来，我只说没关系。

那天不是假日，而且隔天也得上班，但我丝毫不心急。

上次见到她时是去年12月中，我退伍前两个多月，在台北101。

九个多月都过去了，我根本不在乎多等几个钟头。

6号美女她们一行人终于在11点20分回到饭店。

我数了数，连6号美女在内共八个人，从台北开了两辆车下来。

这群人有男有女，带了一些像是摄影器材之类的东西。

可能是终于收工了，大家的心情都很轻松，还去逛了夜市才回来。

6号美女一看到我便笑了，右手摊开向我比了个"五"的手势。

我点点头，也笑了笑。

而这五分钟的等待通常才是最漫长。

我开始深呼吸，试着让心跳正常，我已经是工程师了，不可以没出息。

但这里没有遮雨棚，我根本无法减缓心跳的速度。

五分钟后，6号美女坐电梯下楼，快步跑向我。

"绣球。"

我嘴唇微张，却发不出声音，心跳又瞬间飙速。

即使已经是工程师，我依然是这么没有出息。

"绣球。"

"是。"我终于可以发出声音，"6号美女。"

"抱歉让你等了那么久。"

"没关系。"

"他们说要逛夜市，我不好意思先离开。真的很抱歉。"

"真的没关系。"

"其实我可以先坐出租车回来的。"

"你不是这种人。"我说，"他们一定知道你在台南念过书，于是想请你带他们逛，你不去或是先回来的话，会坏了大家的兴致。"

6号美女微微一笑，没再说抱歉，只是静静注视着我。

"6号美女。"

"是。绣球。"

"我们是千辛万苦来到这里讨论你是否该先回饭店吗？"

"当然不是。"她笑了，"我想去一个地方。"

"什么地方？"

"我想去有麻辣鸭血也有你的地方。"

6号美女笑了起来，眼睛闪闪亮亮。

"你不是才刚从夜市回来？"

"刚刚只有麻辣鸭血，没有你。"

"可是……"

"走吧。"她又笑了。

我原本想搭出租车，但6号美女却坚持要坐我的摩托车。

"搭上初恋情人的车前往故乡的海边，绝对跟搭上麦当劳服务生的车的感觉不一样。"

"你变了。"我笑了笑，"你的比喻也变糟了。"

"那我还是6号美女吗？"

"你一直都是。"

"那就好。"她笑了笑，轻拍我头上的安全帽，"走吧。"

我骑摩托车到夜市时，大约是深夜12点。
这时间人少多了，6号美女应该会很开心。
记得上次看着6号美女吃麻辣鸭血时，是大四上的秋天。
而且是10月16号。那时她吃麻辣鸭血，我吃红蛋。
算了算应该是……啊？竟然已经是五年前的事了。
我不禁低声惊呼。

"不要算比较好。"她说。
"嗯？"
"到了一定年纪若去计算到底是几年前的往事，是件残忍的事。"
"你说得对。"
"重点是我还是吃着麻辣鸭血，而你也还在身边。"她笑了。
"没错。"我也笑了。

离开夜市，我直接载她回饭店，已经一点半了。
6号美女说他们一早就要离开，我嘱咐她回房就要立刻睡觉。
"可是我还想看星星呢。"她说。
"我刚刚注意过了，今晚没有星星。"
"真可惜。"她叹了口气。

"6号美女。"
"是。绣球。"
"你忘了吗？"我说，"当星星沉默的时候，你便闪烁。"
6号美女转头看着我，眼神闪烁发亮。

"绣球。"
"是。6号美女。"
"你一定会长命百岁。"
"请不要抢我的台词。"
然后我们都笑了。

我送6号美女到电梯口，看着电梯门打开。
"6号美女。"
"是。绣球。"

"晚安。"

"晚安。"

电梯门再度关上。

6号美女走后半个月，台南才开始有秋天的味道。

每年的秋天总是特别难熬，因为我会更加思念6号美女。

还好台南的秋天很短，顶多只有一个半月。

在我生日那天，6号美女传了封手机简讯给我，祝我生日快乐。

时间刚好是凌晨12点过十秒。

时代真的不一样了，所有的祝福都能准时或实时。

但只要没见上一面，即使是用光速传递的问候，也会有所缺憾。

再次见到6号美女，是东北风开始刮起的12月中。

那天夜里，她在手机里突然说想来台南，便搭上11点50分的夜车。

我一夜没睡，凌晨三点便到了台南车站等她。

夜车抵达的时间不好掌握，有时会很快，所以我特地提早到。

等了快一个小时，终于看到6号美女下车。

原本寒冷的身体，突然涌出一道暖流。

"绣球。"

"是……"可能因为天冷或是紧张，我出现了抖音，"6号美女。"

"台北好冷呢。"

"台南也是。"

"谁说的？"她说，"我怎么丝毫不觉得。"

"真的吗？"

"因为已经看到你了呀。"她笑了起来。

"咦？"她指着我手上戴的深绿色手套，"这手套我好像看过。"

"这是你送我的圣诞礼物。"我说，"在寒冷的冬夜骑摩托车，不戴着手套
不行。"

"那已经是……"

"不要算比较好。"我笑了，"到了一定年纪若去计算到底是几年前的往
事，是件残忍的事。"

"你说得对。"她也笑了。

其实是大三上的圣诞夜，她送我的圣诞礼物，再差几天就满六年。

"抱歉。"她说。

"为什么说抱歉？"

"在这么冷的夜里突然跑来，请你原谅我这个任性的女孩。"

"你不是任性的女孩，你是天使。"我说，"你出现后，四周就不再寒冷，变得温暖了。只有天使才有这种能耐。"

6号美女又笑了起来，我眼前一片迷蒙，仿佛看见她的白色翅膀。

"6号美女。"

"是。绣球。"

"我们是千辛万苦来到这里讨论你是否是任性的女孩吗？"

"不。"她说，"我只是想见你一面，听你叫我一声6号美女而已。"

"6号美女。"

"谢谢。"她笑了。

我们在车站里待到五点，然后我骑车载她到胜利路的早餐店吃葱饼。

这家店对我们学校学生而言，几乎是无人不知、无人不晓。

"以前跟孝和蚊子常在深夜来这里吃葱饼。"她说，"真是怀念。"

"我也很怀念。"我说，"以前我和赖德仁常来吃，尤其是冬夜。"

"除了葱饼，在寒冷的冬夜里，你还会怀念什么？"

"嗯……"我想了一下后，笑了笑，"冬天的风吧。"

"我明白了。"她也笑了笑。

走出那家店，冬天天亮得晚，快六点了天还是黑的。

"绣球。"

"是。6号美女。"

"请你闭上眼睛。"

她说完后，双颊便圆鼓鼓的，眼里满是笑意。

"嗯。"我笑了笑，然后闭上双眼。

一阵带有葱饼味道的强风刮过我整个脸庞。

这种温暖的感觉好熟悉，虽然已经是多年前的事了。

也许是葱的味道很强烈，呛得眼角有些湿润。

6号美女下午得上班，我待会儿也得上班，我便载她到车站搭七点的车。

"绣球。"

"是。6号美女。"

"今年的冬天应该不会冷了。"

"我也这么觉得。"

"Bye—bye。"

"Bye—bye。"

然后6号美女上车，我骑四十五分钟的车从车站直接到公司。

虽然别人都说这年的冬天又长又冷，但我却觉得这个冬天很温暖。

冬天结束了，春天来了。

这年我没有到东丰路看风铃花，因为一开春订单莫名其妙变多了。

我变得更忙碌，压力也更大，几乎天天加班。

外头是春暖花开，我则是忙到天昏地暗。

凤凰花开得满树红的6月，工作压力才稍稍减轻。

这时竹科的总公司刚好有个缺，想从南科的分公司调个人手过去。

新竹离台北算近，只要一个钟头车程，如果在竹科上班，我见到6号美女的机会一定多得多。

因此我自告奋勇，自愿调到竹科的总公司。

"你的伟大情操呢？"苍蝇说。

爸、妈，原谅孩儿不孝，6号美女真的比较重要。

调到竹科上班后，虽然工作量差不多，但心情好多了。

因为只要一想到离6号美女不远，我就会通体舒畅。

我在新竹租了间简单的房，骑摩托车到公司只要十分钟。

放假时偶尔会上台北，如果6号美女也有空的话。

我们通常是一起吃个饭，或找家咖啡店聊聊天，还去看了两场电影。

记得有次跟6号美女在咖啡店聊天时，她问我对台北的印象如何？

"台北是个好地方。"我说，"这个城市让我变得勇敢。"

"勇敢？"

"我小时候很怕鬼，但来台北几次以后，就不怕了。"

"为什么？"

"你不觉得捷运列车进站或离站时的呜呜声，很像鬼哭吗？"我说，"我听了很多次，结果鬼也没出现，渐渐就不怕鬼了。"

"你不仅眼睛有问题。"她笑了起来，"连耳朵也有毛病。"

而第一次跟6号美女在台北看电影时，进了电影院刚坐定，她便说："闭着眼睛想象一下这是成功厅。"

"我没办法想象。"我说，"因为在这里看电影要钱，而且很贵。"

"想象一下嘛。"

"噢。"

我闭上眼睛，想起大学时期跟6号美女在成功厅看电影的往事。

我想起那场难看到爆的黑白电影，刚结束时全场的欢呼鼓掌声。

6号美女在成功厅外拍了我的肩，告诉我她在BBS注册了sixbeauty，要我注册showball。我和她之间才开始有了沟通的渠道。

满20岁那天刚好是13号星期五，她写了两封信给我，第一封祝我生日快乐，第二封约我隔天一起看《爱在心里口难开》。

看完电影后我告诉她，我小时候会莫名其妙害怕锅子，请她多包涵。

后来她说她小时候也是会莫名其妙害怕锅子的那种小孩。

还有《征服情海》，记得看完那部电影后在柏拉图咖啡聊天时，我突然想到鲸鱼和池塘的比喻，6号美女是鲸鱼，而我只是池塘。

就是从那时候开始，我想成为大海。

"绣球。"

"嗯？"我有点恍惚，因为我正陷入回忆的漩涡。

"绣球。"

"是。6号美女。"

"好棒哦。"她笑了笑，"电影开始了。"

以前只要成功厅的灯光熄灭，准备放映电影时，她总是这么说。

"是啊。"我也笑了，"好棒。"

真的是好棒。

虽然工作压力大，但起码稳定，待遇也不错。

6号美女也还是6号美女，即使仍然是鲸鱼。

而我相信只要自己持续努力，不久的将来一定能成为大海。

虽然不知道成为大海后是什么样子，但我一定会成为大海。

夏天结束了，秋天刚来临时，6号美女却要离开。

"公司要派我到芝加哥，除了工作外，可能也会修点课。"她说。

"要去多久？"

"大概三年左右吧。"

"三年？"

"嗯。"

我没立场说希望6号美女去或不去，即使有立场，我也不会干涉。

我只是觉得，三年是非常非常漫长的时间。

如果6号美女去了芝加哥，那么她跟我之间已经不止隔了一条河，而是隔了一大片海洋。

6号美女将站在更遥远的对岸，看着更更遥远的地方。

"我送你去机场好吗？"我问。

她只嗯了一声，没多说什么。

那天是10月初，6号美女要从桃园机场搭早上八点半的班机到大阪。

然后从大阪到底特律，再从底特律到芝加哥。

五点半从台北坐出租车到机场，我陪她去。

在出租车上，我和6号美女都不知道该说什么，气氛既安静又诡异。

如果说些依依不舍的话，万一擦枪走火导致缠绵悱恻，我很担心司机会全身起鸡皮疙瘩而没有力气踩刹车。

"你之前去过美国吗？"我终于打破沉默。

"我只去过美国一次。"她说。

"那很好。"我说，"你比我多去了一次。"

然后我们又恢复沉默，直到下了出租车。

划好机位、托运完行李后，还有一些时间才要登机。

我们找了位子坐下，6号美女右手拿着夹了登机牌的护照，不断轻轻拍打左手掌心，发出一连串细微而规律的啪啪声。

我突然觉得那种声音很刺耳。

"这个机场好像越来越小了。"我说。

"是吗？"

"机场承受了很多能量。"我说，"送机时的感伤、接机时的喜悦，这两股能量非常巨大，而且无时无刻都会在机场上演。感伤的能量会让机场变小，喜悦的能量会让机场变大。"

"那为什么桃园机场越来越小？"

"在一般机场这两股能量会均衡，有多少感伤就会有多少喜悦，因为出去的人都会回来。"我顿了顿，说，"但桃园机场不一样。"

"哪里不一样？"她问。

"对于桃园机场而言，总是离开的人多，回来的人少，感伤的能量大于喜悦的能量。久而久之，桃园机场就越来越小了。"

"绣球。"

"是。6号美女。"

"我会回来的。"

"我知道。"

"绣球。"

"是。6号美女。"

"我们是千辛万苦来到这里讨论机场的大小吗？"

"不。"我说，"我们是来这里道别的。"

6号美女终于停止用护照拍打手心的动作，缓缓站起身。

我也站起身，陪她走到手扶梯。

"还记得秋天的风吗？"她问。

"记得。"我点点头。

"请你闭上眼睛。"

"我可以不闭吗？"

她点点头，然后双唇微微撅起，朝我脸上轻轻吹气。

"6号美女。"

"是。绣球。"

"你一定会长命百岁。"

她没说话，只是静静看着我，我也静静看着她。

我猜我们应该都在忍住一样东西，而且很成功。

她转身上了手扶梯，再转身面对着我。

手扶梯缓缓向上，我的心慢慢下沉。

到了二楼的瞬间，她的脚步有些踉跄。

她挥挥手后，第三度转身，我的视线只抓住瞬间的背影。

眼泪虽然可以忍住，但悲伤不行。

我的心一定是在飞机起飞的瞬间沉入海底，而且怎么拉都拉不起来。

我试过很多方法把心拉离海底，可惜毫无作用。

到后来我采取消极的逃避方法，比方说坐捷运时不走6号出口。

碰到9也不行，因为只要我倒着看，就变成6了。

6号美女走后两个月，也就是冬天刚到来的时节，我突然想起以前的签名档。

"冬天到了，春天还会远吗？春天近了，夏天就不远；夏天如果不远，秋天也就快到了；秋天既然快到，冬天的脚步便近了。现在是怎样？要一直冬天到死吗？"

我很担心我的心情会一直冬天到死，便决定去热闹的地方走走。

我去逛了清大夜市，因为6号美女不喜欢人太多的场合，所以去人多的地方比较不会让我触景伤情。

但当我看到卖麻辣鸭血的摊位时，我竟脱口而出："6号美女一定会很喜欢。"

那一瞬间，我整个人呆住了，然后莫名其妙悲从中来。

我知道6号美女会回来，我知道三年的时间忍一忍就会过，可是我很喜欢6号美女啊。

我真的很喜欢6号美女啊，我真的很喜欢她啊。

这里有好多人，也许我该用第二人称的"你"来称呼6号美女。

我真的很喜欢你啊。

我真的真的很喜欢你啊。

在清大夜市把情感发泄得一塌糊涂后，我猜我已经离开海底。

我更寄情于工作，那是6号美女走后，我生活的全部。

6号美女将成为更大的鲸鱼，因此我必须成为更辽阔的大海。

不知道6号美女在芝加哥过得好吗？

在芝加哥，我只认识打篮球的那个Jordan，可是他不认识我。

手机虽然也可以互通，不过得先办国际漫游，费用太高并不划算。
6号美女在当地另外办个手机，但主要是在美国境内联络之用。
因此跟6号美女的联络方式，最方便省钱的，还是MSN跟E-mail。
BBS也可以，但我已经很少上BBS，6号美女更是几乎不上了。

虽然偶尔可以透过MSN、E-mail和6号美女说说话，但我还是常觉得寂寞。
当初为了6号美女自愿调来竹科，如今她走了，我又想回南部。
老家和赖德仁、苍蝇都在南部，如果回南部我应该会开朗一些。
不过情况并不允许，我只能在这里继续向前。
有时我会觉得上不着天、下不着地，像"卡"字中间那一横。

6号美女走后五个多月，我收到她寄到公司给我的信。
是那种贴邮票、盖邮戳、手写的信。
在E-mail、手机简讯满天飞的时代，书信到底还能扮演什么角色？

6号美女寄信的日期是风铃花盛开的时节，但我收到信时，风铃花却已落尽。
6号美女，当雨过天晴，阳光照射到你身体时，你一定会变成彩虹。
请你不要怀疑。

我想从BBS寄封信给她，像是从故乡海边捎来的问候。
我连上BBS，发现信箱里有新信，是6号美女寄来的。
看了看寄信日期，是她离开前三天寄的，离现在五个半月。
而我竟然已经半年没上BBS了。

6号美女在信上说，她觉得我像是想征服山顶的登山者。
我不是登山者啊，我也不想征服山顶，我只想成为大海。
但因为我笨，不晓得该如何做，所以只能埋头苦干。
而看到背影的人，其实是我，并不是你。
那时你搭着手扶梯上了二楼，而我在一楼看着你。
当你转身而去，我只看到那瞬间的背影，然后你就消失在我的视线。
万一以后不再见面，我对你的最后印象，就会是你的背影。

我在BBS上把信写好，然后寄给sixbeauty。
虽然不知道她何时才会看到信，但我相信总有一天她会看到。
之后我大约每隔两个星期便上BBS，想知道她收到信了没？

但她的信箱里始终保持着有新信的状态，上线日期也始终没更新。

这期间倒是常遇见sexbeauty，遇见时会跟她发消息。

没想到6号美女走后，跟我说最多话的人，竟然会是sexbeauty。

秋天又来了。

我连上BBS后，却发现sixbeauty这个ID已经不存在了。

6号美女一年多没上这个BBS站，于是账号被砍了。

对我而言，这几乎可以表示6号美女不见了。

BBS上的绣球与6号美女相识于秋天，开始与结束也像秋天。

不知道什么时候悄悄开始，也不知道什么时候莫名其妙结束。

春夏秋冬各有各的景致，也分别有我和6号美女相处时的回忆。

这些回忆或许不同，但同样是绚烂缤纷，所以6号美女一定是彩虹。

当季节变化重复上演时，我只会更加思念6号美女。

有时思念会像一把利刃，刺痛我胸膛。

我不禁想问：何时我才能再见到6号美女一面？

当你听到小学生说他以后要当航天员时，你会笑他不自量力吗？

不，你会觉得欣慰。

当你听到中学生说他以后要当航天员时，你会笑他不自量力吗？

不，你会鼓励他多加油。

当你听到大学生说他以后要当航天员时，你会笑他不自量力吗？

你也许会，也许半信半疑。

当你听到现在的我说以后要当航天员时，你会笑我不自量力吗？

你一定会，而且可能会劝我别想太多，甚至直接骂我：你做梦！

现在的我已没有什么可塑性，未来的样子大概就是这样，不会变成另一副模样。

我只能利用剩下的些微弹性，努力工作。

我从未忘记要吸取满满的水分，要成为大海；但我却觉得身体有些干，好像正逐渐失去水分。

我常在夜晚仰望星空，对我而言，这已经是一种习惯。

就像回到家就会打开冰箱找东西吃般地自然。

当夜空出现难得的星星时，6号美女，如果你没看见，那有多可惜。

但可惜的是就是那么可惜。

偶尔在郊外看见天上繁星点点，我更会毫无保留地想念6号美女。
6号美女，你忙吗？忙些什么？在满天星斗的夜里。
再没有比这样的夜里还要适合想念你。

而美国的星星是否会比较亮呢？
我想应该是会吧。
因为美国是个伟大的国家，而且美国人救了地球太多次了。
不管是外星人、机器人、恐龙、陨石、彗星、恐怖分子、不明病毒等所造成
的世界末日危机，都是靠美国人化解的。
这些可歌可泣的感人事迹，都改编成了电影，就怕我们不知道。

但美国这个伟大的国家，也因次级房贷风暴，造成全球性金融海啸。
2008年1月下旬，天气最寒冷的时节，出现了环球股灾。
环球股灾只是开端，没多久海啸便扑面袭来，公司的订单急剧减少。
作业员从三班制变成两班制，但海啸依然持续，且浪头越来越高。
公司便开始裁掉这些约聘雇的作业员。

作业员裁得差不多了，工程师开始放无薪假，我空闲的时间变多了，但心想
事成却变成薪饷四成。
最后海啸将我完全吞没，财源滚滚变成了裁员滚滚。
在凤凰树最幸福的6月中旬，我失业了。

突然失业对我的打击很大，这是我从来没想过的窘境。
我不算是自负的人，但觉得自己应该还算优秀，能力也还可以。
而且我一直是很努力、很努力地工作啊。
可是当公司开始裁工程师时，我竟然名列第一波被裁员的名单。
于是我的自信心和股市一样，都崩盘了。

这不是公司经营不善的问题，而是整个产业的困境。
别的公司也是如此，大家都在比裁缝技巧，看谁裁得漂亮。
因此如果我想要继续待在相关产业，那就根本找不到工作。
虽然我知道这是残酷的现实，但我还是在竹科试了一个月，结果还是一样。
我不仅失业，而且没有再找到新工作的可能。

一个月后我搬离新竹，垂头丧气回到老家。

搬家那天，刚好是卡玫基台风登陆的日子。

我手忙脚乱搬东西，结果手机掉了，连掉在哪里都不知道。

现在是怎样？还嫌不够惨吗？

不过这个台风的名字明白说出了我的心情：我已经"卡"着、完全"没机"会了。

刚回老家那两天，脑袋几乎是一片空白，整天看电视。

电视新闻总是谈论着金融海啸、无薪假、裁员之类的话题。

还有人说要趁早学习第二专长，这样找工作会更容易。

第二专长当然很重要。最好那些搞政治的人都去学会开火车，这样岛内的政治就可以上轨道了。

回老家后第三天，我重新办了手机，卡号也换了。

还好赖德仁和苍蝇的电话我记得很熟，一拿到手机我便拨给他们。

我分别警告赖德仁别告诉小倩、苍蝇别告诉蚊子，我被裁员的事。

我不想走漏风声让6号美女知道。

然后我要他们记下我的手机号码，有空的话要施舍给我大鱼大肉吃。

因为我恐怕得开始节衣缩食了。

赖德仁在念博士班，金融海啸对他没影响。

苍蝇虽然跟我的工作性质类似，但他是在业务部门，我在研发部门。

景气差订单大减，仓库里满满的库存量，还研发个屁；但业务部门就更加重要了，得想办法争取任何一笔可能的订单，所以苍蝇没被裁掉。

回老家后第四天，我开始丢履历表，主要以台南或高雄的工作为主。

一个星期后，终于有家台南的公司叫我隔天去面试。

虽然隔天是凤凰台风登陆的日子，但我还是带把伞到台南。

路上风大雨大，雨伞开了好几次花，好不容易才抵达那家公司楼下。

我顺了顺被雨淋湿的头发，整理一下有点凌乱的衣着，抱着诚惶诚恐的心，走进那家公司。

这间公司的规模应该不算小，缺的是信息部门的员工，主要工作是负责公司内部所有计算机的维修管理，以及网络服务。

老板把薪水压得很低，还不到我以前月薪的一半。

当我正考虑是否接受时，他摆出一副爱做不做随你的神情。

我咬着牙，点了点头，说出我随时可以来上班这种话。

走出这家从后天起将要付我薪水的公司，外头依然是风大雨大。

我撑开伞，勉强跨进风雨中，但才走了几步，伞便被吹坏了。

这个台风叫凤凰，路旁也刚好有一排凤凰树。

虽然地上有些残红碎绿，但树上依旧叶子鲜绿、凤凰花火红。

6号美女说的没错，凤凰树是幸福的树，红花绿叶总是在一起。

虽然眼镜早已因雨而模糊，我还是勉强看了看四周，好像没有人。

即使有人，应该也是低头疾走，不会有人注意我；而且风这么大，叫救命也未必会有人听见。

站在风雨中让我觉得好累，我便蹲了下来，然后痛哭失声。

6号美女，很抱歉，我尽力了。

我可能有哪里做错了，但我并不知道，我只知道要努力。

6号美女，请你原谅我，我真的很努力。

虽然我无法成为大海，但你一定会长命百岁。

好了，没事了，我该再重新站起来了。

我还有好多事要做，当务之急是先在台南租间房子。

我租了间17坪左右两房两小厅的屋子，屋子里还有扇半圆形的窗。

看房子时，房东滔滔不绝夸赞这扇半圆形的窗。

"这形状像是古代文官官服上的腰带，也像武官那张拉满的弓。"

他双手从肚脐分向左右腰画弧，然后再用双手做出射箭的动作。

"谁住到这屋子，一定能允文允武、文武双全。"

最好是这样。

从大学到现在，我总是住在狭窄的空间，也许是因为这样，我才无法成为辽阔的大海。

虽然17坪的空间对我而言实在太大了，但或许住在大一点的空间，我会变得更辽阔也说不定。

而且房租比想象中便宜得多，好像这里发生过凶杀案或闹过鬼一样。

因此我便租下这里。

从住处骑摩托车到新公司上班，大约要十五分钟，算很近。
新的工作除了薪水很低之外，大概也没什么好挑剔的。
比起以前的工作，现在的工作压力算很小，但也因而没什么成就感。
如果你问：为什么要做这个工作？
这问题问郭台铭、比尔·盖茨、林志玲、川岛和津实，答案都不一样。
我的答案可能比较简单：因为这是一份有薪水的工作。

赖德仁和苍蝇打电话找过我几次要一起吃饭，但我总推托说有事。
不知道为什么，我觉得自己现在很猥琐，不想让他们见到我的样子。
我的E-mail是以前公司的账号，既然离职了，那个信箱也不再存在。
至于MSN，我也打算换个账号。
对6号美女而言，MSN、E-mail、手机，甚至是住址，我都已经变成另一个人了。
我只有BBS的账号没变，但6号美女在BBS的账号早就不见了。

说来奇怪，这几年来虽然很少上BBS，但我还是会记得要偶尔上。
因此我的BBS账号始终没被砍掉，而我也不想让showball被砍掉。
或许是因为"绣球"这个昵称，是我跟6号美女的唯一连接，我始终割舍不掉。

如果思念6号美女到无以复加的程度，我会去看海。
看看大海是什么模样。
大海和机场一样，都承受了很巨大的能量。
暗恋、苦恋、热恋、单恋、失恋的人，通常会跑到海边，把心事说给海听。
那么大海会越来越大，还是越来越小？

认识6号美女之前，我每次到海边时，总会朝着大海高喊："把我的青春还给我！"
认识6号美女之后，我就不再喊了。
因为我的青春已经非常缤纷璀璨，像一道彩虹。

人体百分之七十由水组成，因此每个人的心里其实都有一片海。
但我心里的海已经逐渐蒸发，现在只是座小池塘而已。
再加上以我多年的青春当柴火，不断熬煮，水分便越来越少。

压力、苦闷、挫折等又一直往池塘里丢，池底堆满了杂物。
水质因而不再清澈，也越来越浓稠。
这样的池塘，别说鲸鱼了，恐怕连金鱼也无法存活。

6号美女，异域的天空应该更广大，异域的大海也许更辽阔，你一定能在那里更自由自在地遨游。
你也一定会长命百岁。

我并没有过人的心胸，或是像大海般的度量，我只是单纯不希望，曾经喜欢过的那个女孩过得不快乐而已。
这样说不太精确，其实不是"曾经"，而是永恒。
所有东西在发生的当下，就立刻永恒了。
因为无法永恒这件事，也是一种永恒。

重新开始工作后两个月，也就是我被裁员后三个半月，强烈台风蔷蜜袭台，那天是9月28号星期天，也是教师节。
所以当老师的要好好教育学生，不然台风就会来找你。

那天下午四点半，我被风雨声惊醒。
雨水从那扇半圆形的窗户缝隙不断渗进，搞得我人仰马翻。
我还没有允文允武、文武双全之前，就先被水淹了。
好不容易擦干书桌和地板，又被赖德仁叫去学校。
于是看到了绣球，想起了往事。

我跟6号美女之间的故事大概是这样。
可能有些细节没说清楚或有所疏漏，但大体上是如此。

大概也只是如此。

11

绣球：

"你好吗？"
"我很好。"
《情书》这部电影是这么说的。
我也想这么说。

来到这城市快五个月了，空气、阳光、人们说话的方式……我逐渐适应，也知道该如何去欣赏它的美。
这城市像娇艳多姿的玫瑰，美得让人心醉，但我却想念莲花出淤泥而不染的样子。

我住在一间小公寓的顶楼，外面隐约传来雨声。
在我的想象里，雨应该是灿烂的金黄色。
因为现在正是风铃花开的时节。不是吗？

天空果然飘起细雨，我仰起头闭上双眼。
任由雨水滴在发上、额头、眉心、睫毛、鼻尖、嘴角，然后缓缓汇聚成流，从脸颊滑落。
我感觉整个人满满的都是水分。

当雨停了，太阳升起。
我会在阳光照射到身体时变成彩虹吗？

6号美女

"你在自言自语什么？"赖德仁说。

"嗯？"我回过神，手里还抱着绣球，"喔，没什么。"

"这个绣球你带回去吧。"他说。

"这是你接到的。"我说，"所以是你的。"

"你到底要不要带回去。"

"不要。"我摇摇头。

"你为什么这么婆婆妈妈？"他说，"这是你和翁蕙婷之间的美好回忆，你干吗留给我？"

"可是确实是你在千军万马中抢下来的。"

"好。"他说，"绣球给我，小倩给你。"

"你在胡说八道什么？"

"如果照你的逻辑，那么小倩是你的。"

"这是什么鬼逻辑？"我说，"我又不是钟馗。"

"喂。"

"喂什么。"我说，"你说说看，为什么小倩是我的？"

"你还记得大二时，小倩她们班跟我们班去摩托车郊游的事吗？"

"当然记得。"我说，"那次是去虎头埤。"

"回程时不是要抽钥匙吗？"他说，"小倩抽中的是你的车钥匙。"

"没错。"我笑了笑，"但你来拜托我，想跟我换摩托车，所以回程时我们偷偷交换了摩托车。"

"如果我们没交换摩托车，小倩后来也不会跟我在一起。"

"嗯。"我点点头，"恐怕是如此。"

"所以小倩是你的。"他说。

"嗯？"

"照你的逻辑，我接到绣球所以绣球是我的，即使我将绣球塞给你。"他说，"那么小倩抽中你车钥匙所以是你的，即使我们交换摩托车。"

"这……"

"反驳我啊。"

　　我张大嘴巴，不知道该如何反驳。

　　"所以这个绣球是你的。"他说。
　　"嗯。"我缓缓点了点头。
　　"今天风大雨大，我待会儿开车送你回去。"他说，"记得带着绣球。"
　　"可是我刚刚是骑摩托车来的。"我说，"明天也得骑摩托车上班。"
　　"你的摩托车先放在学校，明天我开车载你上班。"
　　"干吗这么好心？"
　　"我不是好心，我的心机很深。"他笑了笑，"这样我就知道你住哪，在哪上班了。"
　　我有些感动，愣愣的，说不出话。

　　"喂。"他说，"这三个半月内过得如何？"
　　"真的是一言难尽。"我说。
　　"那么找时间一起吃饭，然后慢慢说。"他说，"别再溜掉啊。"
　　"再说吧。"
　　"我请客。"
　　"好吧。"

　　"翁蕙婷去美国多久了？"他问。
　　"到下星期就满三年了。"我说。
　　"她什么时候回来？"
　　"不知道。"
　　"啊？"
　　"啊什么。我怎么会知道她什么时候回来。"
　　"我听说她明年3月就会回来了。"
　　"是吗？"我说，"我倒没听说。"
　　"啊？"
　　"不要再啊了。"

　　"你跟翁蕙婷之间怎么了？"他问。
　　"没什么。我只是……"我看了看手中的绣球，轻轻叹口气，"我只是不想让她知道我现在的样子。"
　　赖德仁看了我一眼后，并没说什么。

"什么是最强的剑？"他突然问。

"嗯？"

"这是一个有趣的心理测验，可以测验出你对待爱人的态度。"

"这种问题太莫名其妙了吧。"

"说说看嘛。"他说，"比方少林、武当、峨眉、丐帮的剑法，或是独孤九剑、辟邪剑法等等。"

"这些都不是，而且剑法也不是重点。"

"那么到底什么是最强的剑？"

"用来守护爱人的剑，就是最强的剑。"我说。

"嗯。"他点点头，并啧啧赞叹了几声。

"怎么了吗？"

"你现在的样子或许落魄，但你的心胸还是大海。"

"啊？"我吃了一惊。

"不要再啊了。"他笑了笑，"我开车载你回去吧。"

走出系馆，外头仍然是狂风暴雨，蔷蜜台风不愧是强烈台风。

赖德仁撑着伞，我双手抱着绣球并弯身护着它以免淋湿。

虽然有点狼狈，但还好赖德仁的车子就停在系馆旁边。

天很黑风雨又大，他小心开着车，二十分钟后才到我住处楼下。

赖德仁坚持要跟我一起上楼，我拗不过，只得让他跟我上楼。

他四处看了看，很惊讶我一个人租了这么大的空间。

当知道房租多少时，他更是惊讶得说不出话。

"我想请小倩帮个忙。"我说。

"你要她帮什么忙？"

"我想请小倩帮我看看这里是否有她的同伴。"

"喂。"

我八点半上班，隔天早上八点赖德仁开车到楼下等我。

送我到公司后，叫我下班时打电话给他，他再来载我。

"我跟苍蝇说好了，这星期六晚上一起吃饭。"临走前他说。

"叫他不要带蚊子来。"

"你放心。"他说，"他不会把蚊子带来，我也不会带小倩。"

"嗯。"我点点头，说了声谢谢。

星期六那晚，我、赖德仁、苍蝇一起到东丰路的简餐店吃晚饭。

苍蝇虽然没被裁掉，但也开始放无薪假，而且压力更大了。

金融海啸还是持续着，工程师陆陆续续被裁员。

比较起来，我算是很早便被裁掉，这样反而好，可以早点找新工作。

"不是只有你被裁员，一大堆工程师也照样被裁员。"苍蝇说，"这就叫做德不孤，必有邻。"

"什么？"正喝水的我呛到了，鼻子进了水。

"抱歉。"苍蝇有些不好意思，"我只是想鼓励你而已。"

两年多没看到苍蝇，现在的他看起来有些苍老，大概是因为压力吧。

"谢谢。"我说。

"说件开心的事吧。"苍蝇笑了笑，"我年底要结婚了。"

"真巧。"赖德仁说，"蚊子也说她年底要结婚。"

"废话。"苍蝇说，"我跟她还是同一天结婚呢。"

"那真是太巧了。"我说。

然后我们三个人都笑了起来。

离开简餐店，外头的风已经有些凉意。

6号美女，秋天又来了。

而这个秋天，应该更难熬吧。

11月我就满30岁了，已是而立之年，是该站起来了。

如果你问我：30岁了，觉得自己是什么样子？

我根本说不上来。

记得念中学时，常想象自己20岁时会是什么样子？

但到了20岁，甚至20出头，也不知道自己是什么样子。

如今满30岁了，我才知道自己在20岁时大概是什么样子。

所以可能得等我到40岁，才能告诉你我30岁的模样。

6号美女也30岁了，不知道30岁的她是什么模样？

将来6号美女也会变成40岁、50岁，不知道那又是什么模样？

但不管6号美女变成多少岁，她在我心中，永远像初见面时那么美。

20岁时，相信爱情会天长地久；25岁时，期待爱情能天长地久；30岁时，便知道天长地久可遇不可求。

如果是说心态上的改变，大概就是这样吧。

秋天快结束时，苍蝇打电话给我，要我当他的伴郎。

"为什么要找我？"我问。

"你也知道，我长得其貌不扬……"

"您客气了。正确地说，应该是猥琐。"

"所以啊，要找个能衬托我的伴郎真的很难。"

"喂。"

"真的真的很难。"

"喂。"

"只有你能胜任。"

"喂！"

"你知道蚊子的伴娘是谁吗？"苍蝇压低了声音。

"不知道。"

"就是大学时跟她住一起而且你也认识好多年的……"

"啊？"我惊呼一声，心脏差点从嘴巴里跳出来，"是她吗？"

"是的，你猜对了。"

"真的是她吗？"我的声音正在发抖。

"嗯。就是林慧孝。"苍蝇说，"难道会是翁蕙婷吗？"

苍蝇说完后，突然放声大笑，很得意的样子。

我这时才知道我被耍了。

"连这种玩笑都开，你到底有没有人性？"我说。

"抱歉。"苍蝇说，"我只是想知道你对翁蕙婷的感觉而已。"

"我……"

"现在我知道了。"苍蝇说，"就这样，你来当我的伴郎就对了。"

苍蝇挂了电话。

我对6号美女还是无法忘情，一丝一毫都没办法。

如果赖德仁说的没错，6号美女将在明年3月回来。

那么她在芝加哥便待了三年又五个月，比当初预计的三年还长。

我当然很想再见到6号美女，这是毋庸置疑的，可是现在的我，只是一座水质浑浊的小池塘，而且即将干涸。

我又该如何供养鲸鱼?

苍蝇和蚊子的结婚喜宴是12月21号星期天,那天刚好是冬至。
难道喜宴的菜色都是汤圆吗?
苍蝇是台北人,喜宴地点便选在台北,时间定在晚上六点半。
虽说喜宴在晚上,但当天一大早还有一些迎娶仪式之类的,我又是伴郎,几乎得全程参与,所以前一天就得上台北。
"我提前一天开车载你和小倩去吧。"赖德仁说。

20号下午,赖德仁开车到我住处楼下接我。
我上了车,坐在驾驶座旁。车子才刚起动,坐在后座的小倩便问我:"你的新工作如何?"
我转头看了赖德仁一眼,有些埋怨。
"看什么看?你以为这种事瞒得了多久?"他转头说,"几乎所有认识你的人都知道了。"

"新的工作还好。"我只好回答,"反正有薪水就好。"
"蕙婷快回来了。"小倩笑了笑,"她回来后,你就会好多了。"
"可是我……"我说,"我不想让她看到我现在的样子。"
"那就要振作啊!"赖德仁的声音像猛虎,"别老是这副死样子。"
"请专心开车。"小倩说。
"是。"他竟然变绵羊了。

"旭平。"小倩说,"你一定要跟蕙婷在一起。"
我大吃一惊,不禁转头面对着小倩。
"如果你没跟蕙婷在一起,那么即使你以后飞黄腾达、出人头地、名利双收,你也一定不会快乐。"
"为什么?"
"因为你以后一定不可能再找到像蕙婷一样喜欢你的人。"
"啊?"
"相信我。"小倩笑了笑,"因为我也是女生。"

"可是……"
"换个角度来说。"小倩脸上还是挂着笑,"她以后也一定不可能再找到像你一样喜欢她的人。"

我静静看着小倩，说不出话。

"司机先生。"小倩说，"我要睡一下，到了以后叫我。"
"要开到台北，你恐怕不止睡一下，得睡好多好多下。"赖德仁说。
"不要顶嘴。"她说，"专心开车。"
"是。"他又变绵羊了。

在四个多小时的安静气氛后，我们终于到了台北，住进饭店。
喜宴就在这家饭店举办，苍蝇也帮我们订了房间。
隔天一早我就跟着苍蝇跑，忙他的服装和仪容，然后去迎娶蚊子。
还好蚊子也事先住进台北，不然真要到高雄迎娶蚊子就太累了。
好不容易都忙得差不多了，只剩六点半的喜宴而已。
我终于可以喘口气。

"现在几点？"苍蝇问。
"五点左右。"我看了看表。
"还有一些时间。"他说，"快跟我走。"
我很纳闷，但只能跟在他后头快步走。
他走到饭店外面，抬头四处看了看，再移动了几步，然后停下来。

"你跟翁蕙婷的美好未来……"他不再往下说，右手斜斜往上指。
"你在干吗？"
他没回话，右手又斜斜往上指，还重复指了好几次。
"你到底在干吗？"
"你不懂吗？"他说，"我在指着太阳啊。"
"太阳有问题吗？"
"这叫指日。"
"够了喔。"我说，"你今天要结婚了，可以表现得像个正常人吗？"

"抱歉。"苍蝇似乎很不好意思，"我只是想鼓励你而已。"
"鼓励我？"
"我的意思是，你跟翁蕙婷的美好未来……"他右手斜斜指着太阳，"指日
可待。"
顺着他的右手，我看了一眼夕阳，说不出话。

"我今天能娶到蚊子，最该感谢的人是你。"苍蝇说，"谢谢。"

"喂。"我突然觉得不好意思，"不要这么客气。"

"如果不是那年愚人节你的帮忙，我和蚊子也不会有今天。"

"那你应该感谢赖德仁。"我笑了笑，"是他造成的。"

"如果你是我，你会感谢捉弄你的人？还是为你拼命奔走的人？"

"我只是……"

"请让我好好跟你说声谢谢吧。"苍蝇说。

"嗯。"我点了点头。

"谢谢。"

"不客气。"

我们同时笑了起来。

"你一定要振作起来。因为你跟翁蕙婷的美好未来……"

他右手又指了指太阳。

"我知道了。"我伸手将他的手按下，"我们快回去吧。"

"你跟……"

"够了够了，我真的知道了。"我赶紧将他推回饭店。

喜宴晚了半小时才开始，没办法，这已经是不成文的规定了。

以前的同学几乎都到了，现场像是开着同学会，大家都在聊近况。

有些同学正处于失业状态，新工作又始终找不到，只能强颜欢笑。

果然是德不孤、必有邻，而且我的邻居还很多。

菜都出得差不多了，蚊子和苍蝇便起身到餐厅门口准备送客。

我和慧孝也跟去。

慧孝今天比我更忙，新娘的服装造型仪容等等比新郎复杂多了，而且她得陪着蚊子换礼服，所以我一整天都没能跟她说上几句话。

趁着新郎和新娘送客的空当，我便和她聊了起来。

"你的男朋友还是那个打鼓的？"我问。

"不。"慧孝说，"已经换成拉大提琴的。"

"真的吗？"我愣了愣，但马上接着说，"大提琴好。演奏大提琴时双手得抱着它，感觉就像抱着爱人一样。他一定会好好对待你。"

"我是开玩笑的。"她笑了笑，"我的男朋友还是那个打鼓的。"

"打鼓更好。打鼓时可以把鼓想象成自作聪明的爱人,这样打起鼓来力道会很足,鼓声也会更澎湃。"我笑了笑,"你是该被打一打。"

慧孝笑了起来,吐了吐舌头。

"学长。"她说,"你一直有种亲和的气质,会让人想亲近。"

"你过奖了。"我有点不好意思。

"刚认识学长时,我就会不由自主想跟学长开玩笑呢。"

"是啊。"我说,"那时你说穿黑色毛衣是想为逝去的恋情戴孝。"

"没想到学长现在还是具有这种亲和的气质。"她笑了笑,"像海一样。"

"海?"我很惊讶。

"嗯。"她点了点头,"在我的想象里,海就具有这种特质,会让人想亲近。可能是因为我自己很喜欢海吧。"

"你将我比喻成海,我很荣幸。"我说,"谢谢。"

"学长不要客气。"慧孝说,"其实我一直很羡慕蕙婷学姐。"

"为什么羡慕她?"

"《菜根谭》中有一句:'鱼得水逝,而相忘乎水;鸟乘风飞,而不知有风。'鱼只有在水中才能悠哉地游,但鱼却忘记自己置身于水中;鸟只有在风中才能自在地飞,但鸟却不知道自己的四周有风。"

"几年不见,没想到你竟然变成哲学家了。"我笑了笑。

"不敢当。"她笑了笑,"学姐就像鱼和鸟,而学长就像水和风。只要学长在身边,学姐就会很快乐,快乐到忘了自己为什么会快乐。"

"真的……"我说,"是这样吗?"

"嗯。"慧孝点点头,"所以学长和学姐一定可以天长地久。我是这么相信,并且期待着。"

我注视着慧孝,她脸上虽然带着笑,但神情很认真。

"学长。"慧孝拉了拉我的手臂,"我们过去拍照吧。"

一群以前的大学同学正起哄着要拍照,我跟慧孝便挤进去合照。

宾客走得差不多了,我也得走了,还得赶回台南呢。

"坦率的蔡学长。"蚊子叫住我,"我想问你一件事。"

"什么事?"

"这里不方便,到静一点的地方说。"

"你是新娘啊。"苍蝇说，"不要随便乱跑。"

"我一不随便，二不乱跑，我只是跟学长说一下话而已。"

"你是新娘啊。"苍蝇又说。

"你跳针了吗？"蚊子说，"别再啰唆了。"

蚊子不再理会苍蝇，拉着我走了十几步，到一扇屏风的后面。

"苍蝇有时很啰唆。"蚊子笑了笑，"真讨厌。"

"既然讨厌，那你干吗嫁给他？"我也笑了笑。

"学长一定没听过一句话。"

"哪句话？"

"喜欢就是不讨厌，爱就是连讨厌的时候都喜欢。"

"嗯。"我说，"好像有道理。"

"学长。"蚊子问，"你爱蕙婷学姐吗？"

"啊？"我吓了一跳，脸上也瞬间发热。

"爱不爱？"

"这……"我脸上越来越热，耳根一定也红了。

"爱就爱，不爱就不爱。男生应该要坦率。"

"爱。"

我脱口而出后，脸上便不再发热，反而觉得有些悲伤。

"学长。"蚊子说，"还记得我跟你说过的话吗？"

"什么话？"

"喜欢一个人的勇气，就会让自己变得巨大。"

"我……"我说，"我真的可以变巨大吗？"

"学长。"蚊子笑了笑，"加油。"

然后蚊子又拉着我走回苍蝇旁边。

回程的车上，我不断想着今天看到的人、听见的话。

我是该振作了，不可以失志。

虽然往往都是环境改变人，人改变不了环境，但是……

我还是想成为大海。

2009年到了，这一年或许会变好吧。

不过老板说了，今年没有年终奖金，也不办年会。

我才来这家公司不到半年，所以没有立场抱怨或多说些什么。

不过我觉得，公司没有裁员而且还付得出薪水就该偷笑了。

像我有个同学，连续被两家公司裁掉，他几乎快抓狂了。

我很担心他会自己裁掉自己，也就是自裁。

农历春节前夕拿到了消费券，每人新台币3600元。

说是要振兴经济，促进消费。

要振兴什么促进什么都无所谓，反正这是我除了月薪外唯一的收入。

很多没人性的公司都赶在过年前裁员，想省下年终奖金这部分。

稍微有点人性的公司，过年前还是会给你年终奖金，然后含着眼泪叫你要多多保重身体，好好照顾自己。

因为过年后就看不到你了。

而我过完年后还可以上班，真是感恩。

元宵节那晚，我去逛了灯会。

说来惭愧，6号美女的生日是元宵节，但我从未跟她一起去逛灯会。

因为她不喜欢人太多的地方，而灯会的人潮总是汹涌。

今年我特别想念6号美女的眼睛，便想去看看灿烂夺目的花灯。

花灯果然很灿烂，但却夺不了目。

因为6号美女的眼睛，依然是世上最漂亮的花灯。

元宵节过后五天，是2月14日西洋情人节，这天是星期六。

我心血来潮上了BBS，反正今天是假日，而我也没地方去。

这两年这个BBS站更冷清了，同时在线的人数，不会超过五个。

结果我又遇见sexbeauty，便跟她发发消息。

sexbeauty说她刚被裁员，现在正准备要考试当空姐。

"为什么想当空姐？"我的消息。

"你忘了吗？"她的消息，"你说过像我这种念经济的人，应该去当空姐，这样经济就可以起飞了。"

"不好意思，以前年轻时很自作聪明，请你不要介意。"

要不是当初赖德仁用我的ID发sexbeauty消息，我也不会认识她。

那是1998年的事了，距离现在已超过十年。

如今这个BBS站几乎已成为历史的尘埃，我之所以偶尔会上线，只是因为这里是故乡的海边。但我实在想不通为什么她还会在？

尤其像今天这种日子，她应该在外面抱着好几束鲜花吃大餐才对。

"因为我不是什么性感美女，我只是恐龙，而且很大只。"她说。

其实我并没有很惊讶，因为在BBS上这样的人很多。

而且赖德仁也曾经告诉我，他听说sexbeauty是恐龙。

果然sexbeauty接着说，因为寂寞，因为想吸引异性跟她聊天，所以才取了"性感美女"这种昵称。

后来有人知道她的外貌不好看，一传十、十传百，渐渐没有人理她。

在BBS上看到她却不躲开她的人，从头到尾只有我一个人。

也只有我，从不戳破她明明没男朋友却假装有很多男朋友的谎言。

"可是我以前也常发了消息就跑。"我说。

"那不一样，你只是不识相。如果你想躲开我，你可以封锁我的ID，或是干脆完全不理我。但你都没有这么做。"

她说的没错，以前我常常在等待6号美女的过程中遇见sexbeauty，但即使百般无奈，即使不耐烦，我还是会回她消息。

我可以完全不理她啊，为什么我没这么做？

"给个建议吧。"

"什么建议？"

"一只超过30岁的恐龙，被裁员了，找不到新工作，又没有人理她。你认为她应该怎么办？"

"去看海吧。"我说。

"嗯。我很幸运在这里看到了。"

"在这里？"

"因为你就是海呀。"

"什么？"

"你一直是个温柔的人，很有包容力，就像海一样，不管清水或浑水都会接受。所以你并没有拒绝我这只恐龙呀。"

"我真的像海吗？"

"嗯。而且是不识相的海。"

虽然很荣幸，但我还是不能认同我像海这种说法。

我只知道我很想做一件事。

我想去看海。

隔天下午四点半，外面传来窸窸窣窣的雨声。

冬天的雨，光用听的就觉得冷。但我还是想去看海。

我穿上雨衣骑车到黄金海岸，下了车，站在堤防上，眺望着海。

海确实承受了很巨大的能量，但我相信海会越来越大。

因为气候暖化，海平面上升。

只要我保持一颗温暖的心，那么心里面的海，也会变大吧？

我走进沙滩，朝海的方向走，因为我想离海更近。

我突然有股莫名其妙的冲动，便把雨衣脱掉。

仰起头，闭上双眼，张开双臂，放任雨水淋湿全身。

我已经干涸很久了，我需要很多很多水分。

只有水分，才能让池塘变成大海。

6号美女，你知道吗？

现在我感觉身上满满的都是水分。

雨过天晴后，你会变成彩虹；

而我，或许有机会成为大海。

情人节过后一个月，刚好是三月份第二个星期六。

这天晚上要睡觉前，突然想起现在是风铃花的花季啊，而且搞不好已接近尾声。

上次看到风铃花盛开是刚退伍的时候，算了算已经是五年前的事了。

这实在太可怕了。

果然到了一定年纪若去计算到底是几年前的往事，是件残忍的事。

决定了，明天去看看风铃花吧。

但我在半夜里突然被手机的铃声吵醒。

啊？生产线出状况了吗？

定了定神，才想起我早已离开南科和竹科，不禁苦笑了一下。

来电显示"赖德仁"，这么晚了搞×啊。

"喂！"我火气很大。

"你睡了吗？"赖德仁问。

"你说呢？"

"你当然是睡了啊，只是被我吵醒而已。"他竟然笑了。

"干吗？"

"刚刚打印机竟然打印出几张纸。"

"所以那才叫打印机啊！"我火气又上升。

"问题是打印机的电源根本没开啊。"

"喔？"我吓了一跳，"为什么会这样？"

"我怀疑是……鬼？"

"有没有搞错？"我说，"你跟小倩在一起那么久，竟然还怕鬼？"

"喂。"

"那你到底要我干吗？"

"来陪我吧，这里只有我一个人。"

"你不会回家吗？"

"不行啦，有个东西天一亮就得搞定，我不能走。"

"我不想去。"

"拜托啦，你还可以帮我，我快弄不完了。"

"我不想。"

"骑车小心点。我在研究室等你。"

"我不……"

我话没说完，他竟然挂了电话。

看了看表，凌晨四点半。

我骂了声混蛋后，还是乖乖起床下楼骑车。

还好我留着系馆后门的钥匙，这可是以前当研究生时的必备对象。

我打开系馆后门，爬上三楼。

我轻轻拉开研究室的门，蹑手蹑脚走到最里面，然后大叫："搞×啊！"

坐在赖德仁位置上的女孩吓了一跳。

但跟我相比，那一跳不算什么，我是跳的平方。

因为她竟然是6号美女。

我完全说不出话，一个字也挤不出来，只是呆呆地看着她。

"绣球。"她说。

"……"

"绣球。"她又说。

"你……"我开始结巴，"你好。"

"你不叫我6号美女了吗？"

"不……这……"我开始语无伦次，"你好。"

"好吧。"她从桌上拿了个盒子递给我，"这是给你的。"

"哦？"我愣了愣，还是伸手接过，"谢谢。"

"请小心拆开。"

"是。"

这应该是个邮寄包裹，上面还有邮票，也写了一些英文字。

我来不及细看，便小心拆开这个包裹。

拆开外面的纸，里面是个盒子，没想到打开盒子后，里面还是个盒子。

再打开里面的盒子后，又是个盒子。

总共有大、中、小三个盒子，盒子跟盒子间铺满了厚厚的泡棉。

最后一个盒子刚打开，第一眼只看见里面也都是泡棉。

"请小心拿。"她说，"共有七个。"

轻轻拨开泡棉，果然看见一堆拳头大小的东西，外面也裹上泡棉。

我一个一个拿出来，放在桌上，数了数，刚好七个。

小心撕开第一个拳头外面的泡棉，当拳头露出一些红色时，我双手竟然没了力气，无法继续撕开。

"我帮你吧。"她说。

她的手脚比我利落多了，一下子七个拳头变成了七个红蛋。

但这些红蛋不只是红，蛋壳上还画了一些白色的线条，构成图案。

而且每一个的图案都不一样。

"去年10月15日，也就是本地时间10月16日，我做了这七个。"她说，"我寄到你公司，结果被退回来了。"

"抱歉。"

"你是该抱歉。"她说，"因为你没告诉我，你早已离开那里。"

"抱歉。"

"这种抱歉说一次就够了。"

"这七个分别代表2002年到2008年的份。"她指着那七个红蛋，"你猜猜看，是否能分辨出每个所代表的年份？"

"我猜不出来。"我摇摇头。

"2002年和2003年，你在当兵，这两个画的是大炮。"

她两手各拿起一个红蛋，然后伸手到我面前，似乎想让我看仔细。

"好像不太一样。"我仔细看了看后，说。

"因为一个画了飞机，另一个没画。"

"为什么？"

"2002年你刚当炮兵，一定打不准。2003年你应该就很准了。"她说，"所以2003年的红蛋没画飞机。"

"嗯？"

"笨。"她竟然笑了，"因为飞机被你打下来了呀。"

"没错。"我竟然也笑了，"我荣誉假不是白放的。"

她将2002年和2003年的蛋轻轻摆在一旁，左手又拿起一个红蛋，说："2004年你在南科，所以这个我画了台南的风铃花。"

我仔细看了看，确实画了一朵风铃花。

"2005年你在竹科。"她右手再拿起一个红蛋，"你猜我画了什么？"

"嗯……"其实上面只画了三个小圆形，"这有点深奥。"

"笨。"她又笑了，"那是新竹的贡丸。"

"确实很像。"我也笑了。

"2006年到2008年我在芝加哥。"她指着桌上剩下的三个红蛋，"2006年我在密歇根湖畔想念一个人，所以画了密歇根湖。2007年我在密歇根大道上想念一个人，所以画了密歇根大道。"

2006年和2007年的红蛋很好分辨，一个是湖，一个是街景。

最后一个应该是2008年的红蛋，但却是最简单的图案，比贡丸还简单。

上面只画了一个米粒似的图案。

"这是？"我指着2008年的红蛋。

"眼泪。"

"嗯？"

"2008年我特别想念一个人，哪里也没去，只掉了一滴眼泪。"她说，"我说过了，我只会掉一滴眼泪。"

她说完后静静注视着我，我也静静注视着她。

我们又同时在忍住一样东西，但这次她失败了。

"现在可以叫我一声6号美女了吗？"

"抱歉。"

"我要听的不是抱歉。"

"6号美女。"

"是。绣球。"

原来不管过了多少时间、不管曾经离得有多遥远，绣球还是绣球，6号美女也还是6号美女。

"我肚子饿了，可以吃这些红蛋吗？"我问。

"这些红蛋已经放了五个月了，你还敢吃吗？"

"没关系。"我说，"我们学校的学生很幸福，医院就在对面。"

"你吃吃看。"她说，"拿起来的时候请小心。"

"啊？"我刚拿起2002年的红蛋，就吓了一跳，好轻。

"上色之前，我把蛋黄跟蛋白都抽掉了。"她笑了笑，"这是给你早晚三炷香用的。"

"你好厉害。"我说。

"不说天理难容了吗？"

"嗯？"

"我长得漂亮个性又好，心地善良又正直，又考上研究所，又会烤蛋糕，又会画画，这难道不是天理难容吗？"

"6号美女。"

"是。绣球。"

"你真是天理难容啊。"

"我也这么觉得。"

然后我们都笑了。

"绣球。"
"是。6号美女。"
"听说你手机换了？"
"是啊。"我点点头，"我也听说了。"
"嗯？"
"啊？"我突然醒悟，"抱歉。"

"你是该抱歉。"她说，"因为你没告诉我，你的手机换了。"
"抱歉。"
"这种抱歉也是说一次就够了。"

"绣球。"
"是。6号美女。"
"你手机号码多少？"她拿出手机。
我念出那十个号码，她低头按着键，三秒后我手机响了。

"请接听。"她说。
"是。"我按了接听键。
"请转过身。"她转身说。
"是。"我转身背对着她的背。

"喂。"电话里的声音很轻，"请问是绣球吗？"
"是的。"我的声音也放轻，"你是6号美女吗？"
"嗯。绣球。"
"是。6号美女。"
"我很想念你。"
"我也是。"
我一直忍住的东西，在这时却失败了。

她挂上电话，我也挂上电话。我们同时转身。
然后我看到窗外的天色，天似乎微微亮了。

"6号美女。"
"是。绣球。"
"芝加哥好玩吗？"

"嗯。"她点点头，"芝加哥很美。"

"下次请别去那么久。"

"我不会再去芝加哥了。"

"那就好。"

"我下次去的是纽约。"

"啊？"

"开玩笑的。"她笑了。

"绣球。"

"是。6号美女。"

"不会再有下次了。"

"谢谢。"

"不客气。"她说，"我想去看风铃花。"

"嗯。"

我们走出系馆，天已经亮了。

我骑车载她到东丰路，风铃花正盛开。

"太好了。"我突然觉得很感动。

"嗯。"

"上次我们一起看见风铃花的时候，已经是……"

"不要去算。"她笑了笑，"总之春天终于来了。"

上次我和6号美女一起看见风铃花，是2000年的事。

2001年虽然也来，但那时风铃花还没开。

2004年我虽然看见了风铃花，但那时6号美女不在身边。

隔了这么多年，春天终于真正来临。

6号美女说她昨天早上刚回来，时差还没调回来。

昨晚带了包裹坐晚上11点半的车来台南，上车前拨了电话给赖德仁。

凌晨3点40分左右到了台南，赖德仁去车站接她。

"然后他就骗你打印机出问题了。"她说。

"没想到他竟然编了这种理由。"

"这不值得大惊小怪。"她笑了笑，"你竟然相信才值得大惊小怪。"

"说的也是。"我搔了搔头。

从地上落下的风铃花数量来看，风铃花已开始飘落，花季进入尾声。

"你在想什么？"6号美女问。

"我想接住一朵落下的风铃花。"

"想许愿吗？"

"嗯。"

"你想许什么愿？"

"变成大海。"我停下脚步。

"6号美女。"

"是。绣球。"

"如果你不介意，可以再给我一次变成大海的机会吗？"

"我介意。"

"啊？"

"因为你一直都是大海，不需要变。"

"可是……"

"绣球。"

"是。6号美女。"

"电影好不好看，不是电影自己说的，是看电影的人说的。"

"嗯？"

"所以你是不是大海，不是你说了算，是我说了算。"

我没回话，转头看着6号美女。

"你从未想过进入我的生命，你只是静静支撑我的生命本身。"她说，"就像大海不会进入鲸鱼，只是支撑着鲸鱼一样。"

"我……"

"你让我完全保有自己、你让我可以自由自在、你让我可以任性。因为这样，我才可以放心去美国。"

"放心？"

"因为我相信不管过了多久，你都会在，像大海一样。"她说，"即使不去看大海，大海始终存在，不会不见。"

"绣球。"

"是。6号美女。"

"你在吗？"

"我当然在。"

"那么对我而言，你就是大海呀。"她笑得很开心，"绣球，你一直一直是我的大海呀。"

"6号美女。"

"是。绣球。"

"你一定会长命百岁。"

"一起吧。"

"嗯？"

"我们一起长命百岁吧。"

我看着6号美女闪烁发亮的眼神，整个人便满满的都是水分。

是啊，也许对别人而言，我只是一座小池塘。

但因为6号美女，我却成了大海。

虽然不会精湛剑法，但只要是用来守护爱人的剑，就会是最强的剑。

即使并没有太多水分，但只要是用来守护爱人，支撑爱人，那就会是大海。

"绣球。"

"是。6号美女。"

"我莫名其妙的预感又来了。"

"真的吗？"

"我和你一定会天长地久。"

"这次我真的相信了。"

我和6号美女沿着长长的路漫步，这条路真的很长。

就像我们之前走过的，或是未来即将走的，长长的路。

~ The End ~

写在《鲸鱼女孩 池塘男孩》之后

其实早在1999年，我就想写这个故事。

当然这是不可能的，因为那时我还在念博士班。

2000年虽然毕业了，但刚毕业时我最想写的故事是《樔寄生》。

之后陆陆续续写了别的故事，但这个故事一直没被我遗忘。

我只是觉得，我还需要一些时间让自己成长，才有能力完成。

现在回想起来，如果这个故事在几年前完成，那么整个外貌一定会有很大的差异。

还有一个让我迟迟没动笔的理由，那就是篇名。

没办法，我小时候是会莫名其妙害怕锅子的那种小孩。

如果不好好定下篇名，写起来会浑身不自在。

我当初定的篇名是《鲸鱼和池塘》，但始终觉得这名字不太好。

鲸鱼在咸水里生活，而池塘是淡水，两者根本扯不到一块儿。

我有理工背景，身旁的朋友大多也是理工背景，如果我用了这比喻，他们应该会骂我"你堕落了、你白痴啊"之类伤我纯真心灵的话。

但你应该也有纯真的心灵，所以你会明白这只是比喻。

我用了《鲸鱼和池塘》这名字开头，一直到最后完成为止。

开始动笔的时间，应该是2009年5月初，也许更早，总之我忘了那个时间点。

但完成的时间点是确定的，在2010年2月23日。

虽然拖了将近十个月的时间，但真正写作的时间只有三个月左右。

中断的时间点也很确定，那就是2009年8月8号的莫拉克台风。

刚开始写这故事时，无法全神贯注，这点跟以前的经验完全不同。

大概是写了一天，然后便会停个两天左右。

人家是三天打鱼、两天晒网，我晒网的时间反而比较多。

为什么会这样？

因为吃得太饱，因为小孩还小，因为天气很好阳光普照……

那为什么莫拉克台风会中断写作？

因为吃得太饱，因为小孩还小，因为天气很好阳光普照……

总之在莫拉克台风之前，断断续续写作的时间加起来约一个月；莫拉克台风之后，大概是从2009年12月下旬才继续写。

所以前后加起来的时间约三个月。

今年农历春节前后是我最全神贯注写作的时期，在三个多星期的时间内，完成将近一半的写作量。

小年夜那晚12点多，因为腹痛去了医院的急诊室，1点半回来；然后2点又去，快5点才回来。连续去了两次。

因为已过了凌晨12点，所以正确地说，应该算除夕了。

今年是虎年，人家是虎虎生风，我则是虎虎生病。

经过这么多年，总算完成了这故事，我心里有股说不出的满足感。

我也很庆幸，这故事是在今年才完成，而不是多年以前。

因为这些年下来，我多了一些感触。

这故事的时间背景是1998年到2009年，对于故事里的第一人称而言，是从他20岁那年的秋天写到31岁那年的春天。

故事中提到的抛绣球活动，在我大学时期是有的，现在有没有不知道。

在兵荒马乱的活动现场，大概只有具野兽气质的男生抢得到绣球。

也许因为接到绣球的总是野兽般的男孩，美女与野兽的组合不太搭，所以这种活动停办了也说不定。

《鲸鱼和池塘》共十三万六千字，原本还会更多，但我删去部分情节。

出版前夕改为《鲸鱼女孩 池塘男孩》，是出版社的意思。

我这么说并不是推卸责任，只是单纯交代过程而已。

因为出版社改名会经过我的同意，而我也同意了。

即使已完成了十本书，我对取篇名这件事依然笨拙，这点我很抱歉。

人体百分之七十由水组成，因此每个人的心里其实都有一片海。

如果篇名取得不好，具有大海心胸的你，一定不会介意。

我之前写的小说都被归类为爱情小说，而我通常会碎碎念：不完全是爱情啦，还有鼓励大家要孝顺父母，友爱兄弟，尊敬师长，遵守交通规则，齐心合力防止地球暖化等等之类的涵义。
只有《槲寄生》我没有碎碎念。
至于这本，我大概也不会碎碎念。

这是我的第十本书，"十"这个字很敏感，难免让人联想到十全十美。
我写作时虽然也意识到这点，但写作心态跟以前还是一样的。
我并没有多余的企图心，只是想把故事写好，一如既往。
如果作者的第十本书必须扮演某种特别的角色，比方更深刻或更美好，那么这本书的表现很称职。

今年农历春节刚好是岛内最冷的时期，而且又下雨，天气又湿又冷。
我通常是忍着腹痛，缩着全身，拼命喝热茶，独自在计算机前打字。
完稿时是大年初十，台南的风铃花开了。

原来不管再怎么严寒的冬天终会过去，春天一定会来临。

蔡智恒
2010年2月24日　于台南